पेंगुइन स्वदेश

एक थी सारा (जीवन-कथा)

अमृता प्रीतम पंजाबी के सबसे लोकप्रिय लेखकों में से एक थी। अमृता प्रीतम का जन्म 1919 में गुजरांवाला पंजाब (भारत) में हुआ। उनका बचपन लाहौर में बीता और शिक्षा भी वहीं हुई। किशोरावस्था से उन्होंने लिखना शुरू किया। उन्होंने सौ से अधिक कविताओं की किताब लिखी, साथ ही फिक्शन, बायोग्राफी, आलेख और आटोबायोग्राफी लिखकर साहित्य में नया मुकाम हासिल किया। इनकी तमाम पुस्तकों का कई भारतीय भाषाओं सहित विदेशी भाषाओं में भी अनुवाद हुआ। अमृता प्रीतम पहली महिला लेखिका हैं, जिन्हें 1956 में साहित्य अकादमी पुरस्कार मिला। 1982 में उन्हें *काग़ज़ ते कैनवास* के लिए ज्ञानपीठ पुरस्कार मिला। 2004 में पद्मविभूषण भी [illegible] किया गया।

एक थी सारा

(जीवन-कथा)

सम्पादन

अमृता प्रीतम

पेंगुइन स्वदेश
पेंगुइन रैंडम हाउस इंप्रिंट

पेंगुइन स्वदेश

यूएसए। कनाडा। यूके। आयरलैंड। ऑस्ट्रेलिया। सिंगापुर
न्यू ज़ीलैंड। भारत। दक्षिण अफ़्रीका। चीन

पेंगुइन स्वदेश, पेंगुइन रैंडम हाउस ग्रुप ऑफ़ कंपनीज़ का हिस्सा है,
जिसका पता global.penguinrandomhouse.com पर मिलेगा

पेंगुइन रैंडम हाउस इंडिया प्रा. लि.,
चौथी मंज़िल, कैपिटल टावर-1, एम जी रोड,
गुरुग्राम 122 002, हरियाणा, भारत

पेंगुइन
रैंडम हाउस
इंडिया

प्रथम हिन्दी संस्करण हिन्द पॉकेट बुक्स द्वारा 1996 में प्रकाशित
प्रस्तुत हिंदी संस्करण पेंगुइन स्वदेश में पेंगुइन रैंडम हाउस द्वारा 2026 में प्रकाशित

10 9 8 7 6 5 4 3 2

इस पुस्तक में व्यक्त विचार लेखक के अपने हैं, जिनका यथासंभव तथ्यात्मक
सत्यापन किया गया है और इस संबंध में प्रकाशक एवं सहयोगी
प्रकाशक किसी भी रूप में उत्तरदायी नहीं हैं।

ISBN 9789353494889

मुद्रकः रेप्रो इंडिया लिमिटेड

www.penguin.co.in

MIX
Paper from
responsible sources
FSC® C047271
FSC
www.fsc.org

This is a legitimate digitally printed version of the book and therefore might not
have certain extra finishing on the cover.

कराची की शायरा—
सारा शगुफ़्ता की ज़िंदगी और शायरी

जलते हुए अक्षर

मैंने आसमान से एक तारा टूटते हुए देखा है...

बहुत तेज़ी से, आसमान के ज़िहन में एक जलती हुई लकीर खेंचता हुआ...

लोग कहते हैं तो सच ही कहते होंगे कि उन्होंने कई बार टूटे हुए तारों की गर्म राख ज़मीन पर गिरते देखी है...

मैंने भी उस तारे की गर्म राख अपने दिल के आंगन में बरसती हुई देखी है...

जिस तरह और तारों के नाम होते हैं, उसी तरह, जो तारा मैंने टूटते देखा, उसका भी एक नाम था—सारा शगुफ़्ता।

उस तारे के टूटते समय, आसमान के ज़िहन में जो एक लम्बी और जलती हुई लकीर खिंच गई थी, वह लकीर सारा शगुफ़्ता की नज़्म थी...

नज़्म ज़मीन पर गिरी, तो ख़ुदा जाने, उसके कितने टुकड़े हवा में खो गए। लेकिन जो राख मैंने हाथ से छूकर देखी थी, उसमें कितने ही जलते हुए अक्षर थे, जो मैंने उठा-उठाकर काग़ज़ों पर रख लिए...

नहीं जानती, ख़ुदा ने इन काग़ज़ों को ऐसा शाप क्यों दिया है कि आप उन

पर कितने ही जलते हुए अक्षर रख दें, वह काग़ज़ नहीं जलते...

जिन लोगों के पास अहसास है, जलते हुए अक्षरों को पढ़ते हुए, उनके अहसास सुलगने लगते हैं, पर कोई काग़ज़ नहीं जलता...

शायद यह शाप नहीं है... है भी, तो इसे शाप नहीं कहना चाहिए। अगर ऐसा नहीं होता, तो ख़ुदा जाने दुनिया की कितनी किताबें अपने अक्षरों की आग से जल गई होतीं...

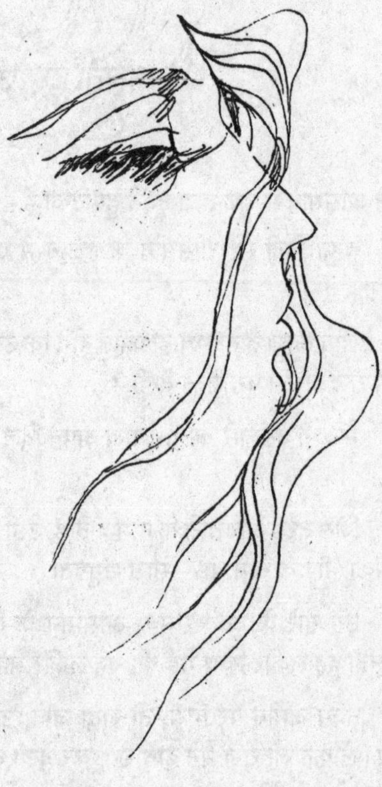

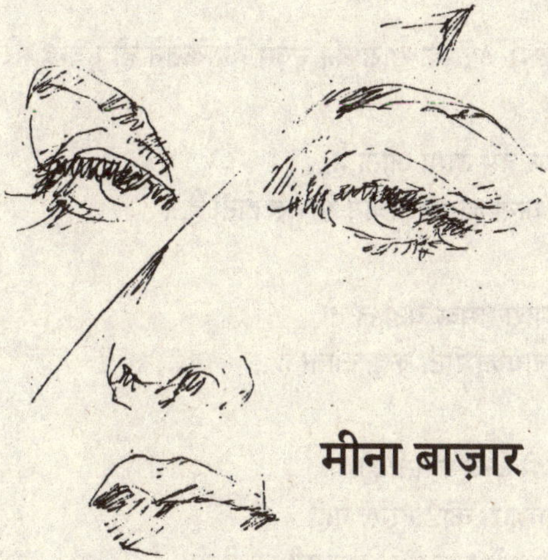

मीना बाज़ार

सारा की नज़्म के कुछ लफ़्ज हवा में खड़े थे—

इ...ज़्...ज़...त की ब...हु...त क़ि...स्...में हैं...

और वह लफ़्ज जिस तरफ़ देख रहे थे, वहां एक बहुत लम्बा बाज़ार दिखाई दे रहा था, सदियों तक लम्बा...

वहां तरह-तरह के लोग नज़र आ रहे थे—मर्द भी,औरतें भी... उनके पैरहन से लगता था—कि हर पैरहन की वज़ह क़तह, कढ़ाई-सिलाई और रंग अलग-अलग सदियों के हैं...

कुछ दुकानों पर नज़र गई, मैंने देखा... तरह-तरह के ज़ेवरात भी बिक रहे थे, सुनहरी ताबूत भी, रेशम के कफ़न भी। और वहां हाथों की मेहंदी, मांग का सिंदूर और किनारी वाले घूंघट भी बिक रहे थे...

और पूरे बाज़ार में, सारा की नज़्म के टुकड़े हवा की तरह लहर रहे थे—

इज़्ज़त की बहुत क़िस्में हैं-घूंघट, थप्पड़ और गंदम...
इज़्ज़त का सबसे छोटा और सबसे बड़ा—हवाला, औरत है...
घर से लेकर फुटपाथ तक हमारा कुछ भी नहीं
इज़्ज़त हमारे गुज़ारे की बात है...

बाज़ार में कभी-कभी एक चीख़ उभरती थी, लेकिन फिर एक हंसी की क़ब्र में उतर जाती थी... और कभी-कभी हर आवाज़ पर एक सन्नाटा तारी हो जाता था...

यही सन्नाटे का आलम था, कि सारा की नज़्म के कितने ही टुकड़े मेरे कानों से टकराने लगे—

इज़्ज़त के नेज़े पर हमें दाग़ा जाता है...
और इज़्ज़त की कनी हमारी ज़ुबान से शुरू होती है...

....

कोई रात को हमारा नमक चख ले तो
एक उम्र हमें बेज़ायक़ा रोटी कहा जाता है...

....

औरत! तुम डर में बच्चे जनती हो
इसलिए आज तुम्हारी कोई नसल नहीं
इसलिए तुम जिस्म के एक बंद से पुकारी जाती हो...
तुम्हरी हैसियत में एक चाल रख दी गई है
एक खूबसूरत चाल
एक झूठी मुस्कुराहट तुम्हारे लबों पर तराश दी गई है
तुम सदियों से नहीं हंसी, तुम सदियों से नहीं रोई
क्या मां ऐसी होती है कि मक़बरे की सजावट कहलवाये?
तुम्हारा नमक क्या हुआ!

....

औरत तो कभी शहीद नहीं हुई
तुम कौन-सी नमाज़ पढ़ रही हो?

....

तुम्हारे बच्चे आज तुमसे ज़िद नहीं करते
तुमसे ज़िनाह करते हैं
तुम किस कुनबे की मां हो?
ज़िनाह—बिल जब्र की?
क़ैद की?

बेटों के बटे हुए जिस्म की?
और ईंटों में चुनी हुई बेटियों की?
....
बाज़ारों में तेरी बेटियां...
अपने लहू से भूख गूंधती हैं
और अपना गोश्त खाती हैं...
....

इस मीना बाज़ार से, जिस एक भोली लड़की ने एक दिन इज़्ज़त के नाम पर शादी का जोड़ा और एक घूंघट ख़रीदा था, सारा ने बाद में मुझे उस लड़की की दास्तान लिखी...

दास्तान लिखने तक, वह भोली लड़की कुछ बच्चों की मां बन चुकी थी— सारा की मां भी...

मां की रोटी पकाने की आवाज़ से मेरे जिस्म में भूख शामिल होती गई...
मैंने धरती पर दाने भूनने की लय से चलना सीखा...
और आग का रंग मेरे लिबास पर रहने लगा...

मैं ज़मीन को कुछ यूं देखती कि शायद चवन्नी या इकन्नी पाऊं तो मैं इमली को चटखारे सिखलाऊं...

बाप की तरंग एक दूसरी औरत निकली, और बाप की तो बारात निकल गई...

हर्ज सिर्फ़ इतना हुआ कि मैं मां को अक्सर परेशानी में पाने लगी। वह पगली समझती थी, पनघट पे रस्सी जल जाती है, हालांकि ऐसा कभी नहीं हुआ। ज़िन्दगी तो एक रास्ता है, ऐसा रास्ता कि हर मुसाफ़िर की थकन जानी जाती है...

लेकिन शायद एक बात भूल रही हूं कि उसी एक पनघट पर मेरी मां और मेरे बाप ने इकट्ठे चलने का अहद किया था। और मेरी मां घरवालों को बताये बग़ैर चुपके से अपने रांझे के साथ हो चली थी...

और अब रांझा दूसरी शादी कर चुका था...
इसीलिए मां कई बार हमें बारी-बारी से देखती...

मैं ख़ामोशी से कहती—मां, वह तो क़ैदों था, तेरा असल रांझा तो तेरे पास अभी आया ही नहीं...

लेकिन मां की मां ने सिर्फ़ रुकना सीखा था, इसलिए बच्चों को अपनी भूख में शामिल कर लिया था...

अब अक्सर चूल्हे में आग को चाटने के लिए कुछ न मिलता, और हमारे घर में आग प्यासी होती चली गई...

मैं आग से ज़्यादा मां के आंसू गिनती, और आंखों को ख़ामोश करती रहती। सो वह बर्तन भी बिकने लगे, जिन पर मेरे बाप का नाम ख़ुदा हुआ था...

जो पकता, मां बड़े प्यार से हमें खिलाती, और कभी-कभार उस औरत को कोसती रहती, जिसको मेरे बाप ने हमारे बर्तनों पर लागू कर दिया था।

बड़ा भाई—जिसे पहलोटी की आंख कहते हैं, नवीं में पढ़ रहा था। कभी-कभार पोस्टमेन मनीआर्डर दे जाता और जब इंतज़ार तलाशी लेने लगता, मां सोचती ही रहती...

एक दिन मां दोहरे नक़ाब में छिपी घर से निकली, और फूल पिरोने वालों का दुःख लेकर आ गई...

हम सब बहन-भाई फूल पिरोया करते। मैं फूल पिरोते हुए सोचती—फूल की तनज़ीम में सूई शामिल होती है...

और मैं जान गई कि फूल कई रंगों में क्यों होते हैं। और हर जज़्बे में ज़ब्त की धज्जी क्यूं लगती है...

फूल पिरोने से भी पेट की आग ठंडी न होती...

एक रोज़ पड़ोसिन ने मां से कहा—कब तक चूल्हा नहीं दहकेगा? मैं ज़कात के पैसे सारे मुहल्ले से इकट्ठे करके लाई हूं...

मां ने बच्चों की तरफ़ देखा, तो छोटी बहन अचानक बोली—अम्मी, ले लो ना पैसे, मेरी यूनीफार्म बन जायेगी... और फिर सारे बच्चों की फ़रमाइश...

मैं जु चारपाई पर औंधी लेटी थी, देखा तो मां के हाथ में नोट थे, और वह औरत जा चुकी थी।

अब मां रोटी पकाने लगी, तो हम सब बच्चे चूल्हे के इर्द-गिर्द बैठ गये और अपनी-अपनी बारी का इंतज़ार करने लगे...

मैं मां से हमेशा आधी रोटी और आख़िरी रोटी मांगती।

मैं आग को ग़ौर से देखती—अच्छा तो यह भी ज़र्द रंग के फूल पिरो रही हैं...

मैं अक्सर छुपी-छुपी दुआ मांगती—अल्लाह करे! आज फूलों वाला ना आए...

क्योंकि मेरे पोरों पर सुई से निशान पड़ जाते थे... दुआ कबूल हुई, फूलों वाला नहीं आया। बहन-भाइयों के चेहरों पर ज़र्द, सुर्ख, सफ़ेद और लाल रंग की हंसी थी। और मां शायद हमें देखकर अपनी रातें याद कर रही थी...

मैं चूहे की ख़्वाहिश ओढ़े, चुपके-चुपके चूं-चूं कर रही थी और भूख की थूथनी इंसान से छुपी फिर रही थी...

मैंने दीवार से अटकी अलमारी के पट खोले और सूखे टुकड़े दोनों मुट्ठियों में भर लिए। कटर-कटर की आवाज़ से लिहाफ़ में दुबके मेरे बहन-भाई अपनी ख़ामोश आवाज़ से बाहर निकले और मुझे रोटी की तरह देखने लगे...

"मैं सारे टुकड़े उठा लाई, और इंसान के बिल में रोटी रख दी..." मुझे लगा—ज़र्द रंग के फूलों की हैरत, उस हैरत से मिलती-जुलती थी, जिसका ज़िक्र सारा ने मेरे साथ अपनी मुलाक़ात में किया था—

मैं—मां बनने के बाद भी कंवारी हुई,
और मेरी मां भी कंवारी हुई...
अब 'तुम' कंवारी मां की हैरत हो...

इस 'तुम' लफ़्ज़ में सारा जिन्हें मुख़ातिब हुई—उनमें वह लोग भी थे, जिन्होंने इज़्ज़त के नाम पर मीना बाज़ार से सारा के लिए घूंघट ख़रीदे, और सारा ने सब घूंघट उतार दिए...

सारा ने देखा कि पूरा मीना बाज़ार हैरत में आ गया... लेकिन—उस वक़्त सारा शायद यह नहीं जानती थी कि एक दिन उसकी नज़्मों को पढ़ता हुआ वक़्त हैरत में आ जाएगा...

शायरी के इतिहास में सारा की नज़्में एक कंवारी मां की हैरत हैं...

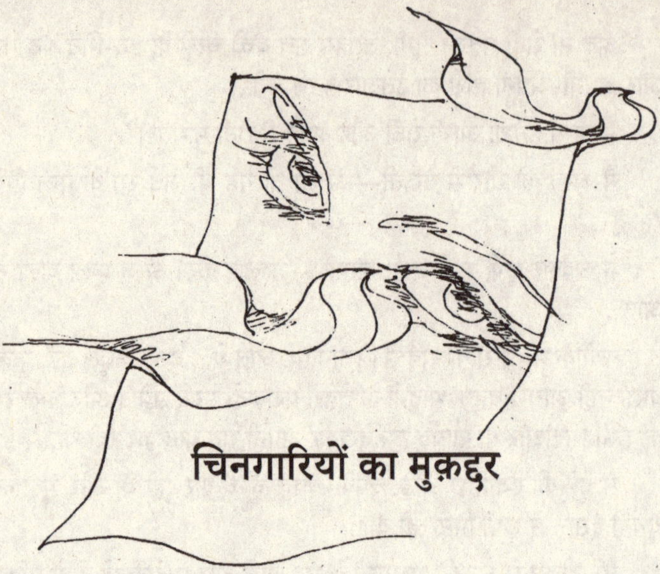

चिनगारियों का मुक़द्दर

सारा का पहला ख़त जो मुझे मिला, १९८० में, उस पर १६ सितम्बर की तारीख़ थी। लिखा था—

अमृता बाजी! मेरे तमाम सूरज आपके।
मेरे परिन्दों की शाम भी चुरा ली गई है। आज दुःख भी रूठ गया है।
कहते हैं—फ़ैसले कभी-कभी फ़ासलों के सुपुर्द मत करना!
मैंने तो फ़ासला आज तक नहीं देखा...
यह कैसी आवाज़ें हैं! जैसे रात जले कपड़ों में घूम रही हैं...
जैसे क़ब्र पर कोई आंखें रख गया हो!
मैं दीवार के क़रीब मीलों चली और इंसानों से आज़ाद हो गई...
मेरा नाम कोई नहीं जानता... दुश्मन इतने वसीह क्यूं हो गए!
मैं औरत—अपने चांद में आसमान का पैबन्द क्यूं लगाऊं!
मील पत्थर ने किसका इन्तज़ार किया!
औरत रात में रच गई है अमृता बाजी!
आख़िर ख़ुदा अपने मन में क्यूं नहीं रहता!
आग पूरे बदन को छू गई है
संगे मील, मीलों चलता है और साकत है...
मैं अपनी आग में एक चांद रखती हूं

और नंगी आंख से मर्द कमाती हूं
लेकिन मेरी रात मुझसे पहले जाग गई है
मैं आसमान बेचकर चांद नहीं कमाती...

....

ख़त हाथ में पकड़ा रह गया... ख़त उर्दू में था, और मैं आसानी से पढ़ नहीं पा रही थी, इसलिए इमरोज़ की मदद से पढ़ रही थी... मैंने ख़त पर हाथ रख दिया, इमरोज़ से कहा—ठहरो, और नहीं...

और वह लड़की—जो कह रही थी 'मैं आसमान बेचकर चांद नहीं कमाती'—मेरी रगों में उतरने लगी—

लगा—आसमान-फ़रोशों की इस दुनिया में यह सारा नाम की लड़की कहां से आ गई? आ गई है, तो इस दुनिया में कैसे जीएगी? चाहा इसे दिल में छिपा लूं...

इमरोज़ ने आहिस्ता से मेरे हाथ को सरका दिया, और ख़त पढ़ने लगे—

"क़दम-क़दम पर घूंघट की फ़रमाइश है, लेकिन मेरे नज़दीक शर्म एक अंधेरा है..."

याद आया—सारा की एक नज़्म में ठीक इसी अंधेरे की तफ़सील है, "शर्म क्या होती है औरत! शर्म मरी हुई ग़ैरत होती है।"

इमरोज़ ख़त पढ़ रहे थे—

"जिस्म के इलावा मैं शे'र भी कहती हूं। शहवत में मरे हुए लोग मुझे दाद देते हैं, तो मेरे गुनाह जल उठते हैं।

धूप में आग लगी, कपड़े कहां सुखाऊं! चिनगारियों के मुक़द्दर में आग ज़रूर लगती है...

अमृता बाजी! दिल बहुत उदास है, सो आपसे बातें कर लीं। आजकल मेरे पास दीवारें हैं, और वक़्त है। हमने तो आपकी मुहब्बत में किनारे गंवा दिये, और समुन्दर की हामी भर ली...

मौसम की क़ैद में मेरा लिबास क्यूं रहे! मैं सदियों की मां हूं। मेरी रात में दाग़ सिर्फ़ चांद का है...

आंखें मुझे क्यूं नापती हैं? क्या इंसान के ज़िस्म में ही सारे राज़ रह गए?

दुआ ज़हर हो जाए तो ख़ुदावंद के यहां बेटा होता है, और मेरे दुःख पर ख़ुदावंद ने कहा कि मैं तनहा हूं!

मिट्टी बोली लगाती है मौसम की। सच है कायनात के ख़ातमे पर जो चीज़ रह जाएगी, वह सिर्फ़ वक़्त होगा।

मैं अपने रब का ख़्याल हूं, और मरी हुई हूं..."

मैंने तड़पकर ख़त को एक तरफ़ रख दिया। और जिस तरह तड़पकर कभी अपने को कहा करती हूं—"आओ अमृता! मेरे पास आओ!"—उसी तरह कहा— "आओ सारा! मेरे पास आओ!"

उस वक़्त सारा की एक नज़्म काग़ज़ से उतरकर मेरे ज़िहन में सुलगने लगी—

अभी औरत ने सिर्फ़ रोना ही सीखा है
अभी पेड़ों ने फूलों की मक्कारी ही सीखी है
अभी किनारों ने सिर्फ़ समुन्दर को लूटना ही सीखा है
औरत अपने आंसुओं से वुज़ू कर लेती है
मेरे लफ़्जों ने कभी वुज़ू नहीं किया
और रात ख़ुदा ने मुझे सलाम किया...

और उस वक़्त मेरे मुंह से निकला—देखो सारा! आज ख़ुदा से मिलकर मैं तुम्हें सलाम करती हूं!

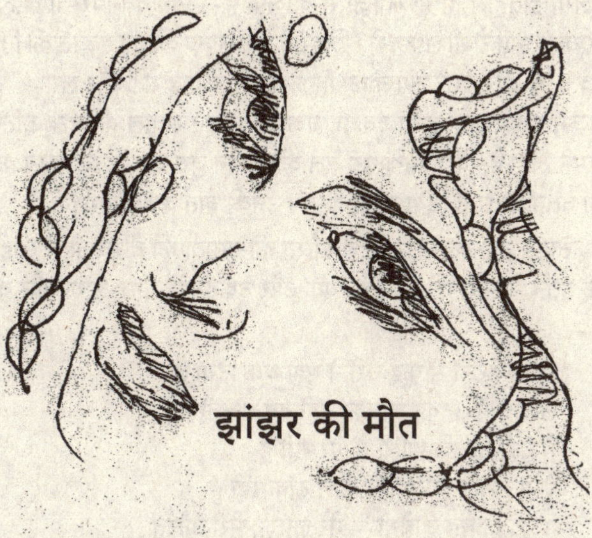

झांझर की मौत

सारा शगुफ़्ता की नज़्म का एक जलता हुआ टुकड़ा मेरे सामने था—

यहां तो क़ैद की कड़िया खोलते-खोलते मेरा बदन अटकने लगा है
हर नक़्क़ाद, ग़ैर नक़्क़ाद मेरे बदन मे भौंकना चाहता है
फिर अपने सांस जितना कफ़न मेरे लिए अलापता है
मेरा सबसे बड़ा ज़नाह यह है—कि मैं औरत हूं
जब उनके साथ क़हक़हा नहीं लगाती
वह मेरे ख़िलाफ हो जाते हैं....
और क़तार में लगे हुए लोग मुझे बताते हैं
कि कितने कुंज़े प्यास है
हद तो यह कि बताने वाला —
शर्म कि जूठन से प्याले को धोता है
मैं ऐसे फ़ाहशा नहीं हो सकती
और वह ख़तना से ज्यादा वसीह नहीं होते...
पर्दा ?
मैं किस किस परचम के बंद खोलूं
क्या औरत का बदन से ज़्यादा कोई वतन नहीं ?
....

लगा इतिहास दो ही लफ़्ज़ों से वाक़िफ़ है—एक वतनपरस्ती लफ़्ज़ से और एक वतनफ़रोशी लफ़्ज़ से। ज़िस्में से एक लफ़्ज़ को वह इज़्ज़त की निगाह से देखता है, और दूसरे लफ़्ज़ को हिक़ारत की निगाह से! और लगा—सारा की नज़्म, यह जलता हुआ टुकड़ा, एक जलते हुए सवाल की तरह इतिहास के सामने खड़ा है, कि जिनके पैरों तले की ज़मीन चुरा कर, उनके बदन को ही उनका वतन करार दे दिया जाता है, तुम उनकी बात कब करोगे?

इतिहास ख़ामोश था, और मैं औरत की दासता की बेजुबानी में खोई हुई थी कि इतने में सारा की नज़्म का एक और टुकड़ा मेरे पास आया और कहने लगा—

मेरी तहरीरों से कई घरों ने मुझे थूक दिया है
लेकिन मैं उनका ज़ायक़ा नहीं बन सकती
मैं टूटी दस्तकें झोली में भर रही हूं
ऐसा लगता है पानी में कील ठोक रही हूं
हर चीज़ बह जायेगी—मेरे लफ़्ज़, मेरी औरत
यह मशकरी गोली किसने चलाई है अमृता!
ज़ुबान एक निवाला क्यूं क़ुबूल करती है?
भूख एक—और पकवान अलग-अलग
देखने के लिए सिर्फ़ 'चांद सितारा' क्यूं देखूं?
समुन्दर के लिए लहर ज़रूरी है
औरत के लिए ज़मीन ज़रूरी है
अमृता! वह ब्याहने वाले लोग कहां गये?
यह कोई घर है?
कि औरत और इजाज़त में कोई फ़र्क़ नहीं रहा...
मैंने बग़ावत की है, अकेली ने,
अब अकेले आंगण में रहती हूं
कि आज़ादी से बड़ा कोई पेशा नहीं...
देख! मेरी मज़दूरी, चुन रही हूं लूं चे मास
लिख रही हूं
कभी मैं दीवारों में चिनी गई,
कभी बिस्तर में चिनी जाती हूं...
....

याद आया—जब सारा से मुलाकात हुई थी, वह हिन्दुस्तान आई थी, १९८० में तो कहने लगी—अमृता बाजी! मैंने दूर-दूर तक औरत को सोए हुए देखा है! और जाना कि सोई हुई आंख को जो सवाब पेश किया जाता है, मैं उसकी क़ायल नहीं हूं। जागती आंख जूठा पानी है। मैं नहीं चाहती कि औरत जूठा पानी पिए...

मैंने बीच में टोक दिया था—सारा! जागती आंख से तेरी क्या मुराद है? जागती आंख तो रूह की चेतना होती है...

वह हंस-सी दी थी। कहने लगी इस वक़्त जागती आंख से मेरी मुराद शौहर से है। लेकिन अमृता बाजी! तुम ठीक कहती हो, वही शौहर जो सोई आंख का सवाब था, जागती आंख में अगर चेतना न होती, तो वह जूठा पानी कैसे लगता... मैंने जब सोई आंख के सवाब से आंख खोली, तो घूंघट में टूटे हुए चांद देखे... देखा कि मेहंदी ने मेरे हाथ रंगे नहीं थे, बल्कि और सफ़ेद कर दिए थे... सामने घर नहीं था, ख़ाली मैदान था, और मैं मैदान में झांझर डालकर नहीं चल सकती थी...

ऐसे लगा जैसे मेरे सफ़ेद कपड़ों पर रंगीन धागों से मेरा कफ़न सिल गया है...ज़ख़्मों को सीने की बात तो सुनी थी, लेकिन देखा कि मेरी खुली आंखों को सीने की कोशिश की जा रही है... मैंने उसी घूंघट में अपने बचपन के और जवानी के पैरहन जला दिए...

मैंने कहा—तलाक़ सचमुच झांझर की मौत होती है...

वह फिर हंस-सी दी, कहने लगी—और गुनाह भी। लेकिन मैं अपने गुनाहों को अपनी आयतें समझती हूं, पर लोग मेरी नज़्म को सिर्फ़ एक तवायफ़ समझते हैं...

मेरे मुंह से निकला—ख़ुदाया! नज़्म को तवायफ़ समझने वालों के लिए क्या कहूं?

वह बोली—मैं उन्हें ख़ुदा की मरी हुई तख़लीक़ कहूंगी। ख़ुदा का मरा हुआ तसव्वुर। अगर नज़्म को तवायफ़ कहा और समझा जा सकता है तो चाहूंगी मेरी बेटी भी तवायफ़ बने। मेरी बेटी मुझे नज़्म-सी प्यारी है। और नज़्म अपनी बेटी-सी...

हालांकि मेरी बेटी भी मुझसे छीन ली गई है। यह क़ानूनी फ़ैसला नहीं था। बेटी के बाप ने हाथ में क़ुरान लेकर मुझसे वादा किया था कि ईद के बाद बेटी

लौटा दूंगा... उसने लौटाई नहीं। अब क़ुरान को आज़मा रही हूं कि वह अपनी अज़मत कब दिखाएगा?

इसी वाक़ये की तफ़सील उसने बाद में लिखी, १९८२ में—

"घुंघट में रोटी-सा चेहरा रखे सारी बहनें इन्सान जनने चली गईं। मैं भी चौदहवें बरस में घूंघट बुर्द हुई, और तीन बरस की मशक़्क़त से तीन बच्चे जने...

बीवी क्या थी, मैं तो इजाज़त थी। पहले मां की इजाज़त से एक रुपया उधार मांगा करती थी, और अब शौहर की इजाज़त से एक रुपया ख़र्च किया करती थी। यह सहूलियत भी क्या कम थी!

शौहर साहब भी एक जाहिल ओबाश आदमी थे। मैं सोचती कि घरवाले तो कहते थे कि सब कुछ तुम्हारा यही है। फिर वह मेरा क्यूं नहीं था?

जाहिल इतना कि बात-बात पर मार पीट, और वह भी इतनी कि मेरे जिस्म पर नील पड़ जाते। और जब चाहता, जानवरों की तरह हमबिस्तरी करता! जैसे मैं रबड़ की गुड़िया हूं...

ख़ैर, यह तो कोई बड़ी बात नहीं। हमारे यहां का शौहर ऐसा ही होता है। और बीवी को तो ऐसा होना ही है! खैर, दिन कटते रहे। मैं बुरक़ा ओढ़े दो बच्चों की उंगली थामे, और एक बच्चे पर बुरक़ा ताने सब्ज़ी ख़रीदने जाया करती। पोतड़े धोते वक़्त सोचा करती—पोतड़ों के रंग सब्ज़ियों से मिलते-जुलते हैं...

एक बच्चे को दूध पिलाती, और बाक़ी दो बच्चों को डांटती 'अब तुम रोटी खा सकते हो'—

अब मैं सब्जी यूं ख़रीदती कि चवन्नी बच रहे। और जब काफ़ी चवन्नीयां जमा हो गईं, तो मैंने क्लास नैहम की किताबें ख़रीद लीं, और पढ़ना शुरू कर दिया। नवीं पास की तो शौहर की मार के बावजूद फ़ैमिली प्लानिंग में सर्विस कर ली...

अब बच्चों को देखती, घर का काम करती, नौकरी पर जाती, और फिर बच्चों को सुलाकर मैट्रिक की तैयारी करती। जब मुझे ख़बर हुई—मेरा शौहर और भी बहुत-सी औरतों में फंसा हुआ है, तो मेरी उस वक़्त की कुंवारी सोच ने बहुत बुरा माना था। हालांकि मुझे बुरा नहीं मानना चाहिए था। किसी को क़ैद नहीं किया जा सकता...

लेकिन एक रोज़ मेरी भानजी मेरे घर पर आकर ठहरी। उस वक़्त मेरा छोटा बेटा सात दिन का था...

वह रात... वह रात... आधी रात को दूसरे कमरे से आवाज़ आई—आंटी! आंटी!... मैंने देखा मेरा शौहर ज़बरदस्ती मेरी भानजी के साथ हमबिस्तरी करना चाहता है... मैं भागकर अपने कमरे में गई और अपनी एक साला बेटी को उठा लाई, और कहा—सोना है तो अपनी बेटी के साथ सो! तुम किसी की ज़िन्दगी बरबाद नहीं कर सकते...

उसी रात मुझे तलाक़ हो गया..."

इन्सानी क़ुरान की आरज़ू

मैं नहीं जानती कि कभी सारा ने भी मेरी तरह उस अदालत की तमन्ना की होगी या नहीं, जिस अदालत में कोई नज़्म गवाही दे सके। मैंने ज़रूर की है...

सिर्फ़ तमन्ना नहीं की, तसव्वुर में एक अदालत तामीर भी कर ली, और देखा—गवाह के कटहरे में सारा की नज़्म खड़ी है, और कह रही है—

उंगली काट के सवाल पूछोगे तो जवाब भी बेपोटा होगा...
सुनो!
मैं इबादत के लिए ग़ार नहीं इन्सान चाहती हूं
और तिलावत के लिए इन्सानी क़ुरान...

मेरे इस तसव्वुर की आंखें भर आती, जब याद आता कि एक दिन इन्सानी क़ुरान की आयत जैसी सारा को इस दुनिया की एक अदालत में कहना पड़ा—"जज साहब! यह शख़्स बिलकुल सच बोलता है। मैं आवारा भी हूं और बदचलन भी। इसलिए इक़बाल करती हूं कि ये बच्चे इस शख़्स के नहीं हैं। इन बच्चों का बाप कोई दूसरा है। अदालत मुझे इजाज़त दे कि मैं ये बच्चे उसके असल वालिद तक पहुंचा सकूं..."

और जितने भी इल्ज़ाम सारा पर लगाए गए थे, सारा ने वह सब पहन लिए, तो अदालत की तरफ़ से सारा को अपने बच्चे मिल गए...

और वही बच्चे, क़ुरान पर हाथ रखकर, जब उनके बाप ने कुछ दिनों के लिए मांग लिए, तो फिर वापिस नहीं किए...

और किसी भी अदालत का इन्साफ़ कभी नहीं जान पायेगा कि तिलावत के लिए सारा इन्सानी क़ुरान क्यूं चाहती थी...

और वह अदालत कहीं नहीं, जो सारा की नज़्म को एक मुक़द्दस गवाही मान ले, और मान ले कि ऐसी नज़्म लिखने वाली आवारा नहीं हो सकती, बद-इख़लाक़ नहीं हो सकती...

उसके इख़लाक़ की गहराई कौन देखेगा, जिसकी नज़्म तड़पकर कहती है—

मैं अपने इज़ारबन्द से जिस मर्द का क़द नाप लूं
फिर भला जिस्म को कैसे दाव पर लगा दूं?

इन्सानी क़ुरान की आरज़ू करने वाली सारा ने अपने ख़ून की स्याही से लिखा—

"उस घर में मैं तीन बरस रही। सास बोटियां गिनकर रखा करती थी। मैं घर से क़दम बाहर निकालना नहीं जानती थी। अव्वल तो बुर्क़ा पहना करती, तनहा बाहर नहीं निकला करती थी।

उसी घर का एक वाक़या याद आ रहा है—तक़रीबन रात के आठ बजे मेरे भाई ने मुझे आकर इत्तला दी कि वालिद साहब का इंतक़ाल हो गया है। मैं जनाजे में शिरकत के लिए तैयारी करने लगी।

मेरे शौहर ने कहा—तुम जनाज़े में शरीक नहीं हो सकतीं। आज इन्सान नहीं, एक कुत्ता मर गया है...

मैंने कहा—ज़्यादा ख़बासत की ज़रूरत नहीं। मैं तो ज़रूर जाऊंगी।

फिर उसने पाइप से मुझे इतना मारा कि मैं बेहोश हो गई। जब मुझे होश आया तो रात के दो बज रहे थे...

मैंने दीवार फलांगी, और भागती हुई अपने बाप के जनाज़े तक पहुंची, और मैयत से लिपटकर रोने लगी...

घर वापिस आई। शौहर साहब ने मुझे फिर पाइप से मारा।

मैं ही क्या, पूरी सोसायटी औरत के साथ यही सुलूक करती है। बस,

कहीं-कहीं दुपट्टों का रंग बदल जाता है...

हम तो बिन आस की आंखें हैं...

और कहते हैं कि औरतें तो खेतियां होती हैं... उनसे पूछो—कभी किसी किसान ने अपनी खेती को उजाड़ा है...

किसान की तो पूरी ज़िन्दगी का दारोमदार खेती पर होता है..."

समाज के मुअज़िज़ लोगों पर सारा एक क़दीमी औरत की तरह पहले हंसी और फिर रोई। उसने मुअज़िज़ लोगों को मुख़ातिब होकर लिखा—

आपके सफ़ेद कपड़ों पर कभी मौसम नहीं आता
सिर्फ़ कुछ सफ़ेद दाग़ बूढ़े हो जाते हैं...
तुम्हारे इक़रारों में डूबे हुए इनकारों ने
मेरा ख़ुदा मार दिया है...

और इस नज़्म के अलावा उसने मुझे तफ़सील से लिखा—

"जब वह पहली बार मुझसे बच्चे छीनकर ले गया था, मियांवाली, तो मैं हद से ज़्यादा परेशान थी। मैं अकेले मियांवाली पहुंची। अनजान रास्ते, अजीब तरह के लोग, और मेरे पास एड्रेस तक नहीं था। इतना पता था कि चश्मा बेराज के क़रीब घर है। मैं पहले तो चश्मा बेराज के किनारे खड़ी हो गयी, और कहा—ऐ बेराज! तू तो मेरे साथ है न! आज मेरे लिए तुम दुआ करना, आज मैं कोई दुआ नहीं मांगूगी कि मांएं दुआओं से बड़ी होंती हैं...

फिर बड़ी मुश्किल से घर मिला। मैंने दरवाज़ा खटखटाया। अन्दर से मेरा शौहर निकला—कुतिया! यहां भी पहुंच गई?

मैंने कहा—हां यज़दीद! मैं यहां भी पहुंच गई...

—किसलिए आई हो?

—मुझे मेरा हक़ मेहर दो! और मेरे बच्चे दो!

—तुम इस क़ाबिल कहां कि तुम्हें हक़ मेहर दिया जाए। और बच्चें तो तुम्हें देखने तक का हक़ नहीं दूंगा

मैंने कहा—अच्छा! और मैं हक़ मेहर और बच्चे वसूल करके रहूंगी। मैं फिर आऊंगी...

रात बहुत हो चुकी थी। रहने के लिए कोई जगह नहीं थी : इत्तफ़ाक से एक आखिरी बस मिल गई, उस पर सवार हो गई, क्योंकि मियांवाली में न रिक्शा चलता है, न कोई और सवारी...

रास्ते में बस ख़राब हो गई। बस में सिर्फ़ मैं ही अकेली औरत थी। मैं सोचने लगी—अब मैं कहां जाऊं? बारिश बहुत हो रही है...

वह जगह एक देहात थी। मुझे एक मज़दूर नज़र आया। मैंने उसे बुलाया और कहा—यहां कोई क़रीबी रेलवे स्टेशन है?

उसने कहा—वह तो यहां से तीन मील के फ़ासले पर है।

मैंने कहा—मैं तुम्हें पचास रुपए दूंगी, तुम मुझे स्टेशन तक छोड़ आओ।

उसने हैरत से कहा—आप शहरी लड़की इतनी दूर तक चल सकोगी?

फिर हम चलते-चलते स्टेशन तक पहुंच ही गए। स्टेशन पर बहुत सन्नाटा था। कोई भी नहीं था। और ख़बर गर्म यह थी कि इस इलाक़े में लोग दिन-दहाड़े औरतों को उठाकर ले जाते हैं और पांच सौ रुपए की ख़ातिर इन्सान को क़त्ल भी कर देते हैं...

मैं रेस्ट हाउस के अन्दर चली गई और अन्दर से कुंडी लगा दी। मुझे कोई डर-खौफ़ महसूस नहीं हुआ। मैंने अपने काग़ज़ निकाले और लिखने बैठ गई...

कराची पहुंची, शौहर ने जो मकान मेरे नाम किया था, अब मुनकिर था। उसे बड़ी मुश्किलों से खाली करवाया, और एक लाख रुपए में उसे फ़रोख़्त कर दिया। रक़म ब्रीफकेस में रखी और मियांवाली का टिकट कटवाया...

हवाई जहाज़ से सिर्फ़ डेढ़ घंटा लगा। मियांवाली पहुंची, दरवाजा खटखटाया। उसने कहा—अन्दर आ जाओ।

रक़म मैं एक होटल में रख आई थी। मैंने कहा—शौहर साहब! मैंने तुमसे दुगना हक़ मेहर वसूल कर लिया है।

वह मुस्कराता हुआ उठा। और जैसे ही मैंने आंगन में क़दम रखा, दो आदमी थे और दोनों के हाथ में राइफलें थीं, और वह मुझ पर ताने खड़े थे...

शौहर ने कहा—रक़म कहां है?

मैंने कहा—सौदेबाजी कर लो! रक़म ले लो और बच्चे दे दो!

वह बोला—यह तुम्हारी भूल है। शराफ़त से रक़म दे दो, वरना तुम्हारा ज़िस्म अभी गोलियों से छलनी कर दूंगा...

मेरे बच्चे इर्द-गिर्द घूम रहे थे, लेकिन मैं उन्हें प्यार नहीं कर सकती थी।

उनमें से एक आदमी ज़रा-सा चौंका, मैं तो दरवाज़े से बाहर निकल गई, और मैदान में तेज़ी से भागने लगी...

गोलियों की बौछार हो रही थी, कभी कोई सनसनाती हुई मेरे दाएं और कभी बाएं, और कभी सर से गुज़र जाती। इतने में एक जीप रुकी, और किसी ने मुझे उठाकर गाड़ी में फेंक दिया। और जीप तेज़ी से चलने लगी...

मुझे और कोई दुःख नहीं था, सिवाय इसके कि काश मैं अपने बच्चों को गले से लगा सकती...

मैं रो रही थी कि अचानक मेरे सिर पर किसी ने हाथ रखा—बेटी!

मैं चौंकी। मैंने देखा—मुझे बचाने वाला एक मेजर है। मैंने उसका बहुत-बहुत शुक्रिया अदा किया। मेजर ने मेरी रामकहानी सुनने के बाद कहा—बेटी! हम देहाती लोग औलाद से ज़्यादा इज़्ज़त को अहमियत देते हैं! तुम क्यूं ज़लील होती हो!

और मैं खामोशी से इज़्ज़त... इज़्ज़त... इज्जत... को दुहराती रही..."

गजरे के तीन फूल

सारा की नज़्म का एक टुकड़ा डाक से मिला, २२ मई, १९८१ का लिखा हुआ, और पते की जगह लिखा था, लियाक़त अस्पताल, कराची...

क्या सारा अस्पताल में है?

मैं ठीक से उर्दू पढ़ नहीं पाती, एक अन्दाज़े से सारा का नाम पढ़ा और अस्पताल का नाम, और लगा—नज़्म के हरुफ़ मेरी आंखों में पानी का क़तरा-क़तरा हो रहे हैं...

चुपचाप नज़्म वाला काग़ज़ इमरोज़ की ओर बढ़ा दिया, लेकिन देखा—उनके हाथ में भी एक काग़ज़ है, दूसरे लिफ़ाफ़े से निकाला हुआ, जिसे पढ़ते हुए उनका चेहरा उतरा गया है... वह बोले—यह सारा का खत है, २३ मई का लिखा हुआ... वह लियाक़त अस्पताल में है... लिखती है—

"अमृता! बहुत बीमार हूं, इलैक्ट्रिक से इलाज हो रहा है। आसाब पर बहुत बुरा असर पड़ा है, कभी-कभी हाथ कांपते हैं, जुबान कांपती है। अब शायद जिस्म भी मफ़रूरी की हालत में है। वार्ड में कोई किसी से नहीं मिल रहा, सब बिछुड़ रहे हैं। मैं हाथ पसारे ख़ामोश बैठी हूं...

अम्मा बताती हैं कि जब मुझे दौरा पड़ा तो बेहोश हो गई। उसके बाद चीख़ें मारी और चार रोज़ तक किसी को पहचानती नहीं थीं। रात को टहलना, और बहुत-बहुत टहलना... और तो और रास्ता भूलने लगी हूं। चेहरे भूलने लगी हूं। अशार लिखते हुए कहती हूं—जाने क्या लिखने बैठी थी, और क्या लिख रही हूं..."

रिपोर्ट पढ़ी, तो दिमाग़ी रिपोर्ट में लिखा था—आइंदा दौरा ख़तरनाक हो सकता है...

दो मिनट तो जाने मुझे कैसा लगा, हर चीज़ को ग़ौर से देखने लगी।

यह कैसी दाई आई है कि दर्द ही नहीं हुआ...
अभी तो मुझे लिखना था...
मौत की मैंने बहुत चुग़ली खाई है, फिर तो यह हक़ पै है...
लेकिन यह क्या क़ायदा है कि मेरे हवास खोए जा रहे हैं...
हाथ थम गया तो अलविदा कैसे कहूंगी...
हर दरवाज़े पे दस्तक देता है वह काला फ़क़ीर
और अगर पागल हो गई, तो लोग इलज़ाम कहां रखा करेंगे?
मेरे कुतबे पे ख़ामोशियां लिख देना
ख़ामोशी में सच और झूठ का क्या सवाल
अभी तो मैंने लिखना शुरू किया था, यह कैसे हुआ... कैसे...
औक़ात की पक्की हूं इसलिए ज़ख़्मी हूं
मेरे हाथ फ़ायदा उठाने के क़ाबिल नहीं थे
क्या ऐसे ही लोग फ़रामोश कर दिए जाते हैं?
या तो रास्ता जाहिल रहा होगा, या मेरा क़दम जाहिल रहा होगा...
लेकिन—अधूरी शिकस्त बहुत बुरी होती है
देखो! लोग आधा-आधा हाथ मेरे हाथ में छोड़ गए हैं...
हर बच्चे को गोद लेना मेरी ही तो आदत थी
हर सवार की गर्द धोना ही तो मेरा सफ़र था
कांटों की हंसी मेरा ही तो जंगल था...
कमरे में एक काली बिल्ली घूम रही है
अमृता! यह बिल्ली मुझसे ज़्यादा आवाज़ रखती है
मैं तो डर गई, लेकिन वह बड़ी मग़रूर थी...

सारे मरीज़ों की तवज्जों बटाती होगी...

....

वार्ड बुआए ने पागल समझकर मुझे छेड़ा...

....

पैदल तो सभी लोग चल रहे होते हैं, देखना तो यह कि गिरा कौन है?
वहशत हो रही है। दीवारें आंखों से चिनी जाती तों और वहशत होती...

....

ठंडी ठार क़ब्र का सवाल कर रही हूं
या तो मैं रोऊंगी या मेरी क़ब्र रोएगी
आधी बात कह रही हूं, आधी बात आपने कहनी है...
ज़िहन दुख-रसीदा हो रहा है, डाक्टर ने लिखने से मनह किया है...
घर वाले भी मनह करते हैं...
वह हाथ और क़लम का नारा नहीं जानते
काला आदमी जब आएगा, कह दूंगी—
मेरी जूती तुम न उतारो! मैं ख़ुद ही उतार दूंगी...
फिर वह मेरा हिसाब लेगा; और मैं अपनी किताब दे दूंगी...
जिस दिन मिट्टी में मैं डोल गई, आसमान के हाथ से
अर्श गिर जाएगा...
मैंने इतनी नेकियां बसर की हैं—जितनी बार कि क़ुरान में
शैतान का ज़िक्र है...
आसमान और ज़मीन में कितना फ़र्क़ है...
कुतबों वाले नमाज़ तो पढ़ते नहीं...
सौ, सवा सौ नेज़े के बाद इन्सान रहेगा
यह सारी आग कूड़े-करकट पे लगी है
बताओ! बेवक़ूफ़ी के भी हाथ बड़े! लम्बे क़द के छोटे पांव...
मौत के चटख़ारे लेने वाला गफ़ूर-उर-रहीम है
जैसी कुटिया वैसी छांव...
फिर इन्सान से महंगा तो राज़ हुआ
ग़ैब की लाठी से हमें. बांधा गया है...

सफ़र खेला जा रहा है, लेकिन गेंद को नहीं दुहरा सकते
पहले तो आंख के कान कतरूंगी, कि वह ज़्यादा क्यूं सुनती है!
कुएं की प्यास रस्सी नहीं, ज़मीन बुझाती है
इस क़दर लोग मरे! पर मौजों की चोरी से समुन्दर
कौन-सा दुबला हो जाएगा...
दर्द हो रहा है, उठकर दवा खा लूं
ज़िन्दा रही तो फिर आऊंगी...

तुम्हारी—सारा शगुफ़्ता

ख़त सुना तो मेरी आवाज़ तड़प गई—सारा! होगा कोई वह समुन्दर, जो लहरों की चोरी से दुबला नहीं होता... लेकिन दोस्ती और मुहब्बत का मेरा समुन्दर तेरे जैसी लहर की चोरी से सूख जाएगा...

उस वक़्त मेरे समुन्दर में एक तूफ़ान बरपा हुआ—यह कैसे अस्पताल हैं, जहां मरीज़ को पागल समझकर, छेड़ने वाले, अस्पताल के कारकुन, पागल नहीं करार दिए जाते...

इमरोज़ की आवाज़ इस तूफ़ान पर तारी हो गई। वह सारा की नज़्म पढ़ रहे थे—

मेरे तीनों फूल प्यासे हैं...
मेरी मां के आंसू अब ज़मीन पर गिरने लगे हैं
और लोग बेतहाशा हंसने लगे हैं
मेरे पास मौत के और भी सात रोज़ हैं
इन सात दिनों को मैं पिरो नहीं सकती
अलविदा क्या होती है
कि मेरा हाथ रुकने वाला है
मेरी क़मीज़ के धागों से दास्तानें लिखी जाएंगी...
रोना नहीं!
कि मेरा लहू बहुत उदास था
में आख़िरी लफ़्ज़ से दौड़ जाऊंगी—क़ायदा रखने के लिए
जब मेरी क़ब्र का चेहरा हो जाए
तो नाख़ून तक को ज़िन्दा रखना!

मेरे क़ुतबे पर फूलों को दोहराना मत
कि लाना तो लफ़्ज़ों का गुलदस्ता लाना!
उड़ जाने वाली आंखें कहीं ना कहीं बरस रही होती हैं
पागल मैं नहीं थी, उसका क़दम था
जो मेरे लहू में दाख़िल हो गया था
काश मैं आंखें तुम्हें बांधकर दे सकती
कि सबसे ज़्यादा फ़ज़ूलख़र्च आंख होती है...
वह मुझमें चलता रहा, चलता रहा
और मैं संगे-भील बन गई...
मौत के सिक्के चल निकले, तो ख़ामोश रहना...
मिट्टी जागती है
इससे पहले कि मैं मिट्टी में रच जाऊं
मेरे साथ इन्साफ़ करना!
मेरे रास्तों की भूल मुझे मुआफ़ करना!
कुएं में डोलती रस्सी जल तो सकती है
प्यास नहीं बुझा सकती
और जलना-बुझना, जलना-बुझना
तो ख़ुदा के त्यौहार हैं...
....
ज़िन्दगी तो पहले से रूठी हुई थी
अब तो सिर्फ़ ख़ुदा पर इल्ज़ाम लगाने जाऊंगी...
....
वह पूछेगा तुम्हें किस नाप की जूती आती है?
वह समुन्दर बन सवाल करेगा।
चुटकी बन उसे महदूद कर दूंगी
....
मिट्टी और ख़ुदा मेरे जिस्म से खेलेंगे
और मैं कम से कम बोलूंगी
कि टूटे हुए खिलौने कभी-कभी पांवों में चुभ जाते हैं...
ख़ुदा ने मौत का क़द नापा तो वह ख़ुद शुमार हो जाएगा...

....

मैंने तुम्हारे लिए सफ़ेद पैरहन पर कढ़ाई की है
सूई या तो पैरहन में रह गई, या मेरे में...

....

किस-किस के हाथों पर आंखें रख दूं
और किस-किसको अलविदाई न कहूं

....

मेरी तरह बहकोगे?
मैंने बहुत हंसी बांटी है
यह मेरे होंठों से कैसे गिर गए
सच है मेरी गिरी हुई आंखों पर भी
लोगों ने क़दम रखे, और संवर गए...
कौन मेरे नाम की रोटी देकर भूखा रहता है!
कौन मुझे कन्धा देकर गुज़र जाता है
मेरे गजरे के तीन फूल प्यासे हैं....

नज़्म सुनते हुए मेरे ज़िहन में आदिवासियों की एक कहानी करवट लेने लगी कि यह जो आसमान में गरजते बादल होते हैं, यह छोटे-छोटे बच्चों की रूहों का क़ैदखाना होते हैं, जहां वह बादलों में बिलखते हैं और ज़मीन पर देखते रहते हैं कि उन्हें किसी मां की कोख कब मिलेगी...

लगा सारा के गजरे के तीन प्यासे फूल ज़रूर सारा के तीन बच्चे हैं, जो उससे छिन गये हैं... उन्हें मां की कोख मिली, पर मां की गोद नहीं मिल सकी...

और जो बच्चे मैंने कभी देखे नहीं वह पानी के भरे बादलों में बिलखते हुए भी दिखने लगे, और इसी मेरी ज़मीन पर, किसी घर में पड़े सूखे हुए फूलों की सूरत में भी...

सारा की नज़्म एक तड़पती हुई कोख का दर्द था, जिसे लोग पागल क़रार दे रहे थे...

यह नज़्म नहीं, एक सूई थी, जो बच्चों के सफ़ेद पैरहन पर कढ़ाई करते-करते

आधी सारा के हाथ में उतर गई थी, और आधी बच्चों के पैरहन में सिल गई थी...

इसी टूटी हुई सुई का दर्द, बाद में १९८२ में, सारा ने अपनी क़लम से लिखकर मुझे भेजा—

"ज़मीर से लेकर बेज़मीरी तक का सफ़र भी मेरा ही है। मेरा ही तो चेहरा है। तलाक़ के बाद मैं मां के घर नहीं गई, बल्कि एक बेवा औरत का एक कमरा किराए पर ले लिया। कुछ किताबें थीं, मेरे पास, डिगरी के लिए। और एक चादर तक नहीं थी...

उस अज़ीम बेवा ने एक तो मुझे बिस्तर दिया। यह तो हर फ़क़ीर को मिल जाता है। लेकिन उसकी सबसे अज़ीम बात यह थी कि उसने एक अकेली औरत को मकान किराए पर दिया, जो कि आम तौर पर अकेली औरत को नहीं मिलता...

उन्होंने बच्चे मुझसे छीन लिए थे, मैं रोज़ घर की झिरी में से झांककर, बच्चों को देखकर, वापिस आ जाती थी। मेरा हर अज़ाब ज़मीन पर बहता रहा। मैं तीन इन्सान जनने के बाद भी अकेली हुई, तो मिट्टी से ज्यादा भूखी निकली...

रात से पहले चांद निकल आए तो रोग लगता है। सूरज अपने पंजे समेट रहा था, जैसे अकेली दुआ ख़ुदा ढूंढ़ने निकली हो...

आंखों की केंचुली से मेरा लिबास सिया जाता था। दुख भी नाबीना होने लगा। क़ाफ़िले की घंटियां अकेली औरत को इतना डराती हैं कि ख़ौफ़ पत्थर होने लगता है...

सुबह दूध देने नहीं आती
दुपहर रोटी नहीं मांगती
आंखों जैसी काली रात भूख को नाबीना करती हैं...

ख़्वाहिश की नीली घड़ी मेरे टांके खोलती है और मेरे कपड़ों का रंग पागल हो जाता है...

रास्तों की आधी जूती से मेरी औरत के पैर नंगे रहने लगे...

बीनाई के ताबूत में मेख़े ठोंक दी गईं

मेरे दुख की पुरानी क़ब्र पर रोज़ नई मिट्टी डाली जाती कि इन्सान इससे ज़्यादा मौत को याद नहीं कर सकता...

मेरी ज़ुबान खिलौने बनाती, और मेरे लहू से पतंगें उड़ाती, लेकिन मेरे बच्चों के पास डोर नहीं थी। उनके कपड़ों से सूरज ने ज़िद चुरा ली थी। बच्चों के पास सूरज का आख़िरी रंग भी नहीं... और फिर बच्चों की हथेली पर सूरज का लहू रह गया...

आवाज़—सूई की ज़ुबान की तरह मेरा लहू टांकने लगी
सब्र—गहन की तरह मेरे चांद को देखता
कश्ती के डूबने से कभी सूरज छोटा हुआ है?
सो बच्चों का आदम अभी भी मुहज़्ज़ब है...

मैं जब बच्चों से मिलने जाती तो देखती कि बच्चे बहुत डरे-डरे से हैं, और मुझसे बात नहीं करते। वह बच्चों को इतना मारता और इतना डराता कि मुझे अपने सहमे हुए बच्चे देखकर बहुत अफ़सोस होता। उनके दिलों में यह बात डाल दी गई कि तुम्हारी मां आवारा है, बदमाश है, और ग़ैर मर्दों के साथ तस्वीरें खिंचवाती है।

मेरे सामने—मेरे बच्चे अपनी सौतेली मां से बहुत प्यार करते। एक बच्चे को मैं बहला-फुसलाकर एक अलग कमरे में ले गई, और कहा—बेटा! मुझे एक बार मां कह दे!

उसने मां नहीं कहा।

फिर तो मेरी हिचकियां बंध गईं। और वह डर के मारे कमरे से भाग गया।

दो साल तक यही चक्कर चलता रहा। कभी-कभी मैं ख़ुद ही मिलने चली जाती। फिर मैंने केस लड़ा, और दो साल तक कटहरे में जाकर खड़ी होती रही।

तारीख़ पड़ी। एक कटहरे में मैं और दूसरे कटहरे में बच्चों का बाप खड़ा था। वह बोला—

जज साहब! मेरी बीवी बदचलन है। दूसरे मर्दों के साथ घूमती-फिरती है...

जज ने फिर मुझे कहा—बयान दो।

मैंने कहा—जज साहब, यह शख़्स बिलकुल सच बोल रहा है, मैं आवारा भी हूं और बदचलन भी। इसलिए इक़बाल करती हूं कि ये बच्चे इस शख़्स के नहीं हैं। इन बच्चों का बाप कोई दूसरा है। अदालत मुझे इस बात की इजाज़त दे कि मैं ये बच्चे उनके असल वालिद तक पहुंचा सकूं। यह बच्चों का बाप नहीं है। इसलिए इन बच्चों पर इस शख़्स का कोई हक़ नहीं है।

फ़ैसला मेरे हक़ में हो गया। मैं पुलिस के साथ गई और बच्चे बरामद करके कराची चली आई।

इतने अरसे में बच्चे बाप से मानूस हो चुके थे और अपने बाप को याद करते थे। मुझे भी दुख होता था। ख़ैर, कुछ दिनों के बाद बच्चे मुझसे मानूस हो गए। मैंने स्कूल में बच्चों को दाख़िल करवा दिया।

और मीना बाज़ार में रेडीमेड कपड़ों की दुकान खोल ली। बच्चे स्कूल से सीधा दुकान पर आ जाते, और मैं दुकान पर ही बच्चों को पढ़ाया करती।

एक रोज़ मेरे दरवाज़े पर बच्चों का बाप आया। मेरे ज़मीर ने गवारा नहीं किया कि उसे इज़्ज़त ना दूं। बड़ी ख़ुशदिली से उसे ऊपर आने की दावत दी और कहा—आख़िर तुम मेरे बच्चों के बाप हो। आओ! बच्चों से मिल लो!

वह ऊपर फ्लैट पर आ गया। मैंने बच्चों को कमरे में तनहा छोड़ दिया, और खाना पकाया। और बाक़ी भी थोड़ा-बहुत एहतमाम किया।

मैं कमरे में चाय लेने गई, तो उसके हाथों में क़ुरान था। उसने क़ुरान उठाकर कहा—चन्द रोज़ के लिए बच्चे मुझे दे दो! चन्द रोज़ के बाद मैं वापिस कर जाऊंगा। देखो, मैंने क़ुरान उठा रखा है, और इसके बावजूद अगर कोई क़ानूनी चाराजोई करनी है, तो वह भी कर लो!

मैंने कहा—जब तुमने क़ुरान ही उठा लिया है, तो बाक़ी क़ानूनी चाराजोई किस काम की। मुझे क़ुरान पर एतबार है।

अमृता! मैं खुद बच्चों को जहाज़ पर सवार करवाने गई और उन्हें अलविदा कहा।

काफ़ी माह गुज़र गए। वह बच्चों को वापिस लेकर नहीं आया। दो साल होने को आए हैं। और ना मैं मुलाक़ात करने गई। अब मुझे देखना यह है कि क़ुरान क्या फ़ैसला करता है...

अमृता! मैं जब कभी बच्चों को याद करती हूं तो मेरे पिसतानों से दूध बहने लगता है... यह बात मौजज़े से कम नहीं। मैं अपने बच्चों से बेइन्तहा मुहब्बत करती हूं। जब उनका नाम लेती हूं तो मेरी कोख में दर्द होने लगता है...

सारी-सारी रात टूटे चांद को देखती रहती हूं, और सोचती रहती हूं कि यह आधा चांद कहां छुप जाता है...

बच्चों को याद करती हूं तो लहू के टांकों से मेरा दिल फट जाता है...

घड़ी कि ज़िंदा टिक-टिक मुझे मुर्दा कर रही है...
मौत को क़रीब से देख रही हूं...
हर करवट पर ख़ाली चादर हाथ आती है...
मैं किसी से नफ़रत नहीं कर सकती।
अपनी आंखे फ़रोख़्त करूं या अपने हाथ फ़रोख़्त करूं?
इन्सान को इन्सान होने का मुआवज़ा ज़रूर देती हूं...

मैंने इस शहर को मां कि तरह पाला है, और आधी रात को भी अगर कोई मेरा दरवाज़ा खटखटाए तो सारा शगुफ़्ता अपने घर से निकल खड़ी होती है...

मेरी मुहब्बत और मेरे ईसार को लोग हमेशा ग़लत ज़मीन देते रहे...

फिर मैं अपनी हंसी के थान में लिपटी अपनी क़बा के तार निकालती रही..."

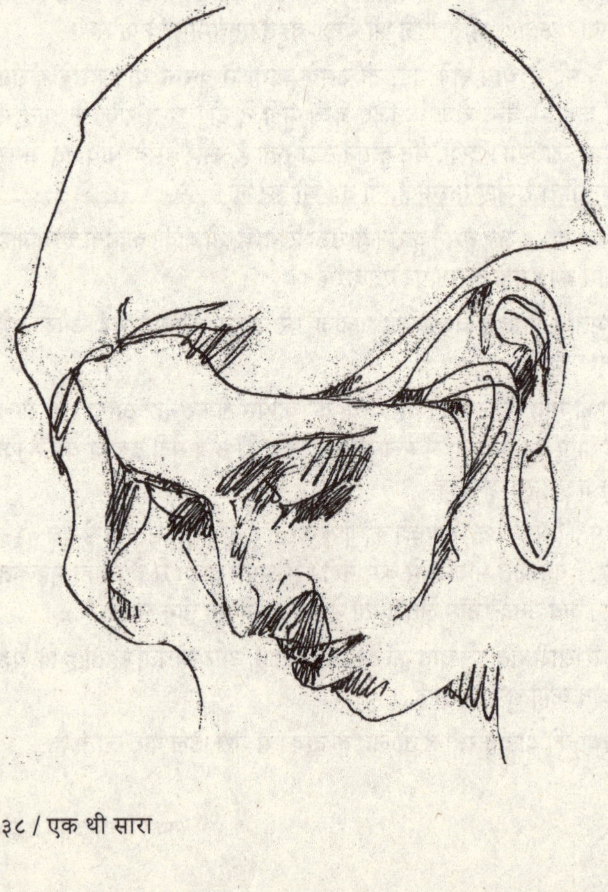

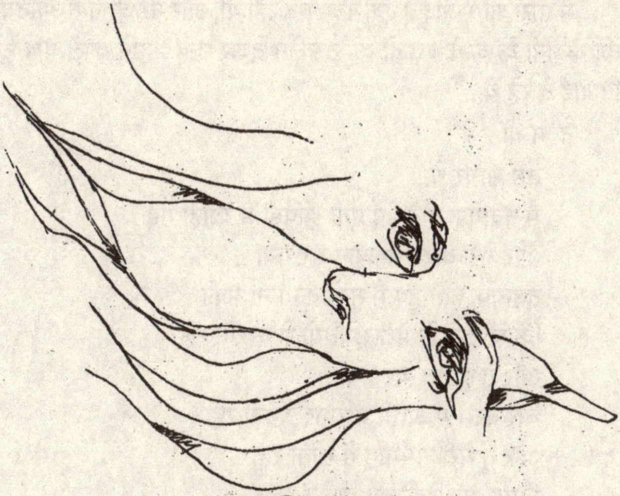

दूध की क़सम

आस्ट्रेलिया के आदिवासियों में एक कहानी कही जाती है कि एक वक़्त था, जब बत्तखों के पंख सफ़ेद होते थे। लेकिन एक बार ऐसा तूफ़ान बरपा हुआ कि बत्तख़ों ने एक ऐसे घोंसले में पनाह ले ली, जो दरअसल चीलों का घोंसला था। बड़ी-बड़ी चीलें जब अपने घोंसलों में आईं तो बत्तखों को देखकर उन्हें बुरी तरह से काटने-पीटने लगीं। इतना कि उनके सफ़ेद पंख भी नोच लिए, और उन्होंने अधमरी बत्तखों को अपने बड़े-बड़े पंजों में लेकर दूर एक जंगल में फेंक दिया...

मरी-सी बत्तख़ों को होश आया, तो देखा—अब उनके बदन पर पंख नहीं थे... वह वहीं ज़मीन पर तड़पने लगीं। उस वक़्त कुछ कोवे उड़ते हुए आये और बत्तख़ों की दास्तान सुनकर कहने लगे—वह बड़ी-बड़ी ख़ौफ़नाक चीलें हमारी भी दुश्मन हैं। इसलिए उनसे बदला लेना ही होगा... हम उन्हें दिखा देंगे कि बत्तख़े ज़िन्दा हैं...

'बत्तख़ों को ज़िन्दा रखना ही पड़ेगा'—यह सोचकर बहुत-से कौवों ने अपने काले पंख अपने बदन से उतारे और बत्तख़ों को दे दिए... यही वाकया था कि आस्ट्रेलिया की बत्तखें आज तक काले पंखों वाली हैं...

मैं सारा की भेजी हुई एक नज़्म पढ़ रही थी, और मेरे ज़ेहन में आदिवासियों की कहानी के कौवे बत्तखों को तस्कीन देकर उन्हें अपने काले पंख देते हुए दिखाई दे रहे थे...

नज़्म थी—

तुम शायर थे...
मैं तवायफ़ होते हुए एक झोंपड़ी में ब्याही गई
और मेरा बच्चा बेकफ़न मर गया...
तवायफ़ होते हुए मैं तुम्हें कमा ना सकी
कि खोटे सिक्के मेरी छातियों से बह निकले
और तू बारात हार गया...
चार बरस मैं आधी चारपाई बुनती रही
और तू मेरी शर्मगाह में सोता रहा...
मैं एक मशरिक़ी तवायफ़ हूं
इसलिए मग़रिब तक तुम्हें, तेरा कमीशन दूंगी
मैं मां इसलिए नहीं, कि तेरा ख़लास सिर्फ़ मशरिक़ है
तुम मौत नहीं भूलते, मैं दुख नहीं भूलती
मेरी शर्मगाह में कौन-सा खोटा सिक्का चल निकला
कि जहां भी चाहूं तुझे ख़रीद सकती हूं
तेरा ख़लास कफ़न पर होता है
और मेरा तवायफ़ी-जन्म इन्सान से...
मैंने नाच-नाच कर झांझर खो दी
तूने ख़ामोश रह-रहकर...
हरामज़ादों ने तो हद कर दी
औरत को महज़ ख़लास का वसीला समझ लिया
आज मुझे ख़बर हुई कि मैं तो तेरी दाश्ता थी
और तेरे सारे ही लफ़्ज़ दल्ले हो गए...
मैंने तुमसे कभी हक़-मेहर नहीं मांगा
मैं इतनी तवायफ़ज़ादी हूं
कि मेरा हक़-मेहर लोग यूं ही दे देते हैं...
तेरी थकावट—यह शहर जानता है

तेरे हाथ पैंफ़लेट हो गए
तेरी तलवार और तेरी सिपहसालारी
उस वक़्त कहां थी
जब चार हीजड़ों के इकरार पर मैं तेरी आबरू थी...
तेरी ग़ैरत तो मुर्दा बच्चा क़ुबूल नहीं करती
मेरी टूटन को कैसे क़ुबूल करेगी।
मेरा आख़िरी मर्द मर गया है
जिससे मैं आज तक ब्याही हुई थी
अब मेरी चूड़ियों के नेज़े बन गए हैं
जिनसे मैं अपनी दास्तान लिखूंगी...

और सारा ने वह दास्तान लिखकर मुझे एक ख़त की सूरत में भेजी —

"अमृता! तुम्हें रोज़ तंग करने आ जाती हूं, लेकिन फिर कहां जाऊं। यह तो मैंने तुम्हें बताया ही नहीं कि मैंने शायरी कैसे शुरू की...

आज से पांच बरस पहले, कहने को एक शायर, मेरे साथ फ़ैमिली प्लैनिंग में सर्विस करता था। मैं बहुत बानिमाज़ होती थी। घर से आफ़िस तक का रास्ता बड़ी मुश्किल से याद किया था और पढ़ने-लिखने का बिल्कुल शौक़ नहीं था। इतना ज़रूर पता था कि शायर लोग बड़े लोग होते हैं...

एक शाम शायर साहब ने कहा—मुझे आपसे एक ज़रूरी बात करनी है। फिर एक रेस्तरां में मुलाक़ात हुई। उसने कहा—शादी करोगी?

दूसरी मुलाकात में शादी तय हो गई।

अब क़ाज़ी के लिए पैसे नहीं थे। मैंने कहा—आधी फ़ीस तुम कर्ज़ ले लो, आधी फ़ीस मैं कर्ज़ ले लेती हूं।

चुनांचे मेरे घरवाले शरीक़ नहीं होंगे, मेरी तरफ़ से गवाह भी लेते आना!

एक दोस्त से मैंने उधार कपड़े मांगे, और मुक़र्रर जगह पर पहुंच गई। और निकाह हो गया। क़ाज़ी साहब ने फ़ीस के अलावा मिठाई का डिब्बा भी मंगवा लिया, तो हमारे पास छः रुपये बचे। बाक़ी झोंपड़ी पर पहुंचते दो रुपये बचे।

मैं लालटेन की रोशनी में घूंघट काढ़े बैठी थी... शायर ने कहा—दो रुपया होंगे? बाहर मेरे दोस्त किराए के बग़ैर बैठे हैं। मैंने दो रुपए दे दिए।

उसने फिर कहा—हमारे यहां बीवी नौकरी नहीं करती।

नौकरी से भी हाथ धोए...

घर में रोज़ तालीमयाफ़्ता शायर और नक़्क़ाद आते और ईलियट की तरह बोलते।

मेरे ख़मीर में इल्म की वहशत तो थी ही, लेकिन इसके बावजूद भूख बरदाश्त ना होती। रोज़ घर में फ़लसफ़े पकते, और हम मंतक़ बघारते।

एक रोज़ झोंपड़ी से भी निकाल दिए गए। वह भी पराई थी। एक आधा मकान किराये पर लिया। मैं चटाई पर लेटी दीवारें गिना करती, और अपनी जहल का अक्सर शिकार रहती।

मुझे सातवां महीना हुआ। मेरे दर्द शदीद था। इल्म के ग़रूर में वह आंख झपके बग़ैर चला गया। जब और दर्द शदीद हुआ तो मालिक मकान मेरी चीख़े सुनती हुई आई और मुझे हस्पताल छोड़ आई। मेरे हाथ में दर्द और पांच कड़कड़ाते नोट थे।

थोड़ी देर के बाद लड़का हुआ। सर्दी शदीद थी। और एक तौलिया भी बच्चे को लपेटने के लिए नहीं था।

डॉक्टर ने मेरे बराबर बच्चे को स्ट्रेचर पर लिटा दिया।

पांच मिनट के लिए बच्चे ने आंखें खोलीं और कफ़न कमाने चला गया।

बस, जब से मेरे ज़िस्म में आंखें भरी हुई हैं...

सिस्टर मुझे वार्ड में लिटा गई। मैंने सिस्टर से कहा, मैं घर जाना चाहती हूं, क्यूंकि घर में किसी को इल्म नहीं। उसने मुझे बेबाकी से देखा और कहा—तुम्हारे ज़िस्म में ज़हर फैलने का वैसे भी डर है। तुम बिस्तर पर रहो!

लेकिन अब आराम तो कहीं भी नहीं था।...

अब मेरे पास मुर्दा बच्चा और पांच रुपये थे। मैंने सिस्टर से कहा—मेरे पास फ़ीस के पैसे नहीं हैं। में लेकर आती हूं। मेरे लिए अब मुश्किल है हस्पताल में रहना। तुम्हारे पास मेरा मुर्दा बच्चा अमानत है। मैं पैसे लेकर आती हूं। भागूंगी नहीं।

मैं सीढ़ियों से उतर गई। मुझे एक सौ पांच डिगरीं बुखार था। बस पर

सवार हुई घर पहुंची। मेरे पिस्तानों से दूध बह रहा था। मैंने दूध गिलास में भरकर रख दिया।

इतने में शायर और बाक़ी मुन्शी हज़रात तशरीफ लाए। मैंने शायर से कहा—लड़का पैदा हुआ था, मर गया है...

उसने सरसरी सुना और अपने नक़्क़ादों को बताया, कमरे में दो मिनट ख़ामोशी रही, और तीसरे मिनट गुफ़्तगू शुरू हो गई—

—फ्रायड के बारे में तुम्हारा क्या ख़याल है?

—रांबो क्या कहता है?

—सादी ने क्या कहा?

—और वादिस शाह बहुत बड़ा आदमी था...

ये बातें तो मैं रोज़ ही सुनती थी, लेकिन आज लफ़्ज़ कुछ ज़्यादा ही साफ़ सुनाई दे रहे थे। मुझे ऐसा लगा—जैसे यह सारे बड़े लोग मेरे लहू में हों, और रांबो और फ्रायड मेरे रहम से मेरा बच्चा नोच रहे हों।

जानती हो अमृता! उस रोज़ इल्म मेरे लहू में क़हक़हे लगा रहा था। उस रोज़ इल्म मेरे घर पहली बार आया था, मेरे बच्चे का जन्म देखो! चुनांचे एक घंटे गुफ़्तगू रही और ख़ामोशी आंख लटकाए मुझे देखती रही।

वे लोग इल्म के नाले आबूर करते कमरे से जुदा हो गए।

मैं सीढ़ियों से एक चीख़ की तरह उतरी...

अब मेरे हाथ में तीन रुपये थे...

मैं अपनी एक दोस्त के यहां पहुंची। और तीन सौ रुपये क़र्ज़ मांगे। उसने दे दिए। फिर उसने मुझे देखते हुए कहा—क्या तुम्हारी तबियत ख़राब है?

—बस, मुझे ज़रा-सा बुखार है, मैं ज़्यादा देर रुक नहीं सकती, कि पैसे किसी क़र्ज़ख़ाह को देने हैं। वह मेरा इन्तज़ार कर रहा होगा...

हस्पताल पहुंची। बिल २६५ रुपये का बना। अब मेरे पास फिर मुर्दा बच्चा और पांच रुपये थे।

मैंने डाक्टर से कहा—आप लोग चन्दा इकट्ठा करके बच्चे को क़फ़न दें। और उसकी क़ब्र कहीं भी बना दें।

बच्चे की असल क़ब्र तो मेरे दिल में बन चुकी है...

मैं फिर दोहरी चीख़ के साथ सीढ़ियों से उतरी। नंगे पैर सड़क पर दोड़ती हुई बस पर सवार हुई। कंडक्टर ने समझा शायद सदमें की वजह से मैं ज़िहनी तवाज़न खो बैठी हूं!

कंडक्टर ने मुझसे टिकट नहीं मांगा। चूंकि मेरे कपड़ों से ख़ून छलक पड़ा था...

मैं बस से उतरी और कंडक्टर के हाथ में पांच रुपये रखते हुए चल निकली।

घर? घर!!! घर पहुंची...

गिलास में दूध रखा हुआ था। क़फ़न से भी ज़्यादा उजला...

मैंने अपने दूध से क़सम खाई—शे'र मैं लिखूंगी! शायरी मैं करूंगी! मैं शायरा कहलवाऊंगी!

और दूध बासी होने से पहले ही मैंने एक नज़्म लिख ली।

लेकिन तीसरी बात झूठ थी। मुझे कोई शायरा ना कहे! शायद मैं कभी अपने बच्चे को कफ़न दे सकूं!

अमृता! आज चारों तरफ़ से शायरा-शायरा की आवाज़ें आती हैं! लेकिन अभी तक कफ़न के पैसे पूरे नहीं हुए...

मैं फिर भी इस बेहिस अंगारे पर लेटती रही, और वह मुझे ज़हरमार करता रहा। मैंने उसे कभी नहीं कहा कि तुम्हारे कमरे से, मेरे बदन से, एक रूह बिछुड़ गई है...

मैं ख़ुदा से ज़्यादा खामोश रही...

जब वह मेरे साथ सोता, ऐसे लगता, जैसे मेरा फिर कोई बेकफ़न बच्चा मरने वाला है..."

चीलों, कौवों और बत्तख़ों की कहानी, जाने ख़ुदा कितनी लम्बी है, और कोई नहीं जानता कि यह कहानी कब और किस काल में इन्सान की नस्ल पर नाज़िल हो गई...

मैं सिर्फ़ इतना जानती हूं कि सारा की रूह सफ़ेद पंखों जैसी ख़ूबसूरत थी, और उन सफ़ेद पंखों को नोच-नोचकर, उसे काली गालियों के काले पंख दे दिए गए...

एक और ईंट

मैं घर नापती हूं तो ईंट हाथ आती है...

और सारा ने इस ईंट की दास्तान लिखकर मुझे भेजी—मैंने कर्ज़ लेकर एक इंडस्ट्रियल होम खोला। चूंकि शायर साहब की तनख़ाह को मैंने कभी देखा नहीं था, सोचती थी—इस गीले ईंधन के साथ दिन गुज़ार दूंगी...

कि अचानक एक वाक़या पेश आया। शायर साहब अपने एक दोस्त शायर को घर लाए, और तआरुफ़ करवाया और कहा—अब तो मेरी बीवी भी शायरी करती है...

ख़ैर, मैं काम से फ़ारिग़ होकर शाम को घर आती और शाम तक काफ़ी अदीब-शायर आ जाते, और मुकालमाबाज़ी होती रहती।

छः माह यूं ही गुजर गए...

एक शाम दोस्त-शायर साहब तशरीफ़ लाए और बोले—मुझे आपसे एक बात करनी है, लेकिन पहले आप क़सम उठायें कि बुरा नहीं मानेंगी...

बहुत ज़िद के बाद मैंने क़सम उठा ली। उसने कहा—मैं आपसे शादी करना चाहता हूं।

मैंने कहा—मैं शादीशुदा हूं। भला मेरी और तुम्हारी शादी कैसे हो सकती है? और आइंदा से मुझे यह बात मत कहना।

ख़ैर, बात को मैंने हंसी में टाल दिया। एक मेरी दोस्त थी वह भी हमारे घर आती थी। वह हज़रत की निगाह भांप गई। एक रोज़ मुझसे मज़ाक़ में कहने लगी—सारा, तुम्हें वह शायर कैसा लगता है?

मैं भी मूड में थी, हंसकर कहा—अच्छा है, ख़ूबसूरत है, स्मार्ट है...

और फिर हम दूसरी बातें करने लगीं।

एक रोज़ मैं इंडस्ट्रियल होम से वापिस आई तो मेरे शौहर-शायर का चेहरा उतरा हुआ था। दूसरा शायर भी मौजूद था। वैसे भी शाम को हम सब लोग इकट्ठे होते थे। मैं कुर्सी पर बैठी ही थी कि मेरे शौहर ने क़ुरान शरीफ़ मेरे हाथों में रख दिया। दूसरा शायर भी मौजूद, और कुछ लोग भी मौजूद थे।

वह बोला—तुम्हारे हाथों में क़ुरान है, उम्मीद है तुम सच बोलोगी।

मैंने कहा—क़ुरान ना होता तो भी सच बोलती। ख़ैर, पूछो क्या पूछना चाहते हो?

बोला—क्या तुमने अपनी दोस्त से कहा था कि यह दूसरा शायर ख़ूबसूरत है? स्मार्ट है? और मुझे अच्छा लगता है?

मैंने कहा—हां, मैंने कहा था।

तो फिर बोला—मैंने तुम्हें तलाक़ दिया, तलाक़ दिया, तलाक़ दिया।

जब तलाक़ दे चुका, और क़ुरान अभी तक मेरे हाथों में था, मैंने कहा—तुम मुझे तलाक़ दे चुके?

उसने कहा—हां।

तो फिर मैंने कहा—मेरी भी अब सुन लो! मैं इस क़ुरान को हाथों में रखकर कहती हूं कि इस शायर के साथ मेरे कोई नाजायज़ ताल्लुक़ नहीं हैं। लेकिन तुम घटिया और कमीने इन्सान निकले। इस घर के दो दरवाज़े हैं, अब एक से तुम बाहर निकल जाओ, या दूसरे से मैं निकल जाती हूं...

वह फ़ौरन मेरे क़दमों में गिर गया, और कहा—मुझे मुआफ़ कर दो! तुम्हारे जैसी बीवी मुझे नहीं मिल सकती...

मैंने कहा—मैं तुम्हें थूक चुकी, अब मेरा तुमसे कोई रिश्ता नहीं।

इसी चक्कर में रात के दो बज गए। दूसरा शायर भी बैठा हुआ था। मैं

अपने कमरे में चली गई। थोड़ी देर के बाद कमरे में पहला शायर आया, और बड़ी मिन्नतें कीं। मैंने उसे कमरे से निकाल दिया। फिर दूसरा शायर कमरे में आ गया। मैंने उसे भी कमरे से निकाल दिया।

ख़ैर, सुबह हुई। मैंने मकान किराए पर ले लिया और अकेली रहने लगी।

अब दूसरा शायर मेरे पीछे कि मेरी वजह से तुम्हें तलाक़ हुई है, मुझसे शादी करो, वरना मैं ख़ुदकुशी कर लूंगा।

मैंने कहा—यह सब मकर है, झूठ है, जाओ अपना काम करो!

अब वह मेरे फ़्लैट के नीचे पहरों धूप में खड़ा रहता और शहर के मुअज़्ज़िज़ लोगों के पास जाकर कहता कि मेरी उससे शादी करवा दें।

छः माह गुज़र गए। सुनने में यही आता कि आज वह फ़लां के पास गया है, और आज फ़लां के पास। और बहुत रोता है। फिर एक रोज़ मैंने उसे बुलाया और बहुत समझाया कि अब शादी का मेरा कोई इरादा नहीं।

लेकिन वह अड़ा रहा। मैंने उससे इतना तक कहा कि अगर चाहत है ही, तो शादी की क्या ज़रूरत है।

वह नहीं माना।

एक रोज़ फिर मैंनें पूछा—क्या तुम सिर्फ़ शादी करना चाहते हो?

उसने कहा—हां।

तो मैंनें कहा—जाओ! सारे शहर में कार्ड छपवाकर तक़सीम कर दो, और परसों बारात लेकर आ जाओ! शादी हो गई।

सुबह सास साहिबा फरमाने लगीं—क्या टीका-नथ लगाए हुए बैठी हो, मेरे कुंवारे लड़के को फांस लिया...

मैंने खामोशी से टीका-नथ उतारकर रख दी और दूसरे कपड़े पहन लिए

शादी के पहले रोज़ शायर साहब फ़रमाने लगे—तुम अकेली बाहर आ-जा नहीं सकतीं। यह हमारे घरों का दस्तूर है।

मुझे पड़ोस तक जाने की भी इजाज़त नहीं थी...

शादी के एक हफ़्ता बाद सास-ननदों की नफ़रतों की वजह से शायर साहब ने मुझे इतना मारा, मुझे ज़मीन पर लिटाकर मेरे सीने पर कूदने लगा...

मुझे किसी से मिलने-जुलने की इजाज़त नहीं थी। मेरे हर आने वाले पर शक़ किया जाता था। मैं तमाम घर वालों के कपड़े धोती, बूट पॉलिश करती।

छः ननदें मुझे मिलकर गालियां निकालती। और शौहर साहब तो ऐसे बदले कि जैसे लौंडी ख़रीदकर लाए हों।

एक रोज़ उसकी वालिदा ने कहा—तुमने मुझसे मेरा बेटा छीन लिया है।

मैंने कहा—अम्मी! आप बिलकुल फ़िक्रमन्द ना हों, मैं आपको आपका बेटा वापिस कर दूंगी।

फिर मैंने शाम को सबको इकट्ठा किया और शौहर साहब से कहा—मुझे इसी वक़्त तलाक़ चाहिए।

उसने कहा—तलाक़ नहीं दूंगा। मैं तो तुम्हारी खाल उधेड़ दूंगा।

और दरवाज़े पर ताला डाल दिया गया।

मैं फिर उम्मीद से हो गई। मेरे लिए यह बात बड़ी परेशान कुन थी। बाहर जा नहीं सकती थी, और बनमानुस ने मेरे पांव चाट-चाटकर काग़ज़ के कर दिए...

वह मुझे छूता, तो मुझे ऐसा लगता जैसे मेरे बदन में कोई जंजीर उतर गई हो।

एक रोज़ मैंने एक बड़े से काग़ज़ पर लिखा—मैं बच्चा ज़ाया करवाने जा रही हूं। मैं नहीं चाहती, तुम्हारा गन्दा ख़ून मेरी रगों में दौड़े।

और सुबह पांच बजे दीवार फलांगकर एक लेडी डॉक्टर के पास पहुंची और बच्चा ज़ाया करवा दिया।

मुझे बहुत तेज़ बुख़ार चढ़ गया। सारा दिन बिस्तर पर लेटी रही। शाम को उठी और घर वापिस आई।

इतने में मेरी ननदों ने तमाम मोहल्ले में शोर मचा दिया कि हमारी बहू भाग गई है।

फिर शौहर ने मुझे इतना मारा कि मेरे बदन पर नील पड़ गए।

फिर वह बुलडाग कहने लगा—जाओ, मेरे बूट पॉलिश करो! उसके बाद चाय बनाओ!

मैंने बूट पॉलिश किए, और चाय बनाई। उसके बाद बेहोश हो गई।

मेरे लिखने-पढ़ने पर भी पाबन्दी थी। मैं टॉयलेट में जाकर शे'र लिखा करती। और कुत्ता कहता—अज़ीम शायरा मेरे बूट पॉलिश कर रही है...

इस घर में मुझ पर इतना तशदुद हुआ कि मुझ पर पागलपन के दौरे पड़ने लगे।

फिर एक रोज़ मैंने अपनी सास से कहा—मैं तुम्हें तुम्हारा बेटा वापिस किए जा रही हूं। इसलिए कि मैं भी मां हूं। और मां के दुख को जानती हूं।

और दरवाज़े से बाहर निकल गई।

फिर बड़ी मुश्किलों से मैंने तलाक़ हासिल की।"

यह एक और ईंट थी, जो घर के नाम पर सारा के हाथ आई...

और जब वह तकिए की जगह सर के नीचे यह ईंट रखकर सोई तो कितनी ही नज़्में काग़ज़ों पर उतरने लगीं—

मेरे बदन में टूटे हुए पालने!
मैंने तेरा कोई नाम नहीं रखा
कि इन्सानी तारीख़
बच्चे की पहली मय्यत से शुरू होती है...
मैं सांस तक रुकी—तो तू ठहर गया...
तू मेरी कोख में इतना बोल!
कि हम दोनों इन्सानी तारीख़ लिख सकें...
लेकिन मेरे डेढ़ ज़िस्म की परछाईं से
एक पालना नहीं बनता...
मेरी कोख में टूटे हुए खिलौनों की चीख़े हैं...
सदियों तक मेरा अधूरा बच्चा
कोई नहीं ढूंढ़ सकता...

एक बार सारा ने अपने दूध की क़सम खाई थी कि वह नज़्में लिखेंगी। दूध की क़सम पूरी हुई। सारा नज़्में लिखती रही। और इन्हीं नज़्मों ने उसे इन्सानियत की पहचान दी। इतनी कि शौहर के नाम पर जिस मर्द से गालियां खाती रही, एक दिन हंसकर उससे कह पायी—मैंने गालियां जीती हैं, और तूने हारी हैं...

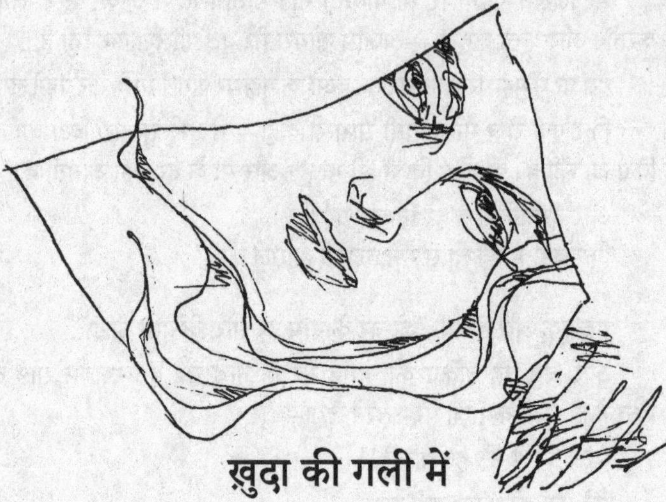

ख़ुदा की गली में

और २७ मई, १९८१ की तारीख़ में सारा ने मुझे ख़त लिखा—"जब मैं हंसती हूं तो आंखें मर जाती हैं और ज़बान क़फ़न हो जाती है... वह दो आंखों से मेरे साथ चल रहा था। लफ़्ज़ों की शिकन मेरे पास रह जाती है, और लफ़्ज़ उसके पास। कह रहा था—मुझे तुमसे बहुत मुहब्बत है। मुझे मुआफ़ कर दो। मैंने तेरे साथ अच्छा सुलूक नहीं किया...

मैंने कहा—क्या मैं ग़ैरमौजूदगी में भी मौजूद होती हूं? और मैं ख़ुश हुई जैसे मेरा दिल एक मसख़रा हो...

मेरे चेहरे की जेब में तो कुछ भी नहीं, मैं नफ़रत से खड़ी रही थी, और वह मक्कारी से बढ़ रहा था। गिरे हुए मकानों के ठाट-बाट दुहराने से क्या फ़ायदा... वह तीसरा कुत्ता था...

यह कंजर हाथ मुझे और कितना ज़हरीला करेंगे। खांसते-खांसते मेरी छातियां ज़मीन हो गई हैं। ख़ुदाया! मुझे फैले हाथों वालों से बचा!

मैं उनकी हथेलियों पर नहीं नाच सकती...
ग़लत हाथों की वजह से मेरी ज़ुबान पर मोच आ गई है...
यह दूर क्यूं नहीं चले जाते? बार-बार मुझे क्यूं काटते हैं?

मेरी ताक़त में दो मुट्ठी जमीन है... कहां जाऊं?
यह मिट्टी का भंवर मुझे कात डालेगा
मैं रस्सी नहीं बनना चाहती...
अपने बस में रहना चाहती हूं..."

इस आधे ख़त में मिट्टी के उस भंवर की तफ़सील थी जो पहले, दूसरे और तीसरे शौहर की सूरत में उसके गिर्द था, और वह ज़िहनी तौर पर उस भंवर से निकल नहीं पा रही थी...

इस भंवर में उसके गजरे में तीन फूल भी शामिल थे, तीन बच्चे और वह बच्चा भी, जो बेक़फ़न मर गया, और वह अधूरा बच्चा भी, जिसका टूटा हुआ पालना उसके बदन में अटक गया था, और कुछ टूटे हुए खिलौनों की चीख़ें उसकी कोख में...

यही भंवर उसे घर की तलाश में कभी दुनिया की गलियों में ले आता, कभी किसी अस्पताल में ले जाता, और कभी ख़ुदा की गली में...

इसी ख़त का दूसरा आधा हिस्सा ख़ुदा से मुख़ातिब है—

"सुअर मेरी हंसी चुनें? और मैं कुत्तों के सांस गिनूं?
ऐ मेरे खोए हुए ख़ुदा !
तू कौन-सा अख़बार और कौन-सी ख़बर पढ़ता है?
तेरे तराशे हुए बुत साकत नहीं होते
उनके पास रखी हुई दुआएं होती हैं...
मैं तो नाचते-नाचते टूट गई हूं
और देखते-देखते रूठ गई हूं
लकीरों से मुझे ना कात!
कि स्याह दिल से स्याह लफ़्ज़ लिखे जाएं...
मैंने इक़रारों से तख़्ती लिखी है
और वह मिट रहा है
तेरी ख़ामोशी से मैं कंकर-कंकर टूट रही हूं
जब मैं बांटी गई, तेरे फ़कीर कहां थे?
क्या कहूं! जितनी तेरी गली है, उतना भौंक लेती हूं
और तू है कि सबर की चुटकी बजाए चला जाता है..."

और यह भंवर कई बार उसे पहचाने हुए पानियों से निकालकर नए पानी में ले जाता। इसी ख़त का आख़िरी हिस्सा है—

"दुखों की दुकान पर हराम-तौबा की पुड़ी बिकती है...
आख़िरी दुआ ज़ुबान से गिरी तो ख़ुदा के हाथ बिछुड़ गए...
कहां तलाश करूं? जाने किसे?"

एक अन्धा ख़िलाअ टटोल रहा था, मैंने पूछा बाबा! सड़क के पार जाना है? बोला—स्टेशन जाना है, गाड़ी में भीख मांगूंगा... मैंने उसे रिक्शे पर बिठा दिया और कहा—स्टेशन तक पहुंचा देती हूं...

अमृता! वह रिक्शे में मुझे चुपके-चुपके छेड़ता रहा, और मैं जाने क्या सोचकर खामोश रही...

कायनात में अपना एक क़दम रखा हुआ है, इसलिए अधूरी हूं...
मैंने मौत की आंख पर ज़ुबान रख दी है
इसीलिए मेरा ज़ायक़ा लोगों की ज़ुबान पर बुरा है
मैं ज़लीलों में नहीं रच सकती...
मेरे कम होने पर तुम परेशान मत होना
कि मैंने राह में अपने पैरों को चिना...

इमरोज़ को सलाम!

तुम्हारी— सारा शगुफ़्ता

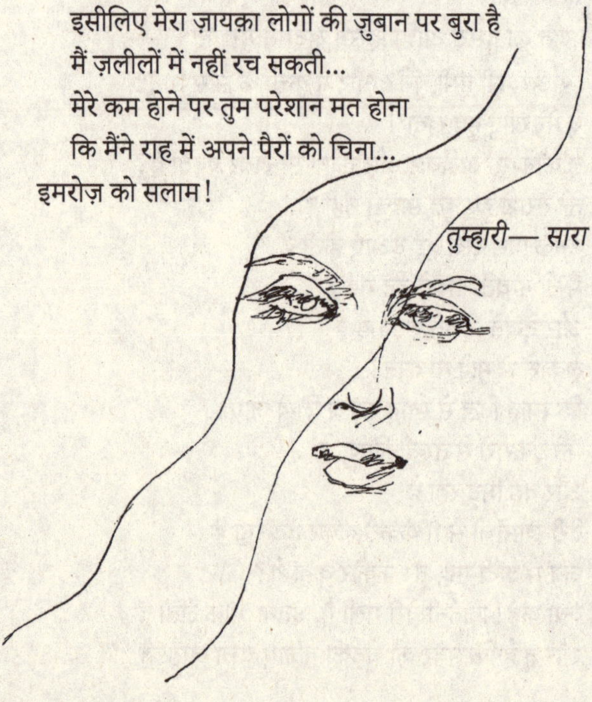

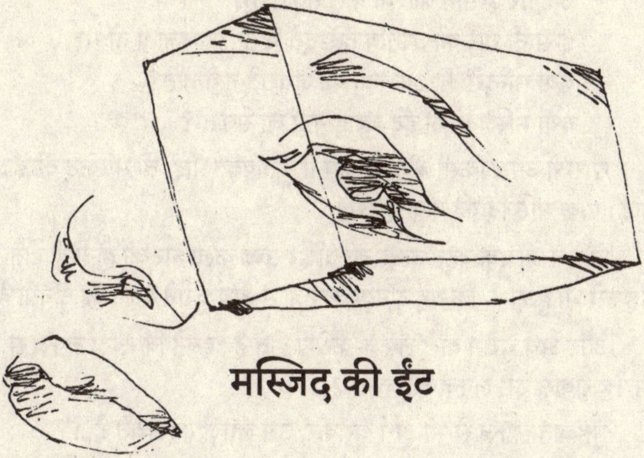

मस्जिद की ईंट

भंवर बड़ा होता गया...

वह शायरा थी, इसलिए उसके गिर्द एक और दायरा भी था, शायरों, अदीबों और नक़्क़ादों का...

और वह दायरा भी इस भंवर में शामिल होता गया, भंवर बनता गया।

१६ जून, १९८१ की तारीख़ में लिखा हुआ सारा का एक ख़त मुझे मिला —

—अमृता! क्या लिखूं। एक लफ़्ज़-फ़रोश के यहां गई, बोला—सारा! बहुत बीमार लग रही हो!

और मुझे लफ़्ज़-मारी को कहीं ना कहीं तो पहुंचना होता ही है ना!

वह लगा मेरे चेहरे के पाताल गिनने...

कहने लगा—फलां की बीवी कह रही थी कि शायरा तो अच्छी है पर दुपट्टे की सूझ-बूझ नहीं है—

मेरा तो जनम ही बेतरतीब है, लगन में तो ख़ाली मिट्टी लगी है...
मेरे नमक का अन्दाज़ा किसी को कैसे हो सकता है!
क्या कहूं—घर नापती हूं तो ईंट हाथ आती है...
मौत-सी मुस्कराहट आख़िर चेहरा रखती है
एक तनहाई, दूसरी किताबें, कौन-सी ज़ुबान रखती हैं!

आख़िर इन्सान बढ़ भी कैसे सकता है!
इन्सानी गारे को तरतीब देते-देते मैं तो हरामज़ादी हो गई...
क्या मन्दिरों की आवाज़ों पर जगराते नहीं होते?
क्या मस्जिदों की ईंटें चुराई नहीं जा सकतीं?

सारा ने अगर किसी चीज़ में अपनी मुशाहबत पाई, तो मस्जिद की ईंट में पाई। पाक मस्जिद की पाक ईंट में।

लेकिन जो एक बहुत तल्ख़ तज़ुर्बा हर सच्चे कलाकार को होना ही होता है, वह उसे भी हुआ—कि यह दुनिया, लफ़्ज़ो से अर्थ चुराने वालों की दुनिया है...

और अर्थ चुराने वाले लफ़्ज़-फ़रोश होते हैं। इतने कि ख़ुदा लफ़्ज़ से भी अर्थ चुराकर, उस लफ़्ज़ को बेचते हैं...

मुहब्बत लफ़्ज़ से भी अर्थ चुराकर, उस लफ़्ज़ को बेचते हैं...

दीन, ईमान, मज़हब और अदब—कौन-सा ऐसा लफ़्ज़ बचा है, जिसके अर्थ को चुराकर इन लफ़्ज़-फ़रोशों ने उसे ना बेचा हो!

सारा ने ज़रूर अपने अचेत मन में यह सब देख लिया होगा, तभी तो चेतन मन से लिख पाई—

क्या मस्जिद की ईंट चुराई नहीं जा सकती?

वह सचमुच पाक मस्जिद की एक पाक ईंट थी, तभी तो कह पाई—

अपनी आंख के पास रहने से
क्या औरत आवारा कहलाती है?

और उसने तड़पकर ख़त में लिखा—

"कम अज़ कम इतनी तो ईमानदारी मुझमें है कि मुझे कोई नज़र आये, तो सजदा करती हूं। फिर भला सिर के दुपट्टे का सजदे से क्या ताल्लुक़? बस, इतनी-सी बात है, जिस पर सारे शहर ने शोर मचा रखा है...

लिख क्या रही हूं मैं तो चल रही हूं...
यह गदले लोग कंवल को रखना नहीं जानते
बस इनकी आंखें मुर्दा-सा जवाब रखती हैं
पानियों के मुक़द्दर में भंवर होते हैं
औरत के मुक़द्दर में सिर्फ़ इन्सान होता है...

दोस्ती का तोहफ़ा दिया, और मुझे भी। सारा की नज़्म में अपने बच्चों के और मेरे नाम के साथ उसी का नाम है...

सारा ने ठीक पहचाना—कि उसके टूटते हुए तन-बदन के साथ, जिनके तन-बदन से कोई टुकड़ा टूट सकता है, वह सिर्फ़ उसके बच्चे हो सकते हैं, या उसके यह दोस्त...

१६ जून, १९८१ वाले ख़त में सारा ने यह भी लिखा था—

"किसी दिन इस जिस्म की बारगाह से निकल जाऊंगी
तौबा से इन्साफ़ कौन मांगता है।
यह कौन लोग हैं अमृता! जो आग को मिट्टी से छोटा समझ रहे हैं
मेरी मुंडेर से रात और सूरज इकट्ठे उड़ गये हैं...
तबीयत बहुत ख़राब है, रास्ता भूलने लगी हूं...
बस तेरे अलावा कौन है जिससे बातें कहूं
सो हौसले से सुन लिया कर!
इतनी तकलीफ़ तो तुम्हें दे ही सकती हूं
मैं लिखती रहूंगी—मौत की दस्तक तक..."

मेरा तकाज़ा था कि वह अपनी ज़िन्दगी की दास्तान, सिलसिलेवार अपनी क़लम से लिखे। जवाब में उसका ख़त आया—

अमृता! तबीयत ख़राब रहती है। कहो तो ख़ुदनोशत किश्तवार भेज दिया करूं?

और फिर २२ सितम्बर, १९८१ की तारीख में ख़त आया—

अमृता! किसी वक़्त भी दौरा पड़ जाता है। एक महीने से नहीं सोई। इन्सान उसी वक़्त लिखता है, जब उसके पास इसके अलावा कोई रास्ता नहीं होता...

मेरी इब्तदा बेज़मीरी से हुई, इसलिए तमाम उम्र ज़मीर तलाश करती रही...

बड़ी मुश्किल से लिखती हूं। कुछ भी तो नहीं था मेरे पास। क़लम की नोक दिल में डुबोती हूं और ला शऊर लिखती हूं। इसलिए इलैक्ट्रिक की नज़र होती जा रही हूं...

अभी तो मैंने क़लम को पकड़ना भी नहीं सीखा था। मेरी तख़्ती पर लिख देना—मुझे कोरी आंखों के दीदार लिखने हैं...

मुझे इन्सानों से ख़ौफ़-आता है
मैं बहुत खौफ़-ज़दा हूं...
मैं लम्बे सफ़र को निकल जाऊं तो?
इन्सानी क़ुरान कहां है?
ढूंढना, पूछना, और मुझे छाप देना...

तुम्हारी —सारा शगुफ़्ता

सारा कुछ तरतीब से, और कुछ बेतरतीबी से, अपनी ज़िन्दगी की दास्तान लिखती रही, और मुझे भेजती रही। वहां पाकिस्तान में सारा की कोई नज़्म शाया नहीं हो पा रही थी। यहां हिन्दुस्तान में मैं जब भी उसकी नज़्म शाया करती—सारा को ख़ुशी होती। और जो मुलाक़ात हुई थी, उसको यहां इंटरव्यू की सूरत में छपा देखा, तो सारा को बेहद खुशी हुई...

उसकी एक बहुत बड़ी आरज़ू थी कि उसकी किताब शाया हो! और इसीलिए वह अपनी ज़िन्दगी की दास्तान लिखकर मुझे भेजती रही। साथ ही १५ नवम्बर, १९८१ की तारीख में उसने मुझे ख़त लिखा—

अमृता! अहमद सलीम के अलावा पाक में कोई इन्सान नहीं, जिससे दिन बांट सकूं। मैं उसे बहुत तंग भी नहीं करना चाहती। इसके अलावा किसी और से मिलने को दिल नहीं चाहता। तनहाई के पैर की तली पर एक ख़ामोशी रखे, मैं खुद को गिन रही हूं...

मेरे बाएं हाथ को पता नहीं क्या हो गया है, बिलकुल काम नहीं करता... लगता है यह भी ज़मीर बनने की कोशिश कर रहा है। अगर दाएं हाथ को भी कुछ हो गया तो लिखूंगी कैसे!

वैसे डॉक्टर ने कहा है—इलैक्ट्रिक शाक लगने की वजह से हाथ पर यह असर हैं, ठीक हो जायेगा...

अब तक मुझे इक्कीस शाक लग चुके हैं। कभी-कभी तो घड़ी की मिक़दार से भी ज़्यादा वहशत होने लगती है। लेकिन मैं एक पेड़ की तरह खड़ी हूं—ना ख़ामोश रहती हूं, ना चल सकती हूं...

काग़ज़ से बिछुड़ने वाले ज़मीन से कब बिछुड़ते हैं। लगता है—मैं क़लम और क़ागज होकर रह गई हूं, और इन्सान भूल रही हूं। आज मैं अपने दाहिने हाथ की हथेली को फैलाकर—ख़ुद ही बहुत रोई...

मेरा सिर्फ़ एक इंटरव्यू छपा है, और गुनाहों की नबुवत मिल गई। अगर मेरा ज़िन्दगीनामा भी छप जाए तो कम अज़ कम हशर के रोज़ मेरी अकेली क़ब्र का अकेला ख़ुदा होना चाहिए! कहीं फ़रिश्ते मेरी लपेट में ना आ जायें!

क्या लिखूं? पिछले दिनों एक साहब ने कहा— "सारा तो पलीत लफ़्ज़ लिखती है, इसीलिए उसकी शोहरत है, और मर्द इसी कारण उसे दाद देते हैं, और कलाम सुनते हैं,.."

मुझे लिखने से फ़ुरसत मिले तो शोहरत की तरफ़ देखूं!

एक साहब ने कहा—"अदब ज़मीर से पैदा होता है।" मैंने कहा—"क्यूंकि मैं बेज़मीरी हूं, इसलिए मेरी नज़्म पर सिर्फ़ बेज़मीरों को बोलने का हक़ है।"

बताओ! इन्सान ज़मीर हो जाए तो लिख नहीं सकता?

जिन साहबान का ज़िक्र सारा ने इस ख़त में किया, उन्हीं का ज़िक्र उसने बाद में, जब अपनी दास्तान लिखी, तफ़सील से दिया—

"एक तनक़ीदी बैठक में एक जुमला कुछ इस तरह था—"सारा! अपने जिस्म में और अपनी शायरी में तमीज़ पैदा कर!" यह महज़ एक गाली थी। मैंने बर्दाश्त की पूरी कोशिश की, सिर्फ़ इतना कहा—"साहब! मैं तो बेज़मीरी लिखती हूं, मुझे क्या मालूम कि तमीज़ और ज़मीर किसे कहते हैं। इसलिए मेरी नज़्म पर सिर्फ़ बेज़मीरों को बोलने का हक़ है।"

फिर एक दिन एक शायर ने कहा—"नमाज़ पढ़ा करो।"

हालांकि उस शायर का क़द जाए नमाज़ से भी छोटा था...

फिर एक नक़्क़ाद बोला—"बेटी, यह लच्छन अच्छे नहीं" और रूमाल से अपनी राल पोंछने लगा।

किसी और ने कहा—"बिन जाल की मछली है, पर मैं तो बहन कह चुका। अब तुम निपटो।"

यह आलम, यह गिरगे, यह कमरों के बाशिन्दे, इज़्ज़त के पत्थरों से बोझिल, नक़्क़ालों से तालियां पीटने वाले, अपने क़द से भी छोटी दाद रखते हैं। सोसायटी के आला नसली कुत्तों का यह हाल है..."

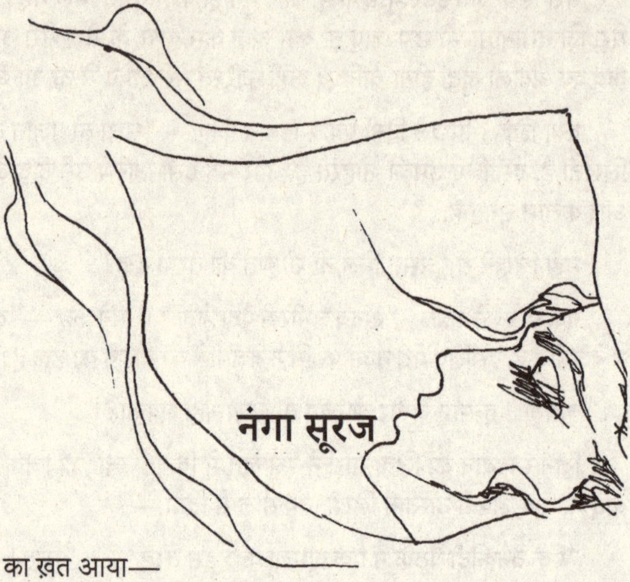

नंगा सूरज

सारा का ख़त आया—

अमृता! सात रोज़ पहले मैंने सोचा—सारा बीबी! बहुत हो चुकी। बहुत-सी आंखें नायाब हो चुकी। थूक दे यह जिस्म! तो अमृता! मैंने एक ख़त तुम्हें लिखा, और एक ख़त अपनी रुख़स्ती पर लिखा। वह ख़त अम्मी को दिया—यह रख लें! सुबह अहमद सलीम आए तो उसे दे देना...

वह पढ़ी-लिखी नहीं हैं। उन्होंने इज़ारबन्द से ख़त बांध लिया और तुम्हें जो ख़त लिखा था, मेज पर पड़ा रहा... मैंने चालीस गोलियां खा लीं और अम्मी के पास सो गई... आंख झपकी तो देखा... जिनाह अस्पताल के सिर्फ़ वार्ड तक पहुंची हूं।

बक़ौल अम्मी के—मुझे तीन रोज़ बाद होश आया था...

ज़िस्म बहुत दुख रहा है। अहमद सलीम बहुत नाराज़ हुए। खैर, उदास लोगों की आंखों की लड़ियां पहने मैं फिर कमरे में मौजूद हूं। थोड़ी देर पहले मैंने अम्मी से कहा—अम्मी, मैंने अमृता को जो ख़त लिखा था वह तो दे दें!

खैर हुई कि दोनों ख़त अम्मी ने अपने इज़ारबन्द में बांध रखे हैं।

एक और गिरह गांठ में बांधते हुए बोलीं—कौन होती है अमृता तेरी? हर वक़्त अमृता-अमृता कहती है... तू रोज उसे ख़त लिखती है, एक ख़त उसे नहीं

मिलेगा तो उसके ख़ज़ाने में कौन कमी हो जाएगी... यह तो सबूत है, तेरा क्या भरोसा। तू तो पागल है। जाने क्या कर दिया है तुझे इन शायरों ने, इन काली ज़बान वालों ने। अरे तेरी बहन तेरे हाथ पर अंगार, कोयला रखती थी, तो इसका मतलब है कि तुझे इतना लिखने और पढ़ने के लिए थोड़े रखा था? तुझे हो क्या गया है? मत पढ़ा कर इतना... क्यूं ख़ानदान की पगड़ी के पीछे पड़ी है। अरे, बिल्ली भी सात घर छोड़ देती है। तुझे ज़रा-सी गैरत नहीं? क्या-क्या बातें लिखती रहती हो! और उस पर ख़ुदकुशी करके बूढ़ी मां को सलाख़ों के पीछे रखना चाहती हो?

हां, अमृता! दोग़ली तो धूप है। फिर फूल इतने रंगों में? इस वक़्त तो मुझे हंसी आ रही है...

अम्मी दोनों ख़त इज़ारबन्द से बांधे सो चुकी हैं। चलो, तहरीर की इन्हें इतनी तो ख़बर हुई। वैसे डाक का यह निज़ाम मुझे बहुत अच्छा लगा...

तुम्हारी—सारा शगुफ़्ता

इस ख़त पर कोई तारीख़ नहीं। जवाब में मैंने तड़पकर जाने क्या लिखा होगा, पर इतना ज़ाहिर है कि सारा से जीने का इक़रार मांगा होगा तभी उसका ख़त आया—

अमृता! मैं तुमसे जीने का वादा करती हूं, अगर ठग को पता ना चले... देखो ना, रूहें तक उड़ा ले जाता है। क्या रंग रंगता है यह रंगसाज़ कि बदन की क़ैद झेलनी जरूर होती है...

तुमने जिस मुहब्बत से मुझे याद किया है, उसके लिए मेरे तमाम लफ़्ज़ तुम्हारे लिए एहतराम में सिर झुकाते हैं।

तुम भी नहीं चाहती कि मैं संग की क़ैद से निकलूं, तो चलो यह तमाशा और सही।

दुःखों की देवी! बदन का रंग फीका पड़ता जा रहा है। ठग मुझे टटोल रहा है। मेरे इतराफ़ ख़ाली चीज़ें चिनी जा रही हैं। एक संगे मील पर मेरे सांस लिखे जा चुके हैं। अब तो ज़ब्त पर ज़िन्दा हूं।

ठग को ढूंढ़ने चली थी अमृता! तुमने भी कह दिया मत जाओ! चलो आज दीवार पर इक़रारनामा लिख देना।

तबीयत बहुत ख़राब रहने लगी है। लिखते-लिखते लफ़्ज़ भूल जाती हूं।

कभी तो यूं भी होता है कि हाथ कांप रहे होते हैं, और जी लिखने को चाह रहा होता है। फिर पता चलता है कि लफ़्ज़ का सीना मुझसे बड़ा है।

काफ़ी कुत्तों की आवाज़ें आती हैं—सारा! सारा! कौन है, जानती हूं। कुत्ता गोश्त की दुकान पर भौंक रहा है।

कभी-कभी जी चाहता है—चलो बेवक़ूफ़ियां करूं! लेकिन मसनूई ताल्लुक़ मैं रख नहीं सकती। या तो ताल्लुक़ होता है या नहीं होता।

ख़ुदा और भी खामोश होता जा रहा है...

सिगरेटों और मर्दों से मुकालमा करने की वजह से घर वाले भी नफ़रत करने लगे हैं। सच कौन बोल रहा है, कोई नहीं जानता।

किताब अप्रैल तक छप रही है, देखो फिर क्या होता है! किसी फ़ुटपाथ पर गुज़ारा करना होगा!

इमरोज़ को सलाम! बच्चों को प्यार!

तुम्हारी—सारा शगुफ़्ता

मैं जानती थी कि सारा की एक बहुत बड़ी तमन्ना है—अपनी नज़्मों को किताबी सूरत में देखना, इसलिए एक तसल्ली हुई कि अब अप्रैल में उसकी किताब शाया हो रही है। लेकिन बाद में मुझे अहमद सलीम से पता चला कि सारा ने छः हजार, या इससे ज़्यादा रक़म किसी को दी थी, किताब शाया करने के लिए, लेकिन ना किताब छपी, ना उसकी रक़म वापिस हुई...

१२ अप्रैल, १९८२ की तारीख़ में मुझे सारा का ख़त मिला—

अमृता!

दुश्मनों ने मेरे बच्चों के दिलों में 'इज़्ज़त' का बीज बो दिया है। एक दिन मैंने अपने बेटे की आंखों में नफ़रत देखी थी। मुझे यक़ीन नहीं आया, क्या मेरा बेटा बड़ा होकर मुझे नफ़रत करेगा? मैं यह बरदाश्त नहीं कर पाऊंगी। क्या मेरी सच्चाइयों का लगान मेरे बच्चों को भी देना होगा?

जिनके लिए मेरी आंखों में आंसू नहीं, हाथों में कोई दुआ नहीं, क्या वह मुझसे इतने बिछुड़ चुके हैं? हां अमृता! रवायत और सोसाइटी का ज़हर वह 'इज़्ज़त' के प्याले में पीने लगे हैं...

इज़्ज़त का बैन तो मैं भी बचपन से सुनती आई हूं...

काश, मेरे बच्चे मेरे पास होते, और मैं उन्हें सच के अंगारों में रहना सिखलाती।

जब कभी मैं बच्चों से मिलने जाती हूं, तो ऐसा लगता है जैसे इन बच्चों के दिल मां की क़ब्र जैसे हो गए हैं...

पहला ख़ौफ़ जो उनके दिल में डाला गया, यह कि तुम्हारी मां ग़ैर मर्दों से मुकालमा करती है, सिगरेट पीती है।

दूसरा ख़ौफ़ जो उनकी उम्र से बड़ा है...

अभी मेरे बच्चों का क़द मेरे गिरेबान से छोटा है... जैसे-जैसे वक़्त मुझे तरतीब देगा, जमाने की इकाइयां बढ़ती ही जायेंगी...

अमृता! मैं बच्चों के लिए आंखों से ज़्यादा तड़पती हूं। अगर बच्चों ने बड़े होकर 'मां' के अलावा कोई और लफ़्ज़ कहा, तो सारा तो अपनी क़ब्र में भी नहीं उतर सकेगी...

इन्सानों के दाग़ धोते-धोते मेरे तो हाथ काले पड़ गए हैं अमृता!

मैं ज़मीर से ज़्यादा जग गई हूं...

ख़ामोशी मेरा दिल है। लेकिन मैं समुन्दर से ज़्यादा शोर मचाना चाहती हूं।

मैं नंगे सूरज से ज़्यादा खूबसूरत हूं, लेकिन स्याहपोश हूं!

कभी-कभी ज़िहनी तवाज़न बिगड़ जाता है तो जाने क्या-क्या बकती रहती हूं। पिछले दिनों दो इलैक्ट्रिक शाक लगे तो फिर तबीयत कुछ ठीक हुई...

इससे तो मौत बेहतर है। लेकिन ख़ुदा अपने शिकार को इतनी आसानी से नहीं छोड़ता।

मैं ख़ुदा की ज़ुबान से एक टूटा हुआ खिलौना हूं...

एक और बात—

दो दिन से लगातार लिख रही थी, तो कमरे में काफ़ी रद्दी जमा हो गई है। मेरी बहन ने रद्दी इकट्ठी की और बाहर फेंकने लगी। इतने में अम्मी आ गईं। मेरी बहन से बोलीं—काग़ज़ बाहर फेंककर तूने मुहल्ले में हमारी इज़्ज़त ख़राब करनी है? इन काग़ज़ों को जला दो।

हां अमृता, मेरे कमरे से जितनी रद्दी निकलती है, अम्मी जला देती हैं, और कहती हैं—तुम नंगे और बेहूदा लफ़्ज़ मत लिखा करो।

और फिर मैं लफ़्ज़ से ज़्यादा खामोश रहने लगती हूं...

यह मैं किस संसार में आ गई अमृता?

बेटा देखे तो नफ़रत से, और मां, मेरी चिता पर आग को बैन करने के लिए छोड़ देती है...

भाई कहते हैं— पागल है, वरना होश में इन्सान इतना लिख नहीं सकता...

घर वालों को और इस नाम निहाद सोसायटी को मुझसे यह शिकायत है कि मैं अपना घर नहीं बसाती...

लेकिन मैं कहती हूं—अम्मीजान! रोटियां तो हज़ारों औरतें पका रही हैं, और फिर अपने ही जहन्नुम में मर जाती हैं, मुझे गंदम से ज़्यादा इन्सान की तलाश है...

मैं ज़्यादा दूर क्यूं जाऊं, मेरी मां के शौहर ने दो शादियां की, और मेरी मां ने साठ साल रो कर गुज़ार दिए। यह ताल्लुक़ की कौन-सी क़िस्म है कि औरत और मर्द जब्र के आलम में सत्तर-सत्तर वर्ष गुज़ार दें?

हालांकि इस्लाम में है कि अगर मोमिन के दिल में कीड़ा है, तो हर ताल्लुक़ हराम है।

और एक हदीस में है कि जब्र के माहौल में परिन्दे भी अपने घोंसलों में मर जाते हैं...

अमृता! मैं झूठे ताल्लुक़ की क़ायल नहीं।
सूरज दिन जनता है, मैं इन्सान जनती हूं।

अमृता! कोई मन्दिर, कोई मस्जिद, कोई गिरजा ऐसा नहीं, जहां मैं अपने कपड़ों से नफ़रत धो सकूं!

मैं कमरे में अपनी आवाज़ भूल गई हूं। मेरे बदन पर कभी परिन्दे नहीं चहचहाए। मेरी सांसों में सूरज डूब रहा है। मैं आंखों में चिन दी गई हूं...

अमृता! मैं यहां किसी से नहीं मिलती। अहमद सलीम से भी कभी-कभार मुलाक़ात होती है। बहुत लोग मुझसे मिलना चाहते हैं, लेकिन मैं खुद मिलना पसन्द नहीं करती। यह झूठ का बाट लिए मुझे तोलना चाहते हैं।

मैं अकेली घूमती रही हूं और बहुत उदास होती हूं तो समुन्दर के किनारे जाकर बैठ जाती हूं, और फिर समुन्दर से बातें करती रहती हूं।

ख़ानदान की लड़कियों तक को मुझसे दूर रहने की ताकीद की जाती है—कहीं वह भी लिखना शुरू ना कर दें!

देखो अमृता! कितनी तनहाई है! कभी-कभी तो आसमान को देखकर पहरों रोती रहती हूं...

बदन की क़ैद से आज़ाद हूं, और रूह किसने देखी है! वक़्त बहुत थोड़ा रह गया है अमृता! मैं चली जाऊंगी। बदन के मसकन में ज़्यादा दिन रहने से रूह को जंग लग जाता है।

अमृता! मेरे बच्चे एक दिन तुम्हारे पास आएंगे। उन लोगों से कहना—तुम्हारी मां ख़ुदा से भी ज़्यादा तुमसे मुहब्बत करती थी, क्योंकि उसने तो ख़ुद से ज़्यादा ख़ामोशी सीख ली थी...

अमृता! मैं जब भी पौधे लगाती हूं, मिट्टी अपना मुंह क़ब्र की तरह खोल देती है। और मौत तो रोज़ मेरे दिल में आन धड़कती है।

मैं दीवारों से उखड़-उखड़ कर गिर रही हूं. ..।

अमृता! मैं तुमसे दुख सहना सीख गई हूं! वरना मैं तो हाथों से गिरी हुई दुआ थी...

इमरोज़ को सलाम, बच्चों को प्यार!

तुम्हारी—सारा शुगफ़्ता

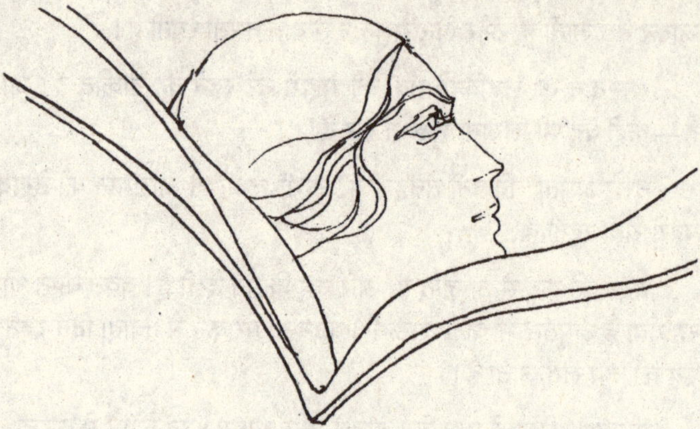

गुम्बद का आवाज़

सारा पंजाबी में भी नज़्म कहती थी और उर्दू में भी। ज़्यादा उर्दू में। पाकिस्तान में उसकी नज़्मों का मजमूआ शाया नहीं हो रहा था, इसलिए, हालात का तकाज़ा था कि उसकी नज़्मों का एक मजमूआ मैं। जल्दी-से-जल्दी शाया करूं।

किताब को जल्दी शाया करने का मेरे पास एक ही ज़रिया था कि उसे अपने प्रकाशन से शाया करूं। और अपने प्रकाशन से शाया करने के लिए पूरी किताब का पंजाबी ज़बान में होना लाज़मी था। इसलिए मैं इमरोज़ की मदद से, सारा की नज़्मों का, खतों का और उसकी दास्तान का तरजुमा करने लगी...

किताब को ज़िहनी तौर पर मैंने चार हिस्सों में तक़्सीम किया, कि पहले हिस्से में उससे की गई मेरी बातचीत शामिल होगी, जो पाठकों से सारा का तआरुफ़ करा सकेगी। दूसरे हिस्से में उसकी नज़्में, तीसरे हिस्से में उसके खत, और चौथे हिस्से में—उसकी क़लम से लिखी हुई उसकी दास्तान!

यह सब मैंने सारा को लिखा, और ताकीद की कि अपनी दास्तान में वह जो कुछ भी और लिखना चाहती है, लिखकर भेज दे, मैं बहुत जल्दी उसकी किताब शाया कर दूंगी।

जवाब में ५ सितम्बर, १९८२ की तारीख में सारा का ख़त आया—

अमृता!

तुमने जिस मुहब्बत से मेरी हौसला अफ़ज़ाई की है, मैं उसी मुहब्बत से अपने सारे दरिया तुम्हारी मुट्ठी में क़ैद करती हूं!

अमृता! मेरी अमृता! यह सब तो तुम्हारी मुहब्बत है, वरना मैं तो हाथों से गिरी हुई दुआ हूं...

हां अमृता! अब आवाज़ को सिर्फ़ गुम्बद में क़ैद नहीं रहना चाहिए।

मेरे घर आई हो तो देखो मेरा घर भी। कभी-कभी तो ज़िहनी तवाज़न ही बिगड़ जाता है। अम्मी बताती हैं कि मैं रात को कपड़े उतार देती हूं। और जाने क्या-क्या बोलती रहती हूं। हर दूसरे-तीसरे रोज़ यह दौरा पड़ जाता है। मेरे लिए यह सूरते-हाल बहुत अफ़सोसनाक है। मैं पागल नहीं होना चाहती। अभी तो मैंने बहुत से काम करने हैं।

रबड़ की बेजान गुड़िया के सीने में एक सीटी धड़कती रहती है "संगमरमर के फूलों में मुर्दा आंखें, ज़िन्दा हाथ।"

ज़मीन काश्त करती हूं तो फिर कह देती हूं—लो, यह ज़मीन भी तुम्हारी, यह मौसम भी तुम्हारे!

यह मैं कैसे पौधे लगाती हूं अमृता! कि मिट्टी अपना मुंह क़ब्र जितना खोल देती है।

अमृता! हालात कुछ ठीक नहीं हैं। बाईस दिन लाहौर क़िला में क़ैद रही। सज़ाएं बड़ी सख़्त हैं एक तो बीमारी ने मुझे बुज़दिल बना रखा है। 'इन्सानी क़ुरान'! के बारे में अभी ज़रा मुहतात हूं! और पाकिस्तान में वह किताब छप भी नहीं सकती।

मुझे पता है—यह किताब छपने के बाद मेरी सज़ा फांसी से कम नहीं होगी। लेकिन मुझे कोई परवाह नहीं। जाने एक-एक दिन में मैं कितनी बार सूली पर चढ़ती हूं। जुज़दान की आह से क़ुरान जल जाए तो कुफ़ारा कौन करे!

काश, मुझे एक साल सेहतयाबी का मिल जाए, तो मैं अपने काम ख़तम कर डालूं। यहां सख़्ती बहुत है। मेरे बहुत से ख़तूत सैंसर हो जाते हैं।

मैंने आपबीती की तीन क़िस्तें अरसाल की थीं, अगर नहीं मिलीं, तो मैं दोबारा लिखकर पोस्ट करूं?

सेहत ठीक रही तो ज़रूर हिन्दुस्तान आऊंगी। फिर मैं अपनी अमृता से ढेरों बातें करूंगी।

अमृता! तेरी वजह से तो सारा ज़िन्दा है, वरना मैं तो हाथों से गिरी हुई दुआ हूं।

५.९.८२ बरोज़ मंगल *तुम्हारी अपनी—सारा शगुफ़्ता*

सारा का यह खत पढ़कर—

मेरी परेशानी लाहौर क़िले की दीवारों से टकराने लगी।
दीवारें ख़ामोश थीं
फ़ासले गर्द से भरे हुए थे
और सैंसर की मुट्ठी बन्द थी...

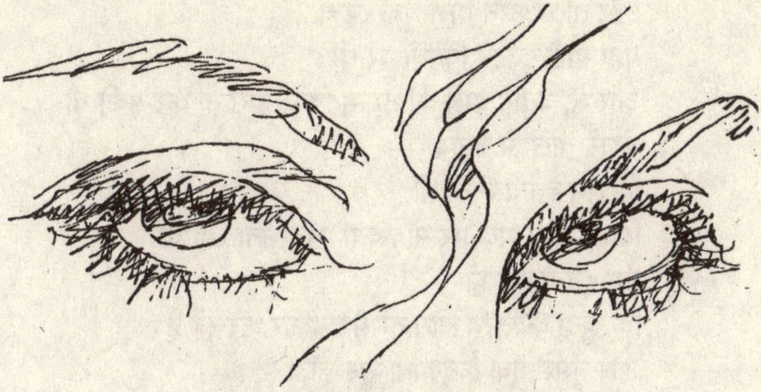

एक चीख़ का इतिहास

दीवारों, फ़ासलों और मुट्ठियों से अपने बदन को चुराती हुई सारा की एक नज़्म मेरे पास पहुंची—

अमृता! आख़िर किससे बातें करूं?
इन्सान वह है, जो बदी को भी ईमानदारी से ख़र्च करे!
हमारा आधा धड़ नेकी है, और आधा धड़ बदी है
एक बात पर सोचना पड़ेगा—
नहीं तो लोहा हमें चबा जाएगा।
सलाख़ तराशो!
कि क़ैद का नया मफ़हुम सामने आए!
लफ़्ज़ बड़ा आदमख़ोर होता है
यह रद्दी पसन्द नहीं करता
हम तक़सीम होते हैं
तो लफ़्ज़ जन्म लेता है...
और उसकी भी उमर होती है...
आज टूटे मकान से गुज़री—
तो मेरी सौंधी-सौंधी खुशबू ढल चुकी थी
बताने वालों ने बताया—
इन्सानी झोपड़ी में तुम्हारे टुकड़े बिखरे पड़े थे

और तोबा करने वाले थूक रहे थे...
यहां सारी दुकानें किस्तों पर थीं
और मैं, बताने वाले की तमाम क़िस्तें पूरी ना कर सकी थी
बताने वालों ने बताया—
कि तुम इतनी मीठी थीं
कि तुम्हारे नमक पर मक्खियां भिनभिना रही थीं
तुम इतनी नेक हो—
कि ख़ुदा की तरह लोग तुमसे इनकार कर रहे हैं
और तुमसे एक क़ैदख़ाना शुरू होता है...
और मेरी आवाज़ इतनी पोंछ दी गई
कि मेरे लब हिलते तो लोग हंसते...
मगर मेरी कठपुतली मुझसे बहुत ख़ुश थी
रोज़ तमाशे करती...
बताने वालों ने बताया—
कि मैं बुज़ुर्गों के पल्लू से पैसे चुराती रही हूं
मैंने यह पैसे कभी ख़र्च नहीं किए
ख़ैरात कर दी...
मैंने मोल के पैसों से सुराहियां भरी थीं
इसलिए प्यास मुझे महंगी पड़ी...
बताने वालों ने बताया—
तेरी कोख से पैदा होने वाले
तेरे सब्र से मर गए
और तेरी सखी लौंडी मुल्क बदर कर दी गई...
तेरे सिलों से ज़ायके कड़वे हो गए
तुम—तन्हाई में अचार चाटती
और दोहरी होते ही बांझ कर दी जाती...
बताने वालों ने बताया—
कि ख़ुदा कसारे में है
जब से समुन्दर करीब रहने लगा है
मोहल्ले के बच्चे दूर तक नहीं खेलते
उनकी मांएं उन्हें बताती थीं

कि खेल से ज़्यादा गेंद महंगी होती है
जब मैं क़बीले में शे'र सुनाती हूं
तो लोग कहते हैं—बहुत वसी लफ़्ज़ हैं
उन्हें कौन बतलाए—
वसी होने के लिए कितना छोटा होना पड़ता है...

....

बताने वालों ने बताया—
तुम्हारी मां खांस रही है
और दवा की ख़ाली शीशी तक चार आने में आती है
उसका दुःख या तो मैं हूं
या किसी भी इलाके की कोई एक क़ब्र...
बताने वालों ने बताया—
कि नागमणि के त्यौहार पर बहुत से सांप छोड़े गए
लेकिन मैं इतनी ज़हरीली हो चुकी हूं
कि अपने मन के गिर्द नहीं नाच सकती

....

मोर अपने पांव देखकर रोता है
मैं अपने इन्सान देखकर रोती हूं

....

इन खेतों की उजरत ही हमारी भूख है
जूती के टूटने पर एक कील ठोंक दी जाती है
और सफ़र ईजाद कर दिया जाता है

....

बताने वालों ने बताया—
मेरे मोहल्ले के बहुत से बच्चे हैं
बाज़ को डिगरी चबा जाएगी
किसी को सोच के फ़नपारे अदा करने होंगे
कोई टकसाल पर बैठ जाएगा
सूरज निकलने से पहले

इस मोहल्ले का नाम तबदील कर दिया जाएगा
और इस मोहल्ले के संगे मील पर—
बच्चों की उम्र लिख दी जाएगी...

....

मैं भी पहले पेड़ों की तरह सोचा करती थी
आने वाले को मुबारकवाद देती थी
और जाने वाले को अलविदा कहती थी
हमारे मोहल्ले में बाट की क़ीमत ज़्यादा है
और अनाज की कम
इसलिए हमारे तराज़ू के पट
मौसम से खुलते हैं...

....

मेरे क़बीले की कोख से
जब सिर्फ़ चीख़ पैदा हुई
तो मैंने गोद से बच्चा फेंक दिया
और चीख़ को गोद में ले लिया...

....

मैं नहीं जानती थी कि आदिवासियों की वह कहानी—गरजते बादलों में बच्चों की रूहों के बिलखने की, और ज़मीन पर किसी मां की कोख ढूंढने की—यहां तक फैल जाएगी कि किसी क़बीले में पैदा हुई चीख़, सारा को अपनी गोद में लेनी होगी... सारा की इस नज़्म ने मुझे रुला-रुला दिया...

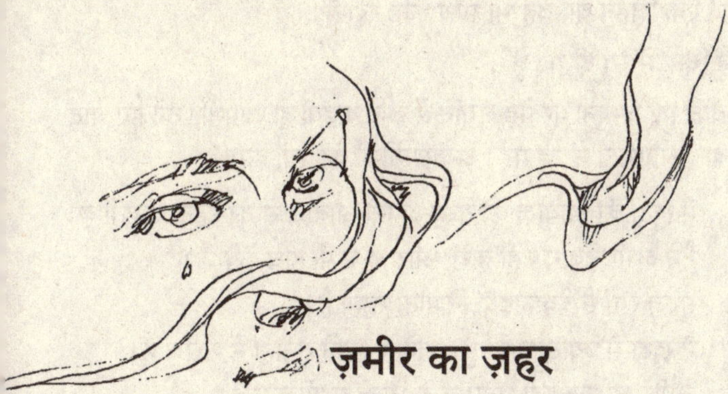

ज़मीर का ज़हर

११ अक्तूबर, १९८२ की तारीख में लिखा हुआ सारा का ख़त आया—

अमृता!

इलैक्ट्रिक शॉक लगने की वजह से अभी तक तबीयत ठीक नहीं हुई। मैं तो एक मज़ाक़ हूं अमृता! इक्कीस रोज़ पागलख़ाने में रहकर आई हूं। कभी पागलख़ाने, कभी घर...

तुमने जिस मोहब्बत से मुझे ख़त लिखे हैं, उसके लिए मोहब्बत लफ़्ज़ भी छोटा है। मेरे हाथ बहुत कांपते हैं। ज़िस्मानी तकलीफ़ भी बढ़ गई है। कांपते हाथों से तुम्हें ख़त लिख रही हूं।

एक मां है, जो मेरी वहशत में शरीक़ रहती है। बाक़ी तो सारे लोग ना ज़मीन बन सके, ना आंसू।

तमाम रात हाथों में बीत जाती है। दार पर सोती हूं। जेल की क़ैद बामुशक़्क़त काटती हूं। बहुत सन्नाटा है। याददाश्त भी बहुत ख़राब हो गई है। चन्द रोज़ पहले तो किसी को भी नहीं पहचानती थी। अभी अकेले कहीं नहीं जा सकती। रास्ता भूल जाती हूं।

बीमारी की वजह से किताब भी छप नहीं पाई। बस, सिर्फ़ प्रेस जाना बाकी है। बाक़ी तमाम काम तो हो चुका। जैसे ही तबीयत ज़रा ठीक हुई, अपनी अमृता के पास ज़रूर हिन्दोस्तान आऊंगी। छांव का दर तो पेड़ों के पास ही होता है।

आग का रंग मेरे पैरों पर रहने लगा है अमृता! मैं पागल होना नहीं चाहती

अमृता! एक ज़िहन था, वह भी साथ छोड़ रहा है।

मैं चिता में रंग दी गई हूं...

बिकी हुई ज़मीनों पर पेड़ लगाने से छांव कड़वी हो जाएगी। टूटे हुए चांद की ज़ुबान आसमान में रह गई। अब ख़ामोशी का क्या होगा?

मैं ख़ुदा की आवाज़ की तरह अपनी आवाज़ से दूर रहना चाहती हूं।
मैंने कभी ज़बान नहीं हारी, और ना कभी हाथ फेंके हैं।
सूरज रंगों से बेवफाइयां निभाता रहता है।
मैं ख़ुदा से ज़्यादा तन्हा हूं। लेकिन अपने गुनाहों में शरीक हूं।
ज़मीर का ज़हर तो सुकरात के प्याले से भी बड़ा है।
अमृता! दुआ फ़क़ीर से ज़्यादा भूखी होती है।

मैं कितनी मिट्टी चल आई। अन्देशों की जूतियां टूटती रहीं और दिल में दुआ की कील गड़ती रही।

तबीयत बहुत ख़राब रहने लगी है अमृता! काश, तुम पास होती। यहां मैं किससे बात करूं? कौन है?

कभी-कभी तो रात-भर चीख़े मारने का दौरा पड़ जाता है। जब होश आता है तो बहुत शरमिन्दगी होती है। घर वाले बेचारे ख़ामख़ाह परेशान हो जाते हैं। तमाम रात टहलती रहती हूं। पैरों पर वरम आ जाता है। कभी-कभी ज़बान में लुकनत आ जाती है।

दुआ करो अमृता! मैं मिट्टी से ज़्यादा ख़ामोश हो जाऊं!

डॉक्टरों का कहना है कि अगर मेरी शादी कर दी जाए, तो मैं ठीक हो जाऊंगी। रिश्ते तो बहुत आते हैं अमृता! दोस्त नहीं मिलता। क्या करूं? बात का ज़्यादा जान जाना ही तो दुःख है। मैं झूठ, मक्कारी, फ़रेब—सबसे तो आशना हूं। रिश्ता किससे बांधूं!

इमरोज़ को बहुत, बहुत, बहुत सलाम! मैं इमरोज़ की दिल में बहुत क़दर करती हूं!

ख़ुद नोशत लिख रही हूं। जल्द अरसाल करूंगी। तुम्हारे ख़त आने पर नई ज़िन्दगी मिलती है।

—सारा शगुफ़्ता

जलती बुझती औरत

और कुछ दिनों बाद सारा ने अपनी दास्तान का आख़िरी पर हिस्सा लिखकर भेज दिया, जिस पर २५ नवम्बर, १९८२ की तारीख़ थी—

"मेरी ज़िन्दगी में कई मर्द आए, लेकिन मैं सिर्फ़ एक-आध मर्द की हैरत में शरीक रही।

उमर क्यूंकि बड़ी है, इसलिए खिलौने जल्दी ही टूट जाते हैं।

अक्सर तन्हा ही समुन्दर पर जाती हूं, तो समुन्दर के एक भी सवाल का जवाब नहीं दे पाती।

ज़ात में अय्यारी और मक्कारी नहीं है। जब भी कोई मिलता है, मेरी सच्चाइयां सुनकर क़दम चुरा लेता है।

मेरा भी जी चाहता है कि कोई इमरोज़ जितना बड़ा आदमी मुझे मिले और मैं तनहाई के अज़ाब से बचूं।

लिखने की वजह से घर वाले शदीद नफ़रत करते हैं, और कहते हैं—तुम ख़ानदान की मिट्टी पलीत कर रही हो। अच्छा है अगर मौत तुम्हें अपनी गोद में ले ले। आए दिन रिसालों में, अख़बारों में हमारी स्याहियां दुहराती रहती हो।

घर में कोई मेहमान आ जाए तो अम्मी जल्दी से रद्दी चुनने लगती हैं, और फिर मेरे लफ़्ज़ आग की नज़र हो जाते हैं।

तराज़ू के एक पलड़े में हमेशा पत्थर होता है, और शायद इसी का नाम इन्साफ़ या सच्चाई है।

पत्थर ही तो इन्साफ़ करते हैं।

नफ़रत की धज्जियों से भरी हुई आंखें जब मुझे देखती हैं, तो मैं अपना दिल पढ़ने लगती हूं!

सच्चाइयों से लोग मरने लगे, तो मरे हुए लोगों के झूठ जमा रखो कि हमें नंगी आंखों को भी दफ़नाना होता है...

मैंने ज़िन्दगी में चार बार ख़ुदकुशी की है, लेकिन मौत नहीं आई। ख़ुदा दिन गिन रहा हो तो ज़हर अमृत बन जाता है।

अभी छः माह पहले मैंने अपनी चौथी किताब 'आंखें' मुकम्मल कर ली, तो फिर ज़ायका बदलने की सूझी। बाज़ार से ज़हर ख़रीदकर लाई, और फिर अपनी बड़ी ही प्यारी दोस्त अमृता प्रीतम को ख़त लिखा, बड़ी तफ़सील से।

उस रात अम्मी ने मुझे चाय लाकर दी, और मैंने चाय के साथ ही ज़हर भी पी लिया। और एक छोटा-सा ख़त लिखा कि मैं खुदकुशी कर रही हूं, इस दुनिया को थूक देना चाहती हूं।

मैंने वह ख़त अम्मी को दिया। अम्मी चौंक पड़ी। वह पढ़ी-लिखी नहीं हैं। उन्होंने ख़त रख लिया और मैंने कहा—यह ख़त सुबह मेरे बड़े भाई को दे दीजिएगा।

मेरा मक़सद यह था कि बाद में पुलिस मेरे घरवालों को तंग न करे। ज़हर खाने के बाद रात गए तक मैं अम्मी से बातें करती रही। अचानक मैंने अम्मी से पूछा—अम्मी! क्या ज़िन्दगी में आपने कभी किसी से इश्क़ किया है?

अम्मी बहुत नाराज़ हुईं, और कहा—मैंने तुम्हारे बाप के अलावा किसी बन्दे पर नज़र भी नहीं डाली! और उठकर दूसरे कमरे में चली गईं।

फिर मैं बेहोश हो गई। घर वाले जिना अस्पताल ले गए। मुझे आक्सीजन लगी रही थी। चार रोज़ के बाद मुझे होश आया। देखा—वहीं ज़मीन, वही आवाज़ें, वही सन्नाटा...

जान है कि कांटेदार झाड़ी है, पीछा ही नहीं छोड़ती। मुझे बहुत दुःख हुआ।

मेरे इर्द-गिर्द पुलिस वाले खड़े थे। पूछने लगे—तुम्हें किसी ने ज़हर दिया

था, या खुदकुशी की है? इससे पहले कि मैं कोई जवाब देती, मेरी अम्मी ने पागलख़ाने का सर्टीफ़िकेट दिखा दिया और बोलीं—इसका ज़िहनी तवाज़न ठीक नहीं है। यह पागल है।

हां, गई थी मैं पागलख़ाने। जब मुझे पागलख़ाने यानी कि कराची के दिमाग़ी नफ़सियाती अस्पताल में होश आया, तो सलाख़ों पर ताले की आंख लगी थी। पागल औरतें मेरे इर्द-गिर्द घूम रही थीं। किसी की आंखें खलाअ से टंग गई थीं। कोई अपनी हंसी से मर रही थी। बाज़ औरतें बिलकुल ठीक-ठाक थीं। उन्हें जायदाद के चक्कर में पागलख़ाने दाख़िल करा दिया गया था। एक लड़की स्मगलिंग करती थी, पुलिस से बचने के लिए उसने यह ढोंग रचाया था। दूसरी लड़की लगातार यही कहती रहती थी—'मेरा इज़ारबन्द मत खोलो!'... एक और औरत भी सिर्फ़ यह कहती रहती थी—'मुझे मत मारो!'... एक आवाज़ यह थी—'मैं इतने मर्द बरदाश्त नहीं कर सकती।'

जो औरत ज़्यादा शोर मचाती या मारपीट पर उतर आती उसे ज़ंजीरों से बांध दिया जाता। मुझे इस क़ैद से बड़ी वहशत होती थी। ना कोई सुनने वाला, ना कोई पूछने वाला। उस बार मैं पन्द्रह दिन उस अस्पताल में रही...

और बड़ी मुश्किल से काग़ज़ और क़लम हासिल किए। और सिर्फ़ पागलों की गुफ़्तगू लिखती रही। जल्द शाया करवाऊंगी।

वैसे अब तक चार बार पागलख़ाने रहकर आ चुकी हूं। बेशुमार इलैक्ट्रिक शॉक लग चुके हैं, जिनकी वजह से याददाश्त बहुत कमज़ोर हो गई है। कभी-कभी अपना माज़ी भी भूल जाती हूं। हैरत मुझे शिकार करती रहती है।

बूढ़ा चांद मुझे देख रहा है, और मैं स्याही हो रही हूं।

सूरज जब मेरे घर से गुज़रा था, तो कह रहा था—देखो! इस सदी की स्याह औरत, जिसे तस्मों से ज़्यादा कस दिया गया है। यह इन्सानों की खेती है, लेकिन इसका दाना ज़मीन के दाने से ज़्यादा मुश्किल है।

सूरज की आवाज़ औरत ने सुनी तो चारदीवारी की कोख से बाहर निकली, और देखा—मिट्टी पर सितारे रो रहे थे, और ज़मीन ग़र्द हो रही है

उसने इनकार को कई चेहरों से देखा। औरत ने अपनी आंखों से पूछा—मेरा नाम क्या है?

आंखें, जिन पर वक़्त का ग्रहण लग चुका था, बोलीं—आदम!

दरिया, जो सदियों से अपना रास्ता बदल रहा था, और उसका माज़ी सिर्फ़ एक ज़मीन रह गया था, उसने सुना, तो बोला—ए औरत! मेरा सफ़र गवाही देता है कि तेरा नाम आदम नहीं, हव्वा है।

हव्वा ने जल्दी-जल्दी अपने क़दम लपेटे और कहा—राही! तू ठीक कह रहा है। ज़मीन रुकने से पहले मेरा नाम चारदीवारी नहीं, हव्वा था। मैं सदियों से मर रही हूं। और स्याह हूं।

सदियों से ही वक़्त को घड़ियों में कैद कर दिया गया है।

और सोचने लगी—औरत की रियासत चादर कुशाई से बड़ी नहीं होती...

और लाठियों के मौसम सहना उसका दस्तूर होता है...

आदम के रेवड़ में, हर खूंटे पर हव्वा से ज़्यादा रस्सी दराज होती है।

हव्वाने सोचना छोड़ा तो पत्थरों से कहने लगी—रोटी मसूर की दाल के साथ अच्छी लगती है, तुम तो अचार के साथ भी अच्छे ना लगे...

यह खुला आसमान हमारी छत है। तुम कौन होते हो, हमें चार ईंटों में दफ़न करने वाले...

आज तो मैं इतना सच बोलूंगी कि रस्सी अपनी तारीख़ भूल जाएगी।

और खोलो मेरी अंगिया के बन्द, मगर तुम्हारी भूख सिर्फ़ एक-एक निवाला ही निगलेगी!

क्यूं चखते हो अपनी मांओं को!
क्यूं करते हो बहनों की चादरकुशाई?
खाओ! खाओ पहले अपने नुतफ़े की क़सम।
लेकिन तुम अपना नुतफ़ा नहीं जानते।
तुम क्या जानो कि चवन्नी कैसे बिकती है
और इकन्नी कैसे बिकती है
मांओं की मंडी में जिस्मों की सौदागरी करते हो?
तुम अपने बदन से औरत को नहीं नाप सकते!
कि औरत अपनी सुरंग से इन्सान जनती है
अपनी हया से नहीं।

मेरी नानी की नानी, और दादी की दादी, और मां की मां से ज़िनाह किया, और जब्र के कारी पैदा किए...

हशर वाले दिन भी ख़ुदा मांओं से जवाब मांगेगा, तो तुम्हारी मुफ़लिस मांएं क्या बोली लगायेंगी ख़ुदा से?

क्या तुम उस वक़्त भी कहोगे कि मां से ज़्यादा जूती महंगी होती है?

तुम मेरी एक रात का मुआवज़ा भी नहीं दे सकते!

कि औरत के पिस्तान सदियों से भूखे हैं, और सदियों से ज़ेरे-नाफ़ जीने वाली औरत भी मर चुकी है...

आंखों का क़हत पड़ा है, और इन्सान की जगह बंजर साए लहरा रहे हैं...

किन बाज़ारों को जाते हो? यहां कभी दुःख नहीं बिका।

कौन से लमस तुम्हारे पास रह गए हैं?

कि आधी रोटी को आधी रोटी की भूख रहती है...

प्यास जूठी नहीं होती...

लमस इतने तिशना हैं कि वह नहीं जानते कि तुम्हें भूख कब लगती है....

औरत अगर तुम्हें जानती है तो औरत में एक क़ब्र भी होती है...

तुम्हारे खरे-खोटे सिक्के औरत ही गिनती है...

औरत की तन्दूरी पर रोटियां लगाने से पहले तुम ज़्यादा भूखे होते हो कि तुम्हारी जूतियां!

रातों को लगान अपनी मकरूह हंसी से देते हो?

औरत के बिल में क़हक़हा लगाने वाले सांप से ज़्यादा मस्तानी चाल चलते हैं। उन्हें कौन बताये कि वक़्त की पिटारी का मुंह अभी खुला है।

सपेरन ने सिर्फ़ अभी मनका ही फेंका है। इन्साफ के तराज़ू के एक पलड़े में हमेशा पत्थर होते हैं।

लेकिन मैं तुम्हें क़ैद रखूंगी—अपनी आवाज़ में।

मैं तुम्हें क़ैद करूंगी—अपनी सच्चाइयों से।

और जहले थूकने से पहले अक़ल का वादा कर लेना!

जबर, तश्शदुद, एहसास-ए-बर्तरी, यह रही तुम्हारी ज़मीन! और यह रहे तुम्हारे मौसम!

इन्सान तो इन्सान, तुम तो आला नस्ल के कुत्ते भी नहीं।
मैं कैसे तुम्हारे लिए एक चोर का एतमाम करुं? कैसे हंसूं?
कि मेरी बहनों के दुपट्टे रंग साज़ों के पास हैं।
कोरी आंखों से तो मुझे घिन आती है
तुम वह आदम नहीं, जिसे हव्वा ढूंढती है
वह आदम, वह हव्वा, तो जज़्बों के मालिक थे!

घर में अगर दुःख की भट्टी दहकती थी, तो दोनों की आंखें अंगार हो जाती थीं, और दिल के अंगारों पर ही वह दोनों जलते-बुझते थे...

बांसुरी की लय उनके क़दम गिनती थी
और मिट्टी की दुआ थे वह दोनों!
और मैं—मैं तो हाथों से गिरी हुई दुआ हूं..."

२५.११. १९८२ —*सारा शगुफ़्ता*"

सो यह थी एक जलती-बुझती औरत—सारा शगुफ़्ता।
जिसने सुकरात के प्याले से भी बड़ा ज़मीर का जहर पी लिया!...

....

दुनिया के इतिहास में बहुत-सी किताबें हैं जो लोगों ने जेलों में लिखीं। सिर्फ़ चिन्तनशील लोगों ने नहीं, फ्रांस के यां यैने जैसे नामी गुनाहगार ने भी। लेकिन सारा एक ही ऐसी औरत है, जिसने पागल क़रार दिए जाने के बाद पागलख़ाने में बैठकर पागल औरतों की गुफ़्तगू लिखी... और जिसने मुअज़िज़ लोगों की दुनिया में ज़ेरे नाफ़ जीने से इनकार कर दिया...

मैं नहीं जानती—सारा की कितनी नज़्में और कितने ख़त मुझ तक पहुंचते-पहुंचते सैंसर की नज़र हो गए और कितने उस 'रद्दी' में जल गए, जो 'रद्दी' उसके घर में जलाई जाती थी...

लेकिन जो कुछ भी मुझ तक पहुंचा, मैं उसे एक तरतीब देकर, जल्दी से जल्दी एक किताब की सूरत में सारा की नज़र करना चाहती थी।

१९८२ में सारा का जो आख़िरी ख़त आया उस पर ११ अक्तूबर की तारीख़ थी, और उसकी दास्तान का जो आख़िरी हिस्सा मिला, उस पर २५ नवंबर की तारीख़ थी।

किताब प्रेस में थी, और आख़िरी हिस्सा मैं तरजुमा कर रही थी, जब ख़बर मिली—सारा बहुत बीमार है, अस्पताल में है...

मैं कभी किताब के पहले हिस्से के प्रूफ़ देखती, कभी आख़िरी हिस्से का तरजुमा करती खौफ़ज़दा थी। जानती थी कि अगर्चे सारा ने अपनी चार किताबों का सिलसिला ज़िहन में बना रखा है, लेकिन वहां उसकी एक भी किताब शाया नहीं हो पाएगी, और मैं चाहती थी कि कम अज़ कम एक किताब उसे ज़रूर दे सकूं!

मेरे माहनामे में एक कालम जारी था 'बलदे अक्खर' (जलते हुए अक्षर) ज़िसमें कुछ एक महीनों के बाद मैं सारा की नज़्म शाया करती थी। वही कालम मेरे सामने था, और जैसे १५ नवम्बर, १९८१ के ख़त में सारा ने लिखा था— 'अगर मेरा ज़िन्दगीनामा भी छप जाए'—उसको सामने रखते हुए, किताब को नाम दिया—'बलदे अक्खर' — 'सारा शगुफ़्ता दा जिन्दगीनामा'।

१९८३ के फरवरी महीने में जब किताब की जिल्द-बंदी हुई, तो जल्दी से कुछ किताबें बज़रिया डाक सारा के नाम भेज दीं।

कुछ महीने ख़ामोशी में गुज़र गए फिर पता चला कि वे किताबें सारा तक नहीं पहुंचीं।

लेकिन बीच में कुछ और अदीब कराची से आए थे। मिले थे, जिन्हें किताब की एक-एक कापी मैंने तोहफ़े के तौर पर दी थी, और उन्होंने वहां सारा की किताबें सारा को दिखाई भी और दीं भी।

अहमद सलीम का ख़त आया कि सारा की मां अब इस दुनिया में नहीं है और सारा बेहद परेशान है। लेकिन किताब को हाथ में लिए कई बार बच्चों की तरह ख़ुश हो उठती है, और कभी किसी वर्क़ पर हाथ रखकर उससे पूछती है—सलीम! पढ़कर बताओ! यह कौन-सी नज़्म है? और कभी किसी और वर्क पर हाथ रखकर पूछती है—पढ़ो! यहां क्या लिखा है?

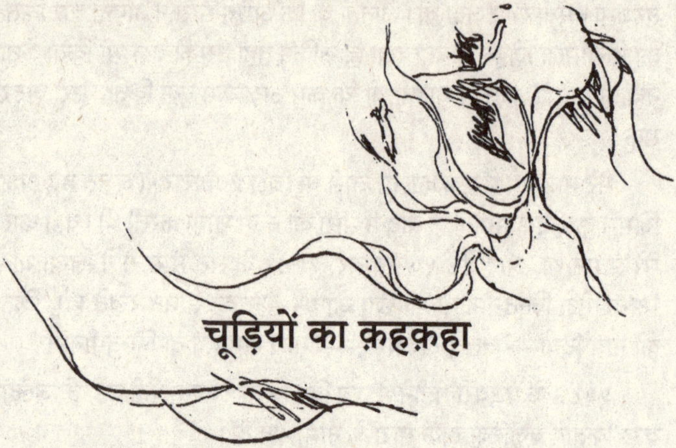

चूड़ियों का क़हक़हा

अहमद सलीम ने यह ख़बर भी दी कि सारा के साथ एक और हादसा पेश आया है। ... बहुत परेशानी हुई कि क्या ज़िन्दगी का लगान अभी और सारा पर बाक़ी है?

सारा ने मुझे ख़त लिखा था, बहुत तफ़सील से, लेकिन या तो डाक में डालना भूल गई थी, या वह कहीं बहुत दिन सैंसर की मेज़ पर पड़ा रहा होगा। ख़त मिला, तो देखा, ख़त में ही एक जगह ८ जनवरी की तारीख़ थी, और आख़िर में कोई तारीख़ नहीं थी। और ख़त के पहले हिस्से की तफ़सील शायद गए साल के नवम्बर महीने की रही होगी। लेकिन यह ख़त मुझे कई महीनों बाद मिला। लिखा था—

शादी—शायद यह मां की आख़िरी ख़्वाहिश थी, जो मैंने मानी।

अमृता!

मुबारकबाद क़ुबूल की। हमारी ज़मीन के दस्तूर के मुताबिक हमें हराम से हलाल होना ही पड़ता है।

मुझे पागलख़ाने से आए हुए दो या तीन रोज़ ही हुए थे कि अम्मी ने कहा—डॉक्टर का कहना है कि अगर तुम्हारी शादी कर दी जाए तो तुम ठीक हो जाओगी। बेटी, यह तुम्हारा इलाज है।

शादी?—मेरी तो आवाज़ काली पड़ गई—नहीं अम्मी! मेरे बदन से तुम्हारी कोख का साया नहीं जाता।

उन दिनों पांच-छः नक़्क़ालों की आंखें मेरे हाथों में हथकड़ियां बनना चाहती थीं।

एक रोज़ अम्मी की तबीयत बहुत ख़राब थी। मैं उनके क़दम दाब रही थी। अचानक मैंने अम्मी से कहा—अब तो आप रोज़-रोज़ बीमार रहने लगी हैं...

वह बोलीं—तुम्हें देख-देखकर। मेरा कहना मान ले!

चूड़ियों के क़हक़हे में शामिल हो जा! जवान है। मोहल्ले वाले भी बातें बनाते हैं—तेरी अकेली लड़की सड़कों पर धूमती रहती है। जाने कहां जाती है, और जाने कहां से आती है! मैं बहुत दुख जाती हूं बेटी!

मैं बहुत कुछ सोचने लगी। फिर एक रोज़ मैं और अम्मी धूप ताप रहे थे कि मैंने महसूस किया—अम्मी चुपके-चुपके आहें भरती हैं। और चोरी-चोरी मुझे देखती हैं।

मैंने अम्मी से कहा—अगर अम्मी, मैं तुम्हारा कहना मान लूं तो?

—मैरी सारी बीमारी जाती रहेगी... मैं बिलकुल ठीक हो जाऊंगी...

—लेकिन अम्मी, आप अकेली रह जाएंगी...

—कितने साल हो गए हैं तेरा इनकार सुनते। तेरे बहाने तो मुझे मरने भी नहीं देते। मुझे ज़िल्लतों से बचा ले बेटी! हां कह दे। माना कि लड़का बहुत बदसूरत है। पढ़ा-लिखा भी नहीं। लेकिन इतने-इतने पढ़े-लिखों ने तुझे दुःखों के सिवा क्या दिया है। यह ठीक रहेगा।

—जैसी तुम्हारी मरज़ी अम्मी! लेकिन जानती है चूड़ियां कभी क़हक़हा लगाने से बाज़ नहीं आती!

—हार से डरती है?

—नहीं अम्मी! अगर तेरी जीत मेरी हार होती, तो मैं सारी उम्र हारना पसन्द करती।

—जाने क्या-क्या बोलती रहती है। मुझे तो कुछ समझ नहीं आता।

मैं अम्मी के पसंदीदा लड़के के पास पहुंची और कहा—मेरी अम्मी ने तुम्हारा रिश्ता क़ुबूल कर लिया है। चार-पांच रोज़ बाद बारात लेके आ जाना! अम्मी ने बड़ी ख़ुशी से तमाम मोहल्ले को दावत दी और मेरा निकाह हो गया।

पहले रोज़, चादरकुशाई के बाद उसने कहा—मेरे पांव दबाओ!

मैंने पांव दबाए।

दूसरे रोज़ औरत की निजात इसी में होती है कि जूती से रोटी तक—दुआओं के पनघट पर खाली कुआं और मैं...

तीसरे रोज़ देवर साहब ने कहा—भाभी, दहेज़ कब आएगा? किताबें तो पहुंच गई हैं।

मैंने कहा—हमारे पास इन किताबों के सिवा कुछ नहीं। मेरा दहेज़ यही मेरी किताबें हैं।

एक रोज़ अम्मी मेरे घर आईं। हाथों में फ्रूट का टोकरा।

—बेटी, ख़ुश तो है ना?

—हां अम्मी! बहुत ख़ुश हूं! तू अपनी सुना! तू ख़ुश है कि नहीं?

—यह भी कोई पूछने की बात है! तेरा घर आबाद हो गया। मेरे लिए इससे ख़ुशी की बात और क्या हो सकती है।

—मुशायरों में जाना बन्द। ग़ैर मर्द से मुलाक़ात बन्द। अख़बारों में लिखना बन्द। तुम अब हमारी इज़्ज़त हो! लखपति घराने की बहू हो! खाने-पीने की तुम्हें तकलीफ़ नहीं होगी। रहा तुम्हारा पागलपन, यह सब बहानेबाज़ी है। असली दूध मक्खन खाओगी, तो तन्दुरुस्त हो जाओगी!

एक रोज़ मेरी तबीयत बहुत ख़राब हो गई, मैंने कहा—मुझे डॉक्टर के पास ले चलो!

हज़रत बोले—हमारे यहां डॉक्टर का रिवाज नहीं है!

गोया मेरी दवा भी बन्द।

मैंने पड़ोस के बच्चे से दवा मंगवाई और खाकर सो गई।

आधी रात को मुझ पर वहशत का दौरा पड़ा और मैं आंगन में टहलने लगी। मेरी हालत देखकर मेरे शौहर ने कहा—क्या तुम नशा करती हो? मैं तो सोच भी नहीं सकता था कि मेरी बीवी इतनी घटिया हो सकती है कि वह नशा करे।

मैंने कहा—ये दवाएं डॉक्टर ने लिखकर दी हैं। ये नशे की दवाएं नहीं हैं।

1. "किस मुसीबत से शादी हो गई..."
2. "हमारे यहां औरत सिगरेट पिए तो उसे गोली मार दी जाती है।"
3. "पढ़ने-लिखने पर पाबन्दी।"

4. "क्या लिख रही है? इधर आओ मेरे पैर दबाओ! बड़ी आई शायरा।"

5. "ज़ेवर हर वक़्त पहना करो। इसी से इज़्ज़त होती है।"

6. "मशहूर शायरा का सांस अब मेरी मुट्ठी के बराबर है।"

पन्द्रह रोज़ तो मैं ख़ामोश रही।

सोना धातु है, और मैं सोने यानी कि धातु से ज़्यादा ज़िन्दा हूं। मैं हंसती हूं—एक जब्र से दूसरे जब्र तक...

—मुझे इससे कोई सरोकार नहीं कि तुम एक लखपति हो। अपना ख़्वाब दुरुस्त करो, वरना अच्छा नहीं होगा।

—तुम दो कौड़ी की शायरा, तुम्हारा इल्म तो तुम्हें आधी रोटी भी नहीं देता। लिखने-पढ़ने से फ़ायदा?

....

मुझे अपनी मुफ़लिस निगाहों पर बहुत अफ़सोस हुआ।

हालते-जार ऐ क़फ़स! तेरी तो ना थी मेरी थी...

मैं किस ज़मीन की आबरू हूं मैं नहीं जानती...

....

पच्चीस रोज़ बाद मैंने लखपति से कहा—मुझे तलाक़ चाहिए ।

—नहीं दूंगा! तुम्हें यहां कौन-सी तकलीफ़ है? कुटिया से तुझे घर तक लाया हूं। बीस हज़ार रुपए हक़ मेहर है तेरा।

—वह मैंने तुझे माफ़ किया...

खैर, बड़ी मुश्किलों से तलाक़ हासिल की और चैन से सोई।

जब मैं फिर अम्मी के घर आई तो अम्मी ने बड़ी हिम्मत से मुझे अपने गले से लगाया और बोलीं—"कोई बात नहीं। मैं समझूंगी, मैंने तेरी शादी ही नहीं की। यह तेरा घर है। ज़्यादा सोचा ना कर। तेरे ज़िहन पर असर हो जाता है।"

डोर थामी तो हाथ में एक और ज़ख़्मी लकीर बन गई।

....

यह सारा की चूड़ियों का क़हक़हा था...

मैं नहीं जानती कि इस क़हक़हे में चूड़ियों के होंठ ज़ख़्मी हुए या नहीं, पर यह जानती हूं कि चूड़ियों की इस हंसी से मेरे कान ज़ख़्मी हो गए...

सदियों से औरत की तक़दीर चूड़ियों से वाबस्ता है। उसको चूड़ियां पहनाई जाती हैं, उसकी कलाइयों से चूड़ियां तोड़ी जाती हैं, मगर उसे अपने हाथों चूड़ियों उतारने का हक़ नहीं दिया जाता...

सारा ने यह तो जान लिया कि उसे चूड़ियां पहननी होंगी, हराम से हलाल होना होगा, और उसने ज़मीन का यह दस्तूर मान लिया, लेकिन उसने इस दस्तूर में एक तरमीम करना चाही कि अगर उसे चूड़ियां पहनने का हक़ है, तो उतारने का भी हक़ है और यह तरमीम किसी को गवारा नहीं थी...

एक मां थी—जो सारा को गले से लगा सकी, उस वक़्त भी, जब वह किसी की चूड़ियां उतारकर आई थी, लेकिन सारा के लफ़्ज़ों में जब उसने यह डोर थामी, तो एक ज़ख़्मी लकीर हाथ में आई...

सारा के इसी ख़त का दूसरा टुकड़ा था—८.१-१९८३—अम्मी की मौत पर।

"सन् १९८३ मेरी मां को मौत की मुबारकबाद देकर गया है अमृता! आज मेरी मां मर गई है अमृता!

मैं तुम्हें ख़त ही लिख रही थी कि अचानक अम्मी का हार्ट फेल हो गया चार बजे, बरोज़ हफ़्ता...

मैंने भी मां के ख़ून का क़सास दिया है।

मेरे लफ़्ज़ जो उसके लहू के क़तरे-क़तरे को दुखाते थे, लेकिन मैं फिर भी अख़बारों की सुर्ख़ियों से ख़राज़-ए-तहसीन हासिल करती रही। लेकिन मैं मां के लहू के क़तरों से दुआएं हासिल, करती रही।

अमृता! मैं मां की कोख का ज़हर हूं, जो उसकी हड्डियों में सरायत कर गया है। और मेरी मां मर गई है।

उसकी आख़िरी आंखों में मेरा पछतावा था।

मैं इन्सानियत के नाम पर अपनी मां को शिकार करती रही। मेरे नाम की जगह गाली रह गई है।

मां की खाली आंखों की बेटियां कितनी खोखली हैं।

सारी ज़मीन पर रस्सियां कस दी जाएं, कि इल्म के नाम पर आंखों को फांसी दे दी गई।

मैं इन्सानों का मुक़द्दर लिखने लगी। नंगों के अहज़ा गिनती रही। मैंने अपनी मां की बेटी की कोख कई मर्दों से दाग़ दी थी। इसलिए बेटियों की बेल से मेरी बेटी भी दाग़ी जाएगी।

ख़ुदा के इन्साफ़ के एक पलड़े का नाम सज़ा है। लफ़्ज़ों के कटोरों में मैंने ज़हर छिपा रखा था, यह ज़हर मेरी मां ने क्यों पी लिया!

मैं इतनी अनजान नहीं थीं। मैं जानती थी, मैं अपनी मां को क़त्ल कर रही हूं। और मैंने अपनी मां को क़त्ल किया है। अपने झूठ से। और लोग कहते हैं—तुम्हारी मां की क़ब्र सच्ची है। जिस वक़्त उसको क़ब्र में उतारा गया, तो क़ब्र से खुशबू आ रही थी...

मैं झूठ से पहले यक़ीनन सच्ची रही हूंगी...

लेकिन मैं नहीं जानती झूठ का रोग मेरी छातियों से कब से बह रहा है। काश, मैं दुनिया से छुपकर अपने-आपको देख सकती...

मैं कुछ नहीं देख सकती। मेरी आंखें मर गई हैं, मेरी आंखें मर गई हैं, जबी तो मेरी मां मर गई है...

कहां है मां? ना मेरी आंखों में, ना मेरी कोख में, ना तेरी कोख में अमृता!

....

मुझे तो सादे वर्क़ से ज़्यादा चुप रहने का हक़ था...

मैंने जिस दिन अपना हक़ बांटा था, मेरी मां तो उसी दिन मर गई थी...

आज तो मेरे पिस्तानों से भी ज़हर बह रहा है। अगर मेरे बच्चे पास आएं तो मर जाएंगे। उन्हें दूर रखो कि यह अख़बारों की सुर्ख़ियां बनने वाली शायरा के बच्चे हैं...

मुझे वक़्त के जहन्नुम में फांसी दी गई। और फिर ख़ुद्दारियों की रस्सियों से कस दिया गया।

मैंने मां के धड़कते दिल पर कभी हाथ नही रखां कि मेरे हाथ लफ़्ज़ से ज़्यादा नहीं रेंग सकते थे।

....

मां मरी है तो एहसास हुआ है—मेरे बच्चे भी मां की ख़ुद्दारियों से मर गए होंगे। कोई ज़िन्दा नहीं। क्या मेरे बच्चे भी? कहां होंगे? मेरे पास तो नहीं!

मैं कौन-सी ज़िन्दा रह गई हूं!

आंखों की सड़ांध... मुझे कुछ नज़र नहीं आता। जिनकी मांएं ज़िन्दा रह गई हैं—मेरे लिए दुआ मांगें!

आज तो ना मैं मां वाली हूं, और ना बेटी वाली।

शोक से कमरा भरा पड़ा है। दूर-दूर से लोग आन पहुंचे हैं। मेरी छः बहनें और चार भाई भी। इनकी चीख़ें तो मुझे बाज़ार में ले आई हैं—शगुफ़्ता! तुम्हारी वजह से हमारी मां मर गई है। इसे तुम्हारा दुःख ले डूबा है। इसे सिर्फ तुम्हारा दुःख था...

ख़ानदान की लड़कियों को मेरे पास अकेले बैठने की इजाज़त नहीं कि सारा शगुफ़्ता आज़ादी का भेस ओढ़े फिरती है, कहीं बच्चियों पर इसका रंग ना रह जाए...

मैं लिख रही हूं तो आवाज़ आई है—देखना! हमारी इज़्ज़त का ख़्याल करना, कहीं अखबारों, रिसालों के लिए हमारी सुर्ख़िया लिख रही हो?

नफ़रतों के जन्मदिन में और मौत के जन्मदिन में एक और आवाज़ शामिल हुई, जो कभी रूह में ना सुनी गई। मैं सैकड़ों चेहरों की नफ़रत से रंगी हुई हंसी हंस रही हूं।

मेरे स्याह पोरों में कोई चांद नहीं टूटा... लेकिन मेरी क़ब्र मिट्टी को नफ़रत से हामला कर देती।

नफ़रत की गवाही सबसे ज़्यादा सच्ची होती है। क्या आज मैं ज़िन्दा हूं?

साहिल हमेशा समुन्दर के फ़रेब में मुब्तला रहता है। आंखें जहल से स्याह होती हैं।

छांव सूरज के साथ-साथ बीत जाती है।

आज मैं एक रेवड़ हूं। इज़्ज़त के एक रेवड़ में कमाल की बोलियां बोली जाती हैं...

हलाल बदन पर आंखें हराम होती हैं।

अगर मैं दुःख से ज़्यादा शर्मिन्दा हुई, तो क़ब्र से ज़्यादा मर नहीं सकती।

तुम्हारी आंखें मुझे इतना क्यूं टटोलती हैं?
मेरी मां—मौत... मेरे सब्र—झूठ...
मैं एक डोली में मरती हूं तो दूसरी डोली तैयार हो जाती है...
दोग़ले मौसम में कौन से फूल खिलाऊं?
मेरी ज़बान दुःख से ज़्यादा गहरी है
मैं कहां बोलती हूं अमृता!
मैं पागल हो जाती, तो अम्मी मुझे लिए-लिए फिरती।
अब कौन है!

तमाम रात मैं तड़पती रहती तो वह भी तमाम रात जागा करती। मैंने अपनी मां को बहुत दुःख दिए हैं अमृता!

हां... हां... शाम से पहले सूरज रोज़ अपनी मौत का इंतज़ार करता है। रात मेरी आंखें भी छुपा देती है।

ख़ुदा इन्सान से सिर्फ़ मौत जितना सच बोल सकता है... मैं मां के दुःखों की चिता में और मेरी बेटी मेरी चिता में जल रही है अमृता!

यह कैसा चिराग़ा है? मुझे बतलाओ अमृता!

मेरी अम्मी क्यूं मर गई है?

सूरज के डूबने से ज़मीन की छांह बिछुड़ जाती है। जा सोई ख़ाक की गोद में।

मुझे जागती रातों में डर लगता है। दिल की जगह सन्नाटा धड़क रहा है।

अमृता! जब मैंने अपनी अम्मी के घर को अपनी अम्मी के लहू से रंग दिया, तो मौसमों के रंग लिखने लगी...

और बड़े सच्चे लफ़्ज़ लिखने वाली मशहूर हो गई...

अम्मी! मेरी अम्मी! मेरी दुःखी अम्मी! अब मुझे कभी नहीं कहेगी—

रात-भर ना लिखा कर! सो जा! सो जा मेरी शगुफ़्ता। सो जा! नहीं तो दौरा पड़ जाएगा...

मेरा एक काग़ज़ भी इधर-उधर हो जाता, तो घर में क़यामत बरपा कर देती।

इसलिए मेरी अम्मी मेरा एक-एक काग़ज़ सम्भालकर रखा करती। और थोड़ी-थोड़ी देर के बाद चाय का प्याला मेरी मेज़ पर होता।

मैंने कभी उठ कर पानी नहीं पिया। अब कौन है अमृता!

मेरी स्याह बातें तो मेरी अम्मी की काली आंखों में दफन हो गईं।

मेरे दुःख, मेरे रोग, मेरी मां के दिल पर सिसकते रहे! मेरी लापरवाहियों से मेरी मां के कपड़े फट गए थे... वह मेरे लिबास की चिन्दी-चिन्दी सिया करती थी...

अमृता! उसने कभी मुझे अपने पैरों के ज़ख़्म नहीं दिखलाए...

मेरी मां बहुत अज़ीम औरत थी...

....

मेरी डोलियां रुख़सत करते-करते वह ख़ुद डोली में बैठकर चली गई।

वह क़ब्रिस्तान से ब्याह दी गई है...

मिट्टी मेरी मां से हामला हो गई है। अब क़ब्रिस्तानों की नस्ल बदल जायेगी।

अमृता! मेरी अम्मी मर गई है। मैं अकेली रह गई हूं।

अमृता! काश, इस वक़्त तू मेरे पास होती! मेरे इर्द-गिर्द इस वक़्त सब अनजाने-बेगाने लोग हैं।

अमृता! मेरी अम्मी मर गई—क्या यह सच है? मुझे यक़ीन नहीं आता अमृता!

अम्मी सूरज से ज़्यादा सच बोला करती थी...
अम्मी... मेरी अम्मी... मेरी अम्मी जी...
मैं फूलों से ज़्यादा हंस सकती थी...
और मौत से ज़्यादा मर सकती थी...
तुम क्यूं मर गईं?
क्या परिन्दे अपनी परवाज़ से बिछुड़ चुके?
गुनाहों की गवाही मेरी हैरत को डसती है...
आज मैं कोढ़ी हो गई हूं। मुझसे नफ़रत करो!
मैंने अपनी मां को कोई सुख नहीं दिया...

मैं सारा का यह ख़त पढ़ रही थी। रो रही थी और सोच रही थी—अगर

ख़ुदा सिर्फ़ मौत जितना सच बोलता है तो ख़ुदा का बनाया हुआ इन्सान सिर्फ़ पैसे जितना सच बोलता है...

सारा के ख़त का अगला हिस्सा था—

"मेरे भाई आन पहुंचे हैं। जायदाद पर झगड़ा हुआ। एक कहे—यह मकान मेरा है। दूसरा कहे—यह मकान मेरा है। आख़िर बड़े भाई ने फ़ैसला कर दिया और भाइयों में जायदाद तक़सीम कर दी। मैं सोचने लगी—मैं अब कहां जाऊंगी? किसी ने नहीं सोचा कि मैं कहां रहूंगी?

भाई ने मुझे तनहाई में कहा—शगुफ़्ता! अब अखबारों के एडीटर, नुमाइन्दे, शायर, अदीब इस घर में नहीं आ सकते।

मैंने कहा—भाई साहब! पहले भी एक-आध के अलावा हमारे घर कौन आता था। मैं तो ख़ुद किसी से मुलाक़ात करना पसन्द नहीं करती...

—कूड़े पर लोग कूड़ा फेंकने ही आते हैं....

सोचती हूं अमृता! क्या करूं? कहां जाऊं? मेरी मां मर गई है अमृता! आंसू कहीं मेरे कपड़ों का रंग न बदल दें!

अख़बारों में मेरा कोई भी कालम छपे, उसे ख़ानदान की ज़िल्लत से गरदाना जाता है।

मेरे लिखने-पढ़ने को मेरे दिमाग़ का ख़लल जाना जाता है।

वैसे ही मेरा ज़िहनी तवाज़न दुरुस्त नहीं! जाने क्या-क्या लिखती जा रही हूं।

ज़मीनों से पगडंडियां बिछुड़ जायें तो मौसम नहीं आते।

मैं हमेशा टूटे पर इकट्ठे करती रही।

अमृता! तुम्हें पूरा-पूरा अख़्तियार है मेरी किताब छापने का। ज़रूर शाया करें। बल्कि बहुत-बहुत शुक्रिया। मोहब्बत होगी। जवाब जल्दी देना। मैं बहुत उदास हूं।

तुम्हारी और अपनी अम्मी की
सारा शगुफ़्ता

और ख़त के नीचे एक नोट था—"ज़रा तरतीब दे देना छापने से पहले। मेरा ज़िहन इस वक़्त काम नहीं कर रहा। तुम फ़ौरन किताब छाप दो। मैं कुल अख़्तियार तुम्हें देती हूं। यह लिखते हुए भी शर्म महसूस हो रही है, वरना अपने से ज़्यादा तुमसे मोहब्बत करती हूं।

इमरोज़ को सलाम! *— सारा*"

लगता है—सारा ने इस ख़त का जो हिस्सा अपनी अम्मी की मौत के दिन लिखना शुरू किया था, ८ जनवरी को, वह बहुत दिन डाक में नहीं डाला। और इसी दौरान अहमद सलीम से सारा के साथ हुए नए हादसे की परेशानी जानकर मैंने सारा को जो ख़त लिखा था—हिन्दुस्तान आने के लिए, वह उसे मिला होगा। इसीलिए ख़त में एक और हिस्सा दर्ज है—

"चालीसवें के बाद हिन्दुस्तान आऊंगी। मेरा दिल बहुत उदास है...

एक पड़ोसिन ने कहा—अब तो तुम्हारा कलेजा ठंडा हो गया होगा, तुम्हारी मां का तुम्हारी वजह से हार्ट फ़ेल हुआ है...

अमृता! क्या यह सच है अमृता?

अमृता! मां की मौत से पन्द्रह रोज़ पहले मैंने ज़हर खा लिया था अमृता! मुझे जिना अस्पताल दाखिल कर दिया गया था। डाक्टरों ने मेरी मां से कहा था—इसके बचने के कोई चांस नहीं। शगुफ़्ता के कफ़न-दफ़न का इंतजाम करें।

मेरी अम्मी बहुत रोई थी अमृता! अब मेरे लहू में मां के आंसुओं के आख़िरी क़तरे दौड़ते हैं।

मेरे लहू में मां के आंसू रह गए हैं अमृता!

तुम मेरी दोस्त, मुझे बताओ। मुझे बताओ अमृता! क्या मैं अपनी मां का आख़िरी दुःख हूं? बताओ अमृता! मेरी अमृता! अब मैं कभी ख़ुदकुशी नहीं करूंगी। इसलिए कि मेरे छोटे भाई की भी मां मर गई है। उसका भी कोई नहीं। मैं अपनी मां की निशानी अपनी रूह में रखूंगी...

—तुम्हारी सारा"

और काग़ज़ के बाजू में लिखा था—मेरे ख़त, ख़ुदनोश्त, नज़्में जल्द शाया कर दो। कभी-कभी मेरा सांस भी रुक जाता है। अमृता! अमृता! मेरी अम्मी...

चूड़ियां जब किसी औरत पर क़हक़हे लगाती हैं, तो वह चूड़ियां कांच की

हों, हाथी दांत की या सोने-चांदी की, उनके क़हक़हे एक से होते हैं। और वह घरों की दीवारों से लिपटे नहीं रहते—बाज़ार में पहुंच जाते हैं...

सारा का एक और ख़त मिला, बहुत महीनों के बाद। उस पर ७ फ़रवरी, १९८३ की तारीख़ थी। लिखा था—

"अमृता!

अभी अम्मी के इन्तक़ाल को चन्द रोज़ ही हुए थे, सारा ख़ानदान इकट्ठा था, अम्मी का कमरा ख़ाली था; और भरा हुआ था। मैं आंगन में बैठी थी। मेरा बहनोई आया। उसके हाथ में अख़बार था। उसने अख़बार मुझे दिया और कहा—पढ़ो। मैंने अख़बार लिया और पढ़ने लगी—

1. सारा शगुफ़्ता ने अपने चौथे शौहर से भी तलाक़ ले ली।

2. सारा शगुफ़्ता की वालदा यह सदमा बरदाश्त ना कर पाईं। हलक़े वालों का कहना है कि उनकी मौत इसी सदमे से हुई।

मैंने अख़बार मेज़ पर रख दिया।

फिर यह अख़बार सारे ख़ानदान को पढ़ाया गया।"

सारा की ज़िंदगी के हालात यहां दर्ज करते हुए मैं नहीं चाहती कि अपनी ज़िन्दगी का कोई वाक़या इसमें शामिल करूं, लेकिन सारा का यह ख़त पढ़ते हुए, यह जो १९८३ का साल था, उसी ने एक करवट ली और करीब बीस साल पीछे जाकर खड़ा हो गया।

जब मैं ठीक इन्हीं हालात से गुज़र रही थी—तो ठीक यही सुर्खियां थीं किसी अख़बार की—जिनमें सिर्फ़ नाम का फ़र्क था, वहां सारा की जगह अमृता लिखा हुआ था।

और मैं नहीं जानती कि ऐसी सुर्खियों का ज़हर सारा ने किस तरह पिया होगा, लेकिन यह जानती हूं कि जिस दिन सारा का यह ख़त आया, मुझे लगा कि अख़बारों की ऐसी सुर्खियों का ज़हर मैं आज दूसरी बार पी रही हूं...

इसी वाक़या की ख़त में और तफ़सील थी—

"जिस मकान में मैं और अम्मी रहते थे, वह मकान अम्मी के नाम पर था। बड़े भाई ने कहा—अब यह मकान शगुफ़्ता और ख़ालिद, यानी कि मेरे छोटे भाई के नाम कर दिया जाए।

मैंने कहा—मुझे कुछ भी नहीं चाहिए। यह मकान मेरे छोटे भाई के नाम कर दिया जाए।

चुनांचे मकान छोटे भाई के नाम पर लीज़ करा दिया गया। उस रोज़ अम्मी का इक्कीसवां था। मेरा छोटा भाई और बहनोई मुझसे कहने लगे—हम गलियों-मोहल्लों में निकलते हैं तो लोग हमें अख़बारात दिखाते हैं। बातें बनाते हैं। तुम्हारी मौजूदगी में हम अब इस मकान, इस मोहल्ले में नहीं रह सकते। या तुम इस घर से चली जाओ या हम चले जाते हैं। तुमने चौथी तलाक़ ली है। अब हमारा तुमसे कोई ताल्लुक़ नहीं...

छोटे भाई ने यह भी कहा—मां थी तो और बात थी। तुम्हारी आज़ादियां, सिगरेट पीना हम बरदाश्त किए हुए थे। मां के मरने के बाद तुम हमारा क्या ख़्याल करोगी। तुम्हें तो ख़ुद पागलपन के दौरे पड़ते हैं...

मैं फिर आंगन में आकर बैठ गई। कमरे से आवाज़ें आती हैं—

1. मेरा ख़्याल है, शगुफ़्ता को पागलखाने दाख़िल करा दिया जाए, जहां से यह कभी ना निकल सके और काग़ज़-क़लम पर पाबन्दी लगा दी जाए।
2. ख़ानदान को तो इसने अख़बारों की सुर्ख़ियां बना रखा है।
3. हमारी मां को इसने बहुत दुःख पहुचाए हैं।
4. यह कब यहां से जाएगी।

मैंने अपनी किताबें उठाईं और पड़ोस में रख दीं। एक अटैची केस उठाया, मां के घर को दिल में रखा और चल पड़ी।

'जाना कहां है?' पैर यह सवाल करते हैं— 'किसी शायर, अदीब के घर? तो कल के अख़बार में यह ख़बर छपेगी—सारा शगुफ़्ता आजकल फलां शायर या अदीब को दाद दे रही है...'

कहां जाऊं? रिश्तेदारों के यहां? लेकिन मैं और मां तो अकेले रहते थे। हमारा कोई रिश्तेदार नहीं था। लोगों ने तो मेरे शेअर भी दीवारों से खुरच डाले थे कि दीवारों पर भी निशानियां ना रहें।

मेरे हाथों में कपड़ों की एक गठरी भी थी, ज़िस्में मेरी मां के वह कपड़े थे, जो ज़िन्दा रह गए थे....

मेरी आंखें नंगी होतीं तो आंसू उन्हें ढांप देते। एक आवाज़ और भी थी—

इसने तो लिख-लिखकर सारे ख़ानदान को रुसवा कर दिया है। अब तुम लोग भी यह काम करो कि अख़बार में निकलवा दो कि सारा शगुफ़्ता से हमारा कोई ताल्लुक़ नहीं।

मां की कोख से गिरे हुए सिक्के पहले तो कभी नहीं बिके थे। दिल ने कहा—हर परिन्दे की ज़ुबान सीखकर जंगल जाना। मैं अपनी एक दोस्त के यहां चली आई—सरवत सुलताना के यहां। फ़िलहाल यहीं रह रही हूं।

मैं अपने छोटे भाई से बहुत मोहब्बत करती हूं... लेकिन भइया! चालीस रोज़ तक तो मेरे आंसुओं को मरने देते। फिर मैं होती और इन आंसुओं की तक़दीर।

मुझे दुःख है भइया कि मैं तेरे खिलौने तोड़ती रहती थी। मैं आज भी खिलौने तोड़ रही हूं भइया! और उस वक़्त तक खिलौने तोड़ती रहूंगी, जब तक इन्सान जवान नहीं हो जाता।

तुमने मेरे और अपने दरमियान एक मकान चिन दिया है।

अगर दूसरी मंज़िल बनाने का ख़्याल हो तो मुझसे आंखें ले जाना। मेरे हाथ ले जाना। मेरे क़दम ले जाना। मेरे जज़्बे ले जाना। मेरा जी चाहता है भइया! तेरा घर बहुत वसीह हो!

अमृता! लगाया आग ने भी क़हक़हा अंगार के साथ...

अमृता! हशर का मैदान यहां से कितनी दूर रह गया है कि खुदा ने मेरी मां का नाम पुकारना है। मैंने अपनी अम्मी से बहुत-सी बातें करनी हैं।

पहले मैं मिट्टी को मां समझा करती थी, लेकिन जब से मौत मेरे दिल पर उतरी है, कोई पौधा हरा नहीं हुआ...

जब से मौत मेरी मां के साथ सच बोलकर गई है, मेरी मां मुझसे बोलती नहीं... अब उसने कभी नहीं कहा—शगुफ़्ता बेटी! लिखते-लिखते तेरे हाथों में वर्म आ जाता है। मत लिख। सो जा बेटी! तमाम रात लिखती रही है। थोड़ी देर आराम कर ले!

वह आवाज़ जो मिट्टी के नसीब में लिख दी गई है...
और मिट्टी अपने हाथ खोले मुझ पर ख़ाक उड़ा रही है...

हशर के रोज़ मिट्टी मौत से बेदार हो गई...
और बच्चे जानते हैं कि अज़ल से पहले कोई मां नहीं लौटैगी...
....
अब मैं अपनी चूड़ियों से किसको ज़ख्मी करूंगी...
लहू की बूंद हर रंग की गवाही नहीं देती...
सूरज ख़ाक छानकर अपना ख़ून बहाने लगता है...
रात में अपना मुंह काला करता है, रोज़ मरता है...

अमृता! झूठा ताल्लुक़ मुझसे नहीं रखा जाता। लोग सत्तर-सत्तर साल गुज़ार देते हैं एकसाथ, लेकिन दिल में उनके कीना होता है। यह कब इस्लाम ने कहा है कि तुम जब्र के तहत ज़िन्दगी गुज़ारो!

अगर औरत को ये लोग एक ही जगह पर मर-खप जाने को कहते हैं तो इस्लाम में तलाक़ क्यूं रखी गई?

मैं इन्सान हूं, जायदाद नहीं, और अगर कोई मुझे, यानी औरत को इन्सान नहीं समझता तो वह आदमी ज़्यादा दिनों तक औरत के बदन पर नहीं भौंक सकता...

अमृता! अम्मी का मुझे बहुत दुःख है। रही बात घर की, कुछ-न-कुछ कर लूंगी।

बहुत उदास हूं। आंखों के अंगारों पर आंसू छिड़क रही हूं।

७.२.८३ *तुम्हारी—सारा शगुफ़्ता*

सारा ने जो कुछ कहा—बातों और ख़तों की सूरत में या नज़्मों और दास्तानों को सूरत में, उसी के लफ़्ज़ों में 'मेरे खोए हुए ख़ुदा! क्या करूं? जितनी तेरी गली है, उतना भौंक लेती हूं...' लेकिन सारा तो क्या, ख़ुदा भी नहीं जानता कि दुनियां वालों के घरों और बाज़ारों का रास्ता ख़ुदा की गली से नहीं गुज़रता...

और सारा के लफ़्ज़ों का हुस्न ना किसी ने देखा ना सुना...

यह घरों और बाज़ारों वाले सिर्फ़ चूड़ियों के क़हक़हे सुनते रहे...

ज़ख़्मों की गवाही

आदम और हव्वा का अज़ली रिश्ता जब किसी मुआशरे के दामन में बैठ जाता है, तो जाने ख़ुदा—उस रिश्ते के सारे फूल कांटे क्यूं बन जाते हैं....

औरत जब तलाक़शुदा होती है, तो मर्द इंतकामशुदा हो जाता है...

सारा का ख़त आया, जिस पर १९८३ के २ जून की तारीख थी—

"अमृता!

आख़िरी ख़सम जागीरदार था, जमींदार था। शादी के चन्द रोज़ बाद उसकी ज़लालतों से तंग आकर मैंने बड़ी मुश्किल से शरई तौर पर तलाक़ तो ले ली थी, लेकिन कचहरी के डर की ज़ंजीर अभी तक नहीं खुली थी...

एक दिन उसने पैग़ाम भिजवाया कि मैं तुमसे ज़रूरी बात करना चाहता हूं और तुम ज़रूर आओगी।

मैं गई।

"—तुमने मुझे क्यों दुत्कारा है? इसलिए कि मैं जाहिल था?

अब मैं अपनी ज़मीनें मुरब्बे बेचकर किताबें लिखा करूंगा। लोगों से लिखवाया करूंगा। और तुमसे ज़्यादा मशहूर हो जाऊंगा। मैं तुम्हारे ख़िलाफ़ लिखा करूंगा... अपनी तमाम दौलत, जागीर ख़र्च कर दूंगा। तुम्हें ज़रूर हासिल

करूँगा। फिर शायद तुम मुझे नहीं दुत्कारोगी... मैं तुमसे यह कहना चाहता हूं कि मेरे पास रहो।...

हम औरत को इस्तेमाल करें तो वह दूसरी चादर तक नहीं पहुंच सकती...

हम रोज़ औरत को ख़रीदते हैं और जब वह इनकारी होती है, तो उसे क़त्ल कर देते हैं... और उसकी खाद बनाकर पैलियों में डाल देते हैं और फिर पैलियां बहुत ज़रख़ेज हो जाती हैं...

"दूसरी बात यह कि तुम मेरे पास रहो। जितनी दौलत मांगो, दूंगा... गाड़ी, बंगला, गांव, यानी कि हर चीज़। अगर तुम नहीं मानोगी तो तुम्हें क़त्ल कर दूंगा। तुम्हारी दोनों टांगें काटूंगा, तुम्हारे दोनों हाथ काटूंगा, जिन पर तुम्हें इतना ग़रूर है, जिनसे तुम लिखती हो और दुनिया को बेवकूफ़ बनाती हो..."

मैंने कहा—"तुम्हारी पैलियों की रोटियां लोग बड़े दुःख से खाते हैं जागीरदार! और मेरी खाद तुम्हें महंगी पड़ेगी। मैं तुम्हारे साथ चन्द रोज़ ही गुज़ार सकती थी, बाक़ी जब्र मुझ पर लाज़िम नहीं था। मुझे किसी जागीर, किसी मुरब्बे की ज़रूरत नहीं। तुम मुझे ख़रीद नहीं सकते। और यह तुम्हारी भूल है कि दौलत से हर चीज़ खरीदी जा सकती है... मैं वह औरत नहीं, जो शौहर के हरम में सिसकती रहती है। मुझे अपने हरम में रहने की दावत देते हो कुत्ते! तुम मुझे दौलत के संगरेज़ों में दफ़न नहीं कर सकते। क़ैद नहीं कर सकते... तुम इतनी छोटी-सी ज़मीन पर मुझे लागू नहीं कर सकते... मेरा तुमसे कोई ताल्लुक़ नहीं। आइंदा मुझे बुलाने की कोशिश मत करना। मुझे तुम्हारी अलाटमैंट से नफ़रत है..."

और मैं चली आई।

वह काफ़ी दोस्तों के ज़रिये पैग़ाम भेजता रहा। यही कि शायद यह औरत अब बिकने पर तैयार हो जायेगी

ख़ैर, मैं इनकारी रही...

पिछले दिनों अमृता! मैं बहुत बीमार थी। नदीम अस्पताल में दाख़िल थी। फिर कराची अस्पताल में दाख़िल रही। एक तो बीमारी, ऊपर से हरम की दावत।

जागीरदार को ख़बर हुई कि मैं नदीम अस्पताल में दाख़िल हूं तो आया। मुझे ख़ुन की बोतल लगी हुई थी। कहने लगा—तुम्हारे इस अस्पताल का ख़र्चा कौन देगा? मैं इसलिए आया हूं कि तुम्हें पैसों की ज़रूरत होगी...

और ख़ून के क़तरे जो मेरी रगों में सरायत कर रहे थे, एकदम चवन्नी-इकन्नी की तरह मेरी रगों में चलने लगे...

यह ख़ून जो मुझे चढ़ रहा है, किसी ग़रीब ने ना बेचा हो?

ख़ैर, लहू के क़िस्म-क़िस्म के क़तरे मेरी रगों में उतर गए...

मैंने जागीरदार को देखा और कहा—डॉक्टर मेरा इलाज मुफ़्त कर रहा है। मुझे कोई बिल नहीं चुकाना।

फिर मैंने ज़ोर से डॉक्टर को आवाज़ दी। डॉक्टर और नर्सें घबराकर मेरे कमरे की तरफ़ दौड़ते आए। मैंने डॉक्टर से कहा—इस जागीरदार से कहो कि यह यहां से अभी और इसी वक़्त चला जाये।

डॉक्टर ने उसे अस्पताल से निकाल दिया। इस पर मैंने डॉक्टर हक़ नवाज़ का बहुत शुक्रिया अदा किया, और अब भी अदा करती हूं, और कहती हूं—डॉक्टर हक़ नवाज! मेरे मरने के बाद शायद फिर कोई सारा शगुफ़्ता तुम्हारे पास आए, तो उसके साथ भी यही सलूक करना।

अस्पताल से आए दो रोज़ बीते थे कि जागीरदार की भाभी मेरे पास आई। मुझे बताया—फलां ख़ाला बहुत बीमार है और तुम्हें याद कर रही है, और तुमसे मुलाक़ात चाहती है।

'मैंने कहा—कल उससे मुलाक़ात कर सकूंगी। दूसरे रोज़ मैं अयादत को पहुंची दरवाज़ा खुला था। देखा, कमरे में कोई मौजूद नहीं।

दूसरें कमरे में जागीरदार मौजूद था। एक आदमी और मौजूद था। उसने दूसरे मर्द को कहा—दूसरे कमरे में चले जाओ।

मैंने जागीरदार से पूछा—मुझे चक्कर देकर बुलाने की क्या ज़रूरत थी? उसने फिर एक अहंकार-भरी बकवास की और कहा—अब तुम इस घर से बाहर नहीं जा सकतीं। कितने आशिक़ों के ख़त तुम्हें रोज़ आते हैं?

मैंने कहा—आशिक़? मेरी मिट्टी इस ख़ुशबू से गफ़िल ही रही।

उसने फिर पूछा—रहोगी या नहीं?

—नहीं बनमानस! मैं तेरे हरम में नहीं रहूंगी।

वह ग़ुस्से में एकदम खड़ा हुआ और मुझे इतना मारा कि मेरे जिस्म पर नील पड़ गए।

मैं बराबर उसे गालियां निकालती रही और जितना हो सका, हाथ उठाया।

उसने अचानक तकिए के नीचे से चाकू निकाला और मेरे सीने पर वार करने लगा। मैं औंधी हो गई, और वार से बच गई। मैं जागीरदार, एक कुत्ते के हाथों मरना नहीं चाहती थी...

मौत मुझे छू-छूकर गुज़रती रही। मैं लड़ती रही। आख़िर चाक़ू का भरपूर वार उसने मेरे सीने पर करना चाहा। मैंने टांग आगे कर दी, और मेरी बांईं टांग पर भरपूर चाक़ू लगा...

सारे कमरे में ख़ून फैल गया। मैं लहूलुहान हो गई:..

मैंने ज़ोर से चीख़ना शुरू कर दिया। मेरा शोर सुनकर एक पड़ोसी कूदकर अन्दर आ गया। उसे देखकर जागीरदार मुझे क़त्ल न कर सका और भाग गया।

लहू से मेरे कपड़े भर गए थे और मैं बेजा ज़ख़्मों से चूर थी। बेहोश हो गई।

जब मुझे होश आया, घर में कोई मौजूद नहीं था। क़त्ल के मुआमले में कौन पड़ता है।

और यह इन्सानी दौर कहा जाता है...

रात के दो बजे थे और मैं सड़क पर रेंग रही थी। ख़ून बहुत बह चुका था। मैं चल नहीं सकती थी। मैं सड़क के किनारे बैठ गई। इन्सान बराबर से गुज़र जाते थे, लहू से डर जाते थे। आख़िर एक स्कूटर वाले ने मुझे घर पर छोड़ दिया...

इन्सान से मुलाक़ात हो गई तो कुछ सांस ठहरा। घर वालों ने मुझे लहूलुहान देखा तो पूछने लगे—क्या बात है?

मैंने ज़ख़्म छुपा लिए और कहा—आप तो जानते ही हैं, मुझे ख़ून की उलटियां आती हैं।

अपने कमरे में गई, कपड़े तब्दील किए और बिस्तर पर बेहोश-सी पड़ गई..."

सारा कमख़्त उसी मुआशरे से इन्साफ चाहती थी—जिस मुआशरे के हाथों सताई हुई थी। अगरचे जानती थी—"अदालत ज़र की ज़ुबान में मुकालमा करेगी" फिर भी सोच रही थी—

"जागीरदार! तू दौलत से लड़ेगा तो मैं क़लम से लड़ूंगी।

सारा ने ही ख़त में लिखा, एस.एच.ओ. बोला—"एक बात है, तेरी तरफ़ से गवाही कोई नहीं। दो गवाहियां पैदा कर।"

और सारा ने कहा— "सच्चे गवाहों की तलाश आपका काम है, मेरा नहीं, और झूठे गवाह मैं पेश नहीं करूंगी। कौन मेरे जख़्मो की गवाही देंगे?"

और सारा ने मुझे लिखा—ज़ख़्म मुझे लगा है, इन्सानों की कायनात कैसे तड़प सकती है... अमृता! हिन्दुस्तान के तमाम अख़बारों में यह सुर्खियां छपवा दे...

और मैं तड़प गई—सारा! हिन्दुस्तान की अख़बारें तो क्या, 'पूरी दुनिया की अख़बारें उसी मुआशरे का हिस्सा हैं, जिस मुआशरे के हाथों तुम सताई जाती हो... और ख़ुदा की अदालत के सिवा कोई अदालत नहीं—जहां सिर्फ़ सच्चे गवाह पेश होते हों...

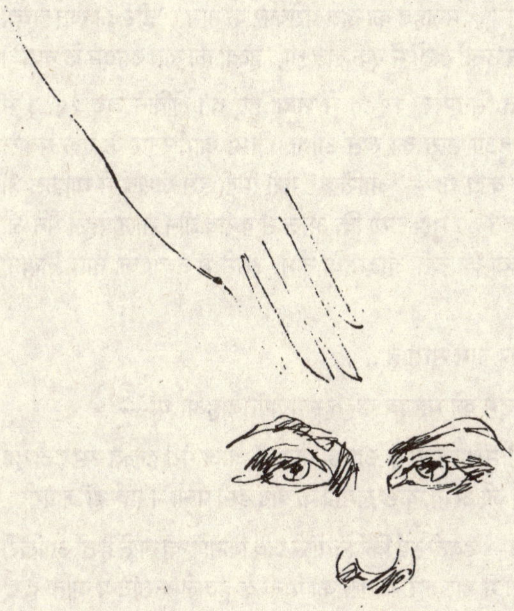

हव्वा का ख़त आदम के नाम

१९८० में मैंने कुछ ख़त लिखे थे—'आज का ख़त कल के नाम', 'लफ़्ज़ों का ख़त रोशनाई के नाम', 'मज़हब का ख़त पैरोकार के नाम', 'हीर का ख़त चच्चा कैदों के नाम। और उन्हीं ख़तों में एक ख़त था, 'हव्वा का ख़त आदम के नाम'।

वह सभी ख़त सितम्बर, १९८० में शाया हुए थे। लेकिन जब १९८३ में २ जून का लिखा हुआ सारा का ख़त आया, ज़िस्में जागीरदार के एक सवाल के जवाब में उसने कहा था—"आशिक़? मेरी मिट्टी इस ख़शबू से गाफ़िल ही रही..." तो ख़त पढ़ते हुए मुझे लगा कि आज से क़रीब तीन साल पहले मैंने जो खत लिखा था, हव्वा का ख़त आदम के नाम, उसमें मैं हव्वा का नाम लिखना भूल गई थी...

लगा हब्वा का नाम सारा है...

मेरा ख़त आदम को महबूब कहकर मुख़ातिब हुआ था—

"मेरे महबूब! मुख़ालफ़त के अथाह पानी में आज मेरी हालत उस टूटी हुई किश्ती की तरह है, जो अभी, कुछ लमहों के बाद इसी पानी में ग़र्क़ हों जाएंगी...

तुम जानते हो—डूबती हुई किश्तियों से जब किनारे खो जाते हैं तो आख़िरी पैग़ाम किसी बोतल में डालकर, बोतल को पानी के हवाले कर दिया जाता है...

वक़्त के भंवर मुझे डुबो रहे हैं, लेकिन एक पैग़ाम बोतल में डालकर वक़्त

के हवाले कर रही हूं कि वह इतना क़हर करने के बाद एक कर्म कर देगा कि मेरे पैग़ाम वाली इस बोतल को उस किनारे पर ले जाएगा—जहां तुम रहते हो।

कहते हैं—एक जापानी मल्लाह ने १७८४ में अपनी किश्ती डूबने के वक़्त जो आख़िरी पैग़ाम बोतल में डालकर पानी के हवाले किया था, वह बोतल डेढ़ सौ साल के बाद १६३४ में जाकर किनारे लगी थी...

ख़ुदाया! क्या मेरा यह पैगाम भी तब किसी किनारे पर लगेगा, जब मैं किसी गुज़री हुई नस्ल की कहानी बन जाऊंगी?

शायद आख़िरी पैग़ाम सिर्फ़ वक़्त का हवाला होते हैं, किसी मदद के लिए किसी तक नहीं पहुंचते। यह सिर्फ़ मौत की तसदीक़ होते हैं...

अगर इस पैग़ाम को हयाती का किनारा ना मिला, यूं ही पानी के रहमो-करम पर रहते हुए इसे सदी बीत गई, तो जब भी किनारे पर लगेगा, वक़्त की नस्ल इस हक़ीक़त से वाक़िफ़ होगी कि कभी इस तरह भी किश्तियां डूबती थीं, और लड़कियों की हयाती इस तरह भी ग़र्क़ होती थी...

मेरे सपनों की हरी वादी—मीलों, कोसों तक बिछा हुआ पानी बन गई, जब हर किसी की मुख़ालफ़त एक दरिया की तरह बहती हुई उसमें मिलने लगी। और मेरे ब्याह की शहनाई बजने लगी तो पानी में भंवर पड़ने लगे...

भरे सागर में जिनकी किश्तियां डूबती हैं, उनका जनाज़ा कोई नहीं उठाता। लेकिन जब मुआशरे के दरिया में कोई किश्ती डूबती है तो उसकी डोली उठाई जाती है...

देख! मेरे हाथों पर मेहंदी लगी है और मुझे डुबोने वाले पानी की हर लहर मेरी मौत की ख़ुशी में हंस रही है...

तुम ख़ुद को आदम कहते थे और मुझे हव्वा... लेकिन देखो! कभी वक़्त था, जब हव्वा को ख़ुदा के बहिश्त से निकलना पड़ा था, और आज वह वक़्त है, जब हव्वा को आदिम के बहिश्त से निकलना है...

तुफ़ान उठने वाला है... शहनाई की आवाज़ काली स्याह घटा की तरह उठ रही है, और मेरे सिर पर ओढ़ी हुई किनारी वाली चुनरी—आसमान में बिजली की तरह चमक रही है..."

सारा का चौथा निक़ाह, कहते हैं, उसके होशोहवास में नहीं हुआ था। उसे

पागलख़ाने से आए दो या तीन रोज़ हुए थे, जब मां ने डाक्टरों के कहने पर चाहा कि सारा की शादी कर दी जाए। शादी का लफ़्ज़ सुनते ही सारा की जो आवाज़ काली पड़ गयी थी, उस आवाज़ ने 'कुबूल-कुबूल' किस तरह कहा होगा—यह कोई नहीं जानता...

शादी तो बिस्तर में चिने जाने का एक हादसा थी, लेकिन जो सारा इबादत के लिए ग़ार नहीं, इन्सान चाहती थी और तिलावत के लिए इन्सानी क़ुरान, उस क़ुरान की एक आयत जैसी सारा के ज़िहन में इन्सान का जो तख़य्युल होगा—वह ज़रूर हव्वा के ज़िहन में आदम के तख़य्युल जैसा होगा...

मुझे लगा—हर निकाह और हर तलाक़ के भंवर से गुज़रती हुई सारा की नज़्में अपने आदम के नाम वह पैग़ाम है—जो अपनी डूबती हुई किश्ती से, उसने एक बोतल में डालकर—समुन्दर के हवाले कर दिया—समय के हवाले...

और लगा, वह जो ख़त था— 'हव्वा का ख़त आदम के नाम' वह सारा ने ही मेरी क़लम से लिखा था...

बंजर प्यास

यक़ीनन कांटों का इतिहास उतना ही क़दीम होगा, जितना फूलों का, लेकिन इसके दर्द की शिद्दत किसी को तभी जान पड़ती है, जब कोई इसे अपने बदन पर झेलता है।

यह १९८३ का साल मेरे लिए एक बहुत कड़ा वक़्त लेकर आया। देखा—मेरी छोटी या बड़ी जितनी भी दुनिया थी, वह दो हिस्सों में तक़सीम हो गई थी। अप्रैल, १९८२ में, जिस दिन से मेरे लिए भारतीय ज्ञानपीठ का एवार्ड एनाउन्स हुआ था, ठीक उसी दिन से, मेरी दुनिया दो हिस्सों में तक़सीम होनी शुरू हो गई थी, लेकिन अप्रैल, १९८३ में जब यह एवार्ड मिला तो इस तक़सीम का दर्द पूरी तरह नुमायां हो गया। मेरी दुनिया का एक हिस्सा वह था, जो मेरे हाथों में मोहब्बत के फूल दे रहा था और दूसरा हिस्सा वह था, जो मेरे पैरों के सामने दुश्मनी के कांटे बिछा रहा था...

मैं एक हाथ में लोगों की मोहब्बत के फूल थाम रही थी और दूसरे हाथ से अपने पैरों से बहता हुआ लहू पोंछ रही थी, जब सारा के घबराए हुए ख़त मिले, और जवाब में मैंने उसे हिन्दुस्तान आने के लिए लिखा। और कोई राह नहीं दिखाई दे रही थी। यह भी पता चला कि अतीया नाम की कोई लड़की सारा को मोहब्बत और इज़्ज़त से कुछ दिन अपने साथ रख सकती है, इसलिए सारा को यह भी कहलवाया कि वह जब तक हिन्दुस्तान नहीं आ सकती—तब तक अतीया के पास रहे। जवाब में २ अगस्त, १९८३ को लिखा हुआ सारा का ख़त आया—

अमृता! याद बहुत आती है। तबीयत पहले से ठीक है भी और नहीं भी। आज सर्वत को सलीम का ख़त मिला कि अमृता का हुक्म है कि सारा अतीया के

घर पर रहे। अब मैं अतीया के यहां रह रही हूं। जल्द ही हिन्दुस्तान आ रही हूं। बस कुछ तबीयत संभल जाए, फिर अपनी अमृता से सदियों बातें होंगी...

मुझ पर आए हुए कड़े वक़्त में—एक हादसा यह भी शामिल हो गया कि जून के आख़िरी हफ़्ते में मैं फ्रांस गई थी और वहां एक छोटे-से हादसे से, तीसरे रोज़ ही मेरे दायें कन्धे के पास तीन फ्रेक्चर्ज़ आ गए कि कुछ देर मुझे अस्पताल में रहना पड़ा, फिर वहीं एक होटल में। आठ दिन के बाद मुश्किल से वापसी का सफ़र तय किया, लेकिन अस्पताल की रोज़ाना पट्टी के बावजूद यह ख़तरा हुआ कि अब मेरे बाजू की हड्डी शायद कभी नहीं जुड़ पाएगी और मैं अपने हाथ में अपना क़लम कभी नहीं उठा पाऊंगी...यही वजह थी कि अब मैं अपने हाथ से सारा को ख़त नहीं लिख पा रही थी और इस हादसे की ख़बर भी उसे नहीं देना चाहती थी...

इसी दौरान ५ अगस्त का लिखा हुआ सारा का ख़त मिला-

अमृता! चन्द रोज़ पहले यूनीवर्सिटी के कुछ शायरनुमा लड़कों ने कहा—सारा साहिबा! निशस्त है आपके ऐज़ाज़ में! बड़ी ज़िद के बाद मैंने कहा—अच्छा! गई तो अकेला घर, और एक तनहा लड़का। मुझे कहने लगा, काफ़ी बकवास के बाद, "एक रात मेरे साथ गुज़ारिए।"—मैंने कहा, "अगर यह रात तुम्हारे साथ गुज़ार ली तो बाक़ी रातें किसके साथ गुजारूंगी? और गुनाह का भी कोई मज़हब होता है?"

मैं अपने टूटे हुए बाज़ू के साथ, लटकते हुए अपने नाकारा हाथ से ना अपने पैरों का लहू पोंछ सकती थी, न सारा के पैर का। तड़प कर रह गई। और क्या पाकिस्तान के और क्या हिन्दुस्तान के इन शायरनुमा, अदीबनुमा, दोस्तनुमा लोगों पर लानत भेजती रही...

उन दिनों अहमद सलीम हिन्दुस्तान आया हुआ था, उसी की वापसी से सारा को मेरे हादसे की ख़बर हुई, और ५ दिसम्बर, १९८३ का लिखा हुआ मुझे सारा का ख़त मिला—यह ख़त सारा ने पंजाबी में लिखा था—

"अमृता! अजे तक हत्थ ठीक नहीं होया? मैंनू लगदा ए अमृता कि एह कोई डाड़ी पीड़ ऐ। मेरी ऐस सोच नूं सप लड़े। एह दुख कनकोल वांगू मैंनू खुभ्भिया होया ऐं। मैंनू लगदा ऐ—बड़ा कुझ तूं वी मेरे कोलों लुकांदी पई ऐ! डॉक्टर की आंहदे ने? डाक्टरी रिपोर्ट मैंनू छेति नाल भेज दे! एह होया की? मैंनू कोई सच्ची गल नहीं दसदा यह सोच के कि सारा प्रेशान होवेगी।

किताब वास्ते शुक्रिये का लफ़्ज़ छोटा ऐ। की लिखां! मेरी किताब नूं तू मेरी सोच तो वी बड़ा छापिया ऐ। इमरोज़ दीयां मोहब्बतां ने वी काफ़ी ख़ाके बना दित्ते। पता नहीं लगदा कि मेरे लफ़्ज़ वड्डे आर्टिस्ट वड्डा ऐ।

हुण कुझ दिनां तों सारा ने अपनी बंजर प्यास दा प्याला भन्न दिता ऐ। मैं किसे नाल मुलाक़ात नहीं करदी। काग़ज़ी लोकां नाल नहीं मिलदी।"

इस पंजाबी में लिखे हुए ख़त के बाद सारा ने मुझे लिखा—

अमृता!

इमरोज़ का ख़त मिलने के बाद से मैंने कुछ भी नहीं लिखा। अमृता! मैं कुछ लिख ही नहीं सकती थी। काग़ज़ों पर मेरा टूटा बाज़ू पड़ा है अमृता! मैं बहुत परेशान हूं अमृता! मुझे बताओ, मेरा बाज़ू अब कैसा है अमृता! मैं उस वक़्त तक कुछ नहीं लिखूंगी, और ना लिखा है, जब तक तुम्हारा बाज़ू ठीक नहीं हो जाता। चाहे तमाम उम्र यूं ही कट जाए।

मैं अपने दुःख की पस्ती को बस इतना ही जान सकती हूं अमृता कि मैं उस वक़्त तक नहीं लिखूंगी, जब तक तुम्हारा बाज़ू ठीक नहीं हो जाता। मैंने हमेशा तुम्हें दुःख दिए हैं अमृता! मुझे अपनी ख़ैरियत की जल्द इत्तला दो! ;

इमरोज़ को सलाम

१४.९.८३ *तुम्हारी—सारा शगुफ़्ता*

मैंने जवाब में इमरोज़ से ख़त लिखवाया—

"पगली लड़की! जब तक मैं हाथ में क़लम नहीं पकड़ सकती, तब तक तूने एक हाथ से नहीं, दो हाथों से लिखना है। एक हाथ से अपनी तरफ़ से और दूसरे हाथ से मेरी तरफ़ से..."

मेरा बाज़ू डॉक्टरों से नहीं ठीक हो सका था। ऑपरेशन का ख़तरा सामने था कि अचानक एक हकीम साहब ने पट्टी करनी शुरू की और मेरा दर्द रोज़-ब-रोज़ कम होने लगा। पता चला कि हकीम साहब को एक बख़्शिश है कि उनके हाथ से टूटी हुई हड्डी जुड़ जाती है। बहुत पूछने पर हकीम साहब ने बताया कि एक मुसलमान फ़कीर ने उन्हें यह वरदान दिया था। और यही महीना था दिसम्बर का, जब मेरे बाजू की हड्डी खुद-ब-खुद जुड़ गई...

अब मैं क़लम पकड़ सकती थी, लिख सकती थी लेकिन यह नहीं जानती थी कि एक दिन इसी हाथ से सारा की ज़िन्दगी पर मुझे यह नामुराद किताब लिखनी होगी...

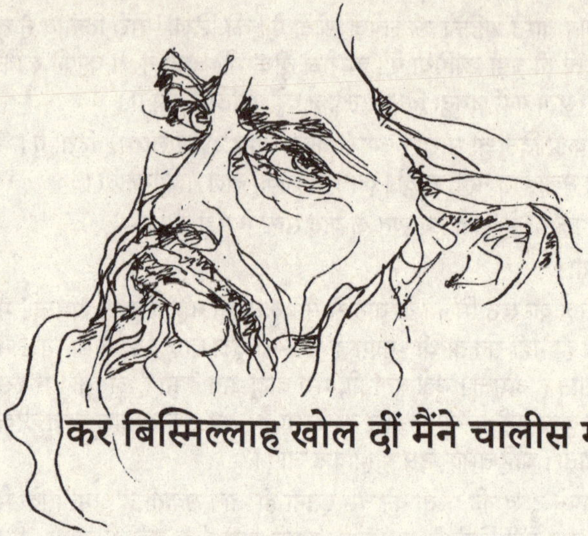

कर बिस्मिल्लाह खोल दीं मैंने चालीस गांठें

एक वक़्त था—जब पंजाब में सांदलबार के इलाक़े में एक रवायत होती थी—गांठें।

जब किसी की शादी तय होती तो इलाक़े का मौलवी दो रस्सियां लेकर, मुकर्ररा दिन में जितने दिन बाक़ी होते, उतनी गांठें डाल देता। एक रस्सी लड़की के क़बीले को दे दी जाती और दूसरी रस्सी लड़के के क़बीले को, और वह दोनों क़बीले अपनी-अपनी रस्सी लड़की और लड़के के हाथ में दे देते, जो रोज़ सुबह उस रस्सी से गांठ खोल देते थे, और आख़िरी गांठ जिस रोज़ खोली जाती थी—उस रोज़ शादी की शहनाइयां बज उठती थीं...

इस रवायत को, बाद में, पजांब के सूफ़ी शायर बुल्लेशाह ने अपनी नज़्म में कहा, रूहानी रंग में कि वह रोज़ सुबह ज़िन्दगी की रस्सी से एक गांठ खोलता है और देखता है कि ख़ुदा के वस्ल में कितने दिन बाक़ी रह गए...

बुल्लेशाह का ही शे'र है—कर बिस्मिलला खोल दीं मैंने चालीस गांठें। हो सकता है, वह शे'र उसने अपने चालीसवें जन्मदिन पर लिखा हो...

और जब १९८४ में, ७ जून के दिन कराची से फ़ोन आया कि सारा शगुफ़्ता ने ४ और ५ जून की रात रेलवे लाइन पर खुदकुशी कर ली, तो तड़पकर मेरे मुंह से निकला—दोस्त! ज़िन्दगी की गांठ को ऐसे खोलते हैं?

सारा अभी पूरे तीस बरस की नहीं थी...

कमबख़्त ने खुद ही लिखा था—"क़दम दरवाज़े से ऊंचा नहीं, दिन कायनात से छोटा नहीं..." फिर भी ज़िन्दगी-भर दरवाज़े को आज़माती रही...

और दुनिया के ये दरवाज़े—'निकाह' लफ़्ज़ को इस्तेमाल करते और सारा के क़दम को ख़ुशआमदीद कहते—लेकिन यह किसी दरवाज़े के बस की बात नहीं थी कि वह सारा के क़ायनात जितने बड़े दिल को ख़ुशआमदीद कह सकता...

सारा के क़दम जिस भी दरवाज़े के अन्दर दाख़िल होते, वह दरवाज़ा परेशान हो उठता और सारा के क़दम भी...और फिर वही क़दम 'तलाक' लफ़्ज़ की ठोकर खाकर तड़पते हुए दरवाजे से बाहर निकल जाते...

यह सब था—लेकिन मैं नहीं जानती थी कि इस नामुराद ज़िन्दगी का दरवाज़ा भी इतना छोटा होगा कि सारा के कायनात जैसे बड़े दिले को वह अपनी बांहों में नहीं ले सकेगा...और सारा को ज़िन्दगी की दहलीज़ पर क़दम रखते ही—फिर से हवा, पानी और आकाश जैसी कायनात की शक्तियों में लौट जाना पड़ेगा...

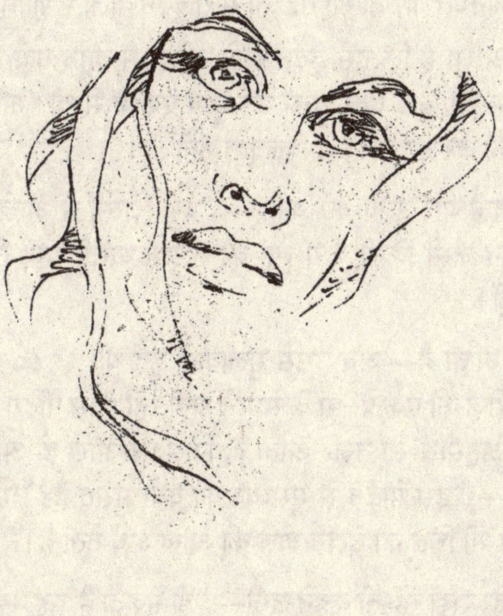

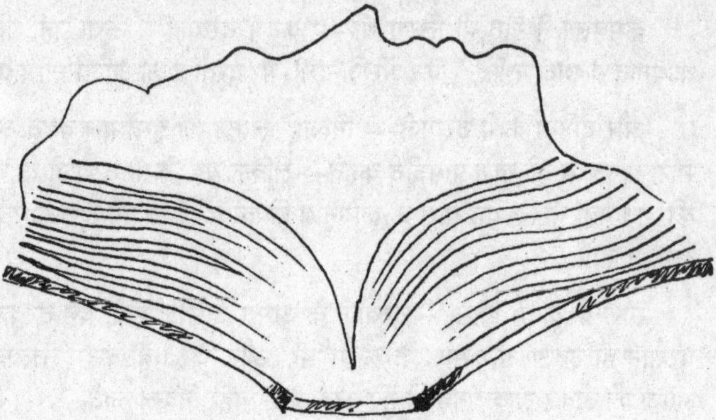

इन्सानी क़ुरान

"किसी की चीज़ खोई, मैं ढूंढ़ने में शामिल हूं"—सारा ने यह नज़्म लिखी, लेकिन 'चीज'लफ़्ज़ की तशरीह नहीं की। करने की ज़रूरत भी नहीं थी। यह इन्सान की इन्सानियत थी, जो खो गई, तो सारा ढूंढने वालों में शामिल हो गई।

यह बात अलग है कि इसे ढूंढने वाले दुनिया में बहुत नहीं हैं। लेकिन जितने भी हैं। महज़ कुछ एक, सारा उन कुछ एक में से थी। और इन्सानी क़ुरान लिखने की जुरअत करने में बिलकुल अकेली।

उसने कितनी बार तड़प कर कहा— "रूहें ज़िस्मों में आखें मांग रही हैं।" और अपने जैसी किसी ऐसी रूह की तलाश करती रही, जिसे आंखें नसीब हो गई हों।

मुझे याद आता है—जब उससे मुलाक़ात हुई थी, १९८० में, तो वह कितनी देर इमरोज़ की एक पेंटिंग के सामने खड़ी रही। उस पेंटिंग में इन्सानी वजूद का एक अहसास-सा नज़र आता है, जिस पर आंखें ही आंखें नुमायां हैं। पूछने लगी—"इस पेंटिंग से मुसब्वर की क्या मुराद है?" मैंने हंसकर कहा—"किसी भी चित्र को देखने वाले की आंख अर्थ देती है।"

वह बहुत देर खड़ी रही तो कहने लगी— "हो सकता है, यह बड़ी शिद्दत से किसी के इन्तज़ार को पेश करती हो—इन्तज़ार...जब सारे वजूद पर आंखें उग

आती हैं..." और फिर आहिस्ता से कहने लगी–"मुझे लगता है— जैसे किसी की रूह को आंखें मिल गई हों..."

शायद वही पल उसके ज़िहन में कहीं खड़ा रह गया था कि बरसों बाद उसने नज़्म लिखी—"रूहें जिस्मों से आंखें मांग रही हैं"...और कोई इन्सान जिस महबूब चेहरे को, अपनी रूह की आंख़ से देखना चाहता है, वह नहीं दिखाई देता, तो ज़रूर उसी का हवाला होगा सारा की नज़्म में, जब उसने लिखा—"चलो, तेरे रंग की आग जला लेते हैं।"

और सारा ने जो उसके रंग की आग जलाई, उसी का नाम 'इन्सानी क़ुरान' था।

यह 'इन्सानी क़ुरान' कभी दुनिया के सामने आ सकेगा या नहीं, मैं नहीं जानती। लेकिन इस नाम पर सारा ने जो कुछ लिखा, मैं सिर्फ़ इतना जानती हूं कि वह काग़ज़ात स ही-सलामत हैं। सारा ने मुझे १९८३ में २७ अप्रैल के ख़त में उन काग़ज़ात का पता-ठिकाना लिखा था कि वह कराची में किस जगह पड़े हैं। एक तरह से ज़मीनदोज़ हैं। लेकिन वह सब कुछ यहां लिखना मुनासिब नहीं होगा। वह ग़लत हाथों में भी जा सकते हैं, इसलिए मैं और कुछ नहीं कहना चाहती, सिर्फ़ इतना कि वे हैं। और उनमें ज़रूर खुदा जैसे महबूब के रंग की आग होगी...

ऐ ख़ुदा !

ख़ुदा की इबादत का इतिहास उतना लम्बा है, जितना इन्सान के ज़िहन में ख़ुदा के तसब्बुर का...

इस इतिहास में अगर कुछ बदलता है तो इबादत का अन्दाज़ बदलता है। बुत पूजा से लेकर बुत-शिकनी तक यह अन्दाज़ बदलते हैं, लेकिन हर अन्दाज को इबादत का लक़ब ज़रूर नसीब होता है।

यह हर्फ़ अगर नहीं नसीब हुआ तो सारा की इबादत को, जिसने सजदे में झुक कर नहीं, ख़ुद सजदा होकर कहा—

ऐ ख़ुदा ! क्या मैं तेरी ज़काह हूं ? या एक सजदा हूं ?
ऐ ख़ुदा ! तू मेरा इनकार है, और मैं तेरा इक़रार हूं...
ऐ ख़ुदा ! छातियों से लेकर एड़ियों तक मैं तेरी हूं
मैं नादानी से बच्चे जनती हूं
और तू फ़ज़ल से हुकम जनता है...
ऐ ख़ुदा ! मैं अपनी कोख से चलती
और तेरा नाम जनती हूं
ऐ खुदा ! मैंने अपनी नस्ल पर तेरा नाम लिखा है...

सारा शायद जानती थी कि जिसने अपनी नस्ल पर ख़ुदा का नाम लिखा है,

उसकी इस जुरअत को इबादत का नाम नहीं दिया जाएगा। और शायद इसीलिए वह हंस दी। कहने लगी—

ऐ ख़ुदा, मैं बहुत कड़वी हूं, पर तेरी शराब हूं।

और इस शराब का घूंट पीने के लिए होंठों को उस इन्सान की ज़रूरत थी, जिस इन्सान में ख़ुदा बसता हो। और वह इन्सान कहीं नहीं था...

सारा ने जाने किस इलाही मोहब्बत से कहा था—"ऐ ख़ुदा! तू चांद की स्याही से रात लिखता है..." लेकिन ख़ुदा के बन्दों ने रात की स्याही से सारा के दिन लिख दिए।

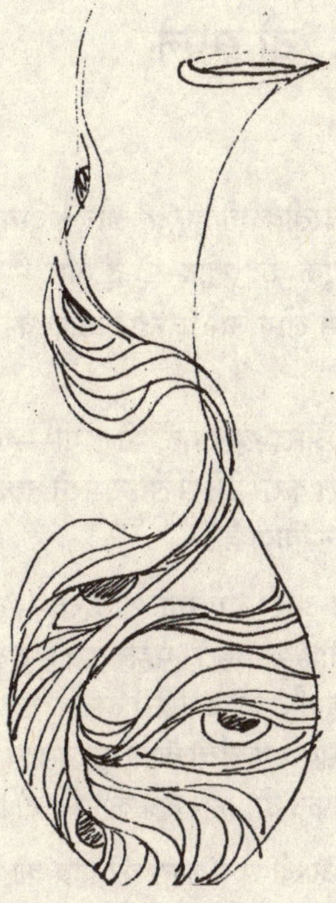

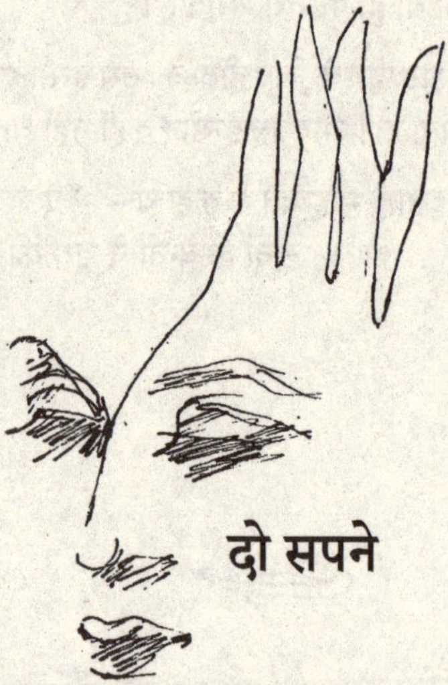

दो सपने

१९८५ में—इस किताब को तरतीब देते हुए, ८ और ९ अगस्त की रात मुझे सपना आया कि कुछ लोग एक क़ब्र ख़ोद रहे हैं और मैं चीख़कर कहती हूं—सारा अभी ज़िन्दा है, तुम लोग उस ज़िन्दा लड़की को दफ़न कर देना चाहते हो?

अपनी ही चीख़ से मेरी आंख खुल गई, तो लगा—एक तरह से यह सपना सच्चा है। सारा को पागल क़रार देने से लेकर मरने तक मजबूर कर देने वालों ने उसे ज़िन्दा ही तो दफ़न किया है...

फिर नहीं जानती—कब आंख लग गई, तो देखा—सारा को क़ब्र में उतारा जा रहा है, और मैं कहती हूं—ठहरो! पहले क़ब्र में दूध डालो। सारा ने दूध की क़सम खाई थी कि वह मौत की आख़िरी दस्तक तक नज़्में लिखेगी। उसकी क़सम पूरी हुई। अब उसके एक बच्चे की तरह, उसका दूध भी बेकफ़न रह जाएगा... पहले दूध को कफ़न दो, और दूध को क़ब्र दो!

मैं जागी—तो भरी हुई आंखों से में सारा की क़ब्र को देखने लगी, जो जाने कहां है?

धूप का टुकड़ा

तीन सितम्बर की दुपहर थीं और मेरे पास बम्बई से बासु भट्टाचार्य आए थे। वह एक मशहूर फ़िल्म निर्माता हैं, लेकिन उनके अन्दर, गहरे में एक शायर है, जो कभी-कभी इतना ऊपर उठ आता है कि बासु घंटों शायरी में डूब जाते है...

वह मुझे और इमरोज़ को अपनी नई नज़्में सुनाते रहे। कुछ तो अंग्रेजी में थीं, जो सीधा पहुंच पाईं, लेकिन कुछ बंगला में थीं, जिनका सतर-सतर तरजुमा करते हुए वह घंटों एक ऐसे आलम में खो गए कि वक़्त जैसे घड़ी से निकलकर कमरे के एक कोने में ख़ामोश बैठ गया हो और उनके चेहरे की तरफ़ देख रहा हो...

उनकी किसी नज़्म का कोई तार कभी अचानक उनकी ज़िन्दगी के किसी बहुत नाज़ुक पहलू को छू जाता और अभी ज़िन्दगी के ऐसे सफ़े को, जिससे आम तौर पर तहज़ीब कही जाने वाली चीज़ आंख चुराकर निकल जाती है...

अचानक मेरे मुंह से निकला—बासु! यह सब जो हो रहा है, इन्सान कभी नहीं देखता कि झूठ का बीज बोकर वह सच की फ़सल कैसे काट पाएगा? तशदुद का बीज बोकर वह अमन की हरियाली कैसे देख पाएगा?—तो बासु कहने लगे—बाप रे बाप! एक फ़िल्म देखी थी, फ्रांस में, ठीक इसी मौज़ू पर कि हैवानियत का शिकार होकर जब किसी ने हैवानियत से पनाह मांग ली तो अपने को जैसे हमेशा के लिए हैवानियत के पास गिरवी रख दिया...

और बासु उस फ़िल्म का ख़ाका बताने लगे—एक बहुत ख़ूबसूरत लड़की है, इतनी कि जैसे ख़ूबसूरती और पाकीज़गी के तसव्वुर से तराशी हो...अचानक एक हैवान—जैसे इन्सान के हाथ पड़ जाती है, जो उससे ज़ब्र-ज़िनाह करता है, और वह टूटी हुई लड़की अपनी हिफ़ाज़त के लिए कुत्ता-फ़रोश के यहां जाती है और एक ऐसा कुत्ता ख़रीदना चाहती है, जो सही मायनों में इतना हैवान हो कि बड़े-से-बड़े वहशी इन्सान से उसकी हिफ़ाज़त कर सके...

कुत्ता-फ़रोश ऐसा कुत्ता तलाश करता है, और वह लड़की उसे ख़रीद लेती है। कुत्ते को रोज़ाना सिखलाई दी जाती है—किसी अजनबी पर झपटने की, उसे काट खाने की...

और आहिस्ता-आहिस्ता कुत्ते को उस लड़की से इतना लगाव हो जाता है कि वह अपनी जान पर खेलकर भी उस लड़की की हिफ़ाज़त करने के क़ाबिल हो जाता है...

और फिर—वक़्त आता है, जब लड़की को किसी मर्द से मोहब्बत हो जाती है। उसके तसव्वुर में ज़िन्दगी का एक ऐसा मन्ज़र झिलमिलाता है, जिससे वह वाकिफ़ नहीं थी, और फिर एक तरफ़ लड़की अपने महबूब से मिलने के लिए दीवानी है और दूसरी तरफ़ उसका कुत्ता उसकी हिफ़ाज़त के लिए इस तरह आमादा है कि लड़की का महबूब लड़की के पास आने की ज़ुरअत नहीं कर सकता...

अब हैवानियत से घबराकर हैवानियत से पनाह लेने वाली लड़की के पास कोई रास्ता नहीं कि वह फिर से इन्सानियत की किसी राह पर क़दम रख सके ...और उसे कुत्ते को ही क़ुबूल करना पड़ता है—हमजिन्स की तरह...

इस फ़िल्म की कहानी एक भयानक हक़ीक़त को खुली आंखों से देख सकने की एक ज़ुरअत थी। एक प्रतीक थी। लेकिन समाज और सियासत से लेकर हर इन्सान की ज़िन्दगी में कौन-सी जगह बची है, जहां हैवानियत का अंधेरा इन्सान की तक़दीर नहीं है

अगर कुछ बदलता है, तो सिर्फ़ इतना कि एक तरह की हैवानियत से घबराकर इन्सान दूसरी तरह की हैवानियत की पनाह लेता है। लेकिन एक अंधेरा है, जो मुसलसल बना रहता है...एक तशदुद है, जो मुसलसल बना रहता है... एक इंतकाम है, जो मुसलसल बना रहता है...और इन्सान एक बार जब ख़ुन में और आंसुओं में भीगने लगता है, तो भीगता चला जाता है...

बासु की आवाज़ समाज, सियासत और हर मज़हब की अंधेरी दास्तान में एक किरण की तरह उतर रही थी, जब मेरे मुंह से निकला—तारीख़ कोई भी हो, तहज़ीब कोई भी हो, सिर्फ़ कुछ एक इन्सान होते हैं, जो हैवानियत से घबराकर हैवानियत की पनाह नहीं लेते, और इन्सानियत की धूप में खड़े होकर अंधेरों की दास्तान कह सकते हैं, सुन सकते हैं...

ठीक यही पल था, जब सारा शगुफ़्ता की एक नज़्म का एक टुकड़ा हवा में तैरने लगा—"मेरे आंगन में जितनी धूप थी, मैंने तेरे कपड़े सुखा दिए..."

—सुनो बासु! मैंने कहा और सारा की नज़्म पढ़ी... नज़्म पढ़ते हुए आंख भर आई। कहा—कमबख़्त मर गई...

बासु के होंठों पर एक हलकी-सी मुस्कराहट एक तंज़ की तरह तराशी गई। कहने लगे—जो इन्सानियत की धूप में किसी के आंसुओं से भीगे हुए या खून से भीगे हुए कपड़े सुखाने की ज़ुरअत करेगा, उसको कैसे ज़िन्दा रहने दिया जायेगा...

और बासु एक गहरा सांस लेकर कहने लगे—इस धूप के टुकड़ों को उठाकर चलना, एक सलीब को उठाकर चलना है...

और हवा में तैरता हुआ सारा की एक और नज़्म का एक टुकड़ा कह रहा था— "आज हवाओं को दरअसल पागल कुत्ते ने काट लिया है..."

और सारा की यह तल्ख़ बयानी एक जायज़ा ले रही थी—उस पूरे माहौल का, ज़िस्मे पागल कुत्तों की काटी हुई पागल हवाएं धूप के टुकड़े को भी काटने को आती है...

एक मन्नत

मन्नत मानने का इतिहास उतना ही क़दीम है, जितना इन्सान का दुःख। देवी-देवताओं के मन्दिर और पीरों के मज़ार भी मन्नत मानने का मरकज़ बनते हैं और कई तरह के पेड़ और चश्मे भी। लेकिन जब कोई किसी मन्दिर में नारियल या फूल अर्पित करता है, किसी मज़ार पर चादर चढ़ाता है, किसी पेड़ पर कपड़े का टुकड़ा बांधता है, या किसी चश्मे में कुछ सिक्के डालता है, तो उसकी मन्नत कोई ज़ाती मुराद पाने के लिए होती है। लेकिन मन्नत के इतिहास में सिर्फ़ सारा शगुफ्ता थी, जिसने इन्सान को इन्सान देखने की तमन्ना की।

और इस तमन्ना में ना कोई मज़हब हायल हो सकता था, ना कोई सियासी इख़्तलाफ़, इसलिए पूरी धरती के बाज़ू पर उसने मन्नत का सवा रुपया बांध दिया...

"बांध दिया है मैंने सवा रुपया धरती के बाज़ू पर।" उसने कहा और फिर हंस दी, "सजदा धरती पर और इनायत अर्श पर?"

"धरती के हाथ से इन्सान मुराद पाए"—और दूसरे लफ़्ज़ों में—"इंन्सान के हाथ से धरती मुराद पाए"—एक ऐसा नुक़्ता है, जहां इतिहास की दो मुख़्तलिफ़ लहरें मिलती हुई नज़र आती हैं। एक लहर को हम योगी फ़िलासफ़ी का नाम दे सकते हैं और दूसरी लहर को—मार्क्सवाद।

सारा किसी वाद की पकड़ में नहीं थी, इसलिए 'तोबा नक़्क़ाद भाई की' कहकर हंस सकती थी और हंसते हुए कह सकती थी—

—दांते इस वक़्त कहां है?
वह अपने पसेमंज़र में
एक कुत्ता मुसलसल भौंकने के लिए छोड़ गया है...
उस कुत्ते की ख़सलत क्या है?
बीऐटरिस की याद में भौंक रहा है...

और लिखते-लिखते स्याही में डूब जाने वाली सारा ने जब देखा—

मेरे लहू के छींटे जो पड़े पत्थर पर
तो नए इलज़ाम तराशे गए...

तो उसने हर इलज़ाम-तराश के हर सवाल के जवाब में एक सवाल रखा, जो आज तक हवा में खड़ा है—

पहले यह बताओ कि झुनझुने की जन्म-तारीख़ क्या है?

और किस इलज़ाम-तराश में ग़ौर नहीं किया होगा कि सारा के इस सवाल में फिर वही नुक़्ता सामने आता है, जहां इतिहास की दो मुख़्तलिफ़ लहरें मिलती हैं। एक योगी फ़िलासफ़ी कि ख़ुदा ने 'कुन फ़िकुन' कहा और एक से अनेक हो गया। और दूसरा मार्क्सवाद, जिसने ऐसे निज़ाम की तमन्ना की, जहां हर बच्चे को झुनझुना मुहय्या हो सके—यानी एक हंसता-खेलता ऐसा बचपन मुहय्या हो सके—ज़िस्में जवानी के हर ख़्वाब को हक़ीक़त में बदल सकने की आरज़ू के बीज छिपे हुए होते हैं।

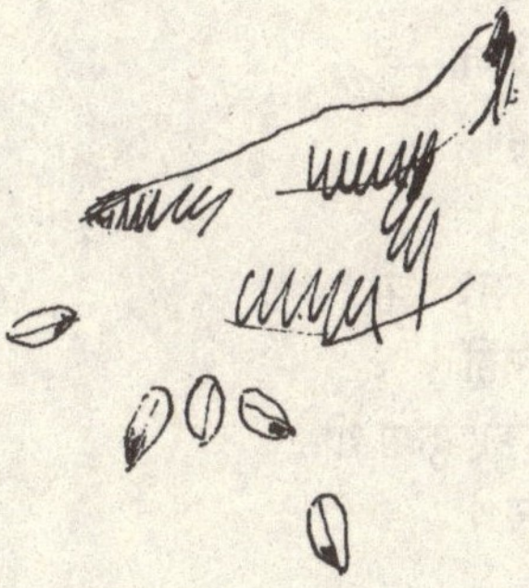

हाथों से गिरी हुई दुआ

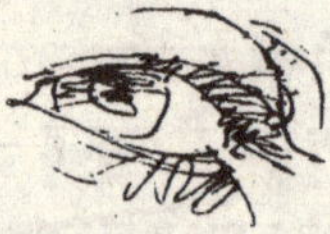

मेरी नज़र में
अधूरे ख़ुदा का नाम इन्सान है—
और पूरे इन्सान का नाम ख़ुदा है...
जो कुछ भी ग़लत है, वह इसलिए है
कि उसके लिए बहुत जगह है—अधूरेपन में।
पूरे में उसके लिए जगह नहीं है...
इसीलिए इन्सान ख़ुदा से दुआ मांगता है...
एक अधूरापन पूरा होने की दुआ मांगता है...
और यही रिश्ता है—इन्सान और ख़ुदा के बीच
एक दुआ का रिश्ता...
सारा ने अपने कई ख़तों में लिखा—
"मैं हाथों से गिरी हुई दुआ हूं।"
मैं कहना चाहती हूं—
सारा हाथों से गिरी हुईं दुआ ज़रूर थी
पर अपने हाथों से गिरी हुई नहीं
वह इन्सान के हाथों से गिरी हुई दुआ थी...
वह इन्सान चाहे उसके शौहर थे
या उसकी नज़्मों के नक़्क़ाद

वह उनके हाथों से गिरी हुई दुआ थी...
इससे अगर कोई रिश्ता टूटा
तो इन्सान और ख़ुदा का रिश्ता टूटा
सारा तो दुआ थी
और दुआ हमेशा सलामत रहती है।

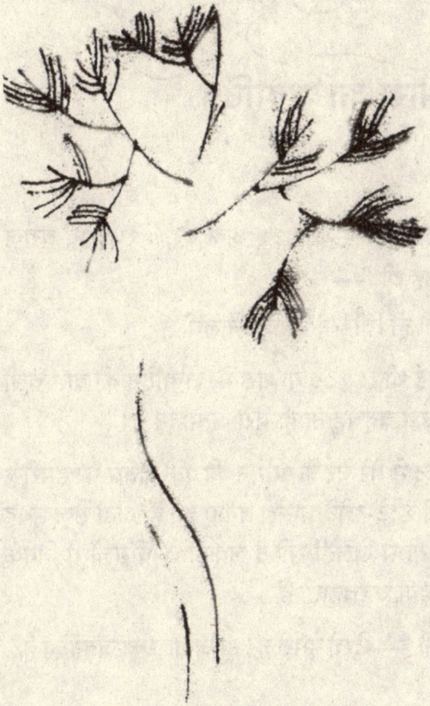

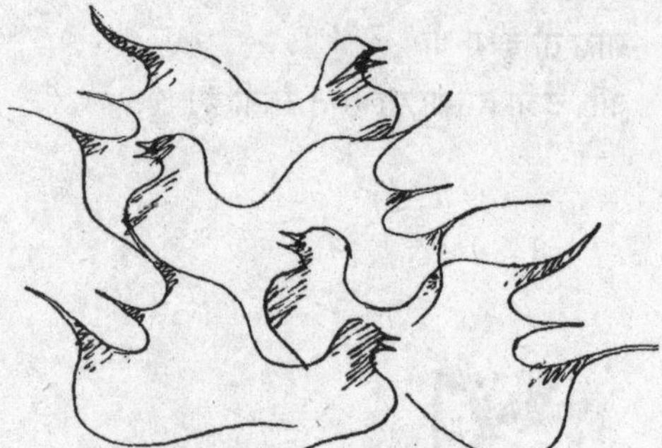

सारा का जन्मदिन

सारा ने मुझे एक ख़त में लिखा था—"मैं ३१ अक्टूबर, १९५४ में, बरोज़ मंगल, गुजरांवाला में पैदा हुई थी"—

तो मेरे ज़िहन में कितनी ही चिड़ियां चहचहाने लगीं...

जब उससे मुलाक़ात हुई थी, १९८० के शुरू में, जन्मदिन की बात चली तो कहने लगी—"चिड़ियों का चहचहाना ही मेरा जन्मदिन है।"

और आज सारा की याद में मेरे घर के आंगन की एक दीवार पर इमरोज़ ने सफ़ेद लकड़ी के कितने ही छोटे-छोटे घोंसले बनाए हुए हैं, जहां रोज़ सुबह बोगनबेलिया की हरी टहनियों से खेलती सफ़ेद लकड़ी के घोंसलों में तिनके इकट्ठे करती कितनी ही चिड़ियां चहचहाती हैं...

और मैं रोज़ सुबह कहती हूं—देखो इमरोज़! आज सारा का जन्मदिन है...

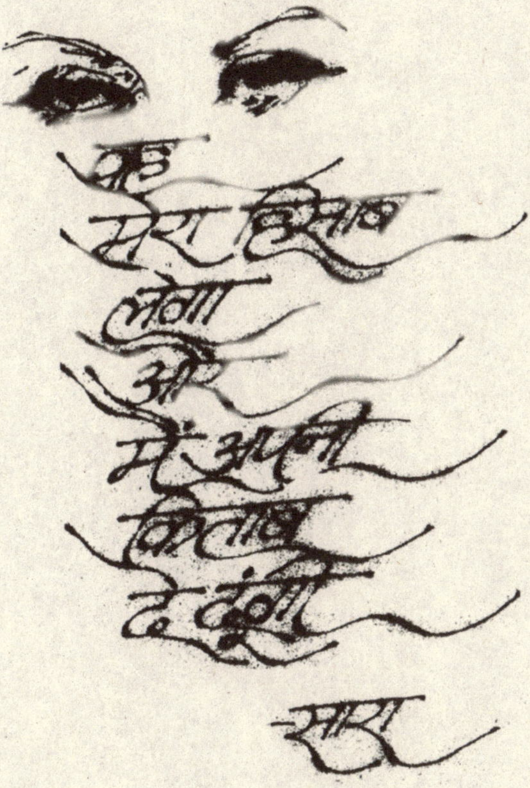
पू
रा हिसाब
लेना
औ
मैं अपनी
किताब
दे दूंगी
सारा

सईद अहमद से एक मुलाक़ात

२१ सितम्बर, १९८५ की सुबह थी, जब फ़ोन पर मुझे पता चला कि सारा शगुफ़्ता के एक बड़े क़रीबी दोस्त सईद अहमद कराची से दिल्ली आए हैं।

मैं सईद के नाम से ७ जून, १९८४ के दिन वाक़िफ़ हुई थी, जब उन्होंने मुझे कराची से फ़ोन पर सारा की मौत की ख़बर दी थी...

सईद सारा के कितने क़रीबी दोस्त हैं, इसकी ख़बर उस दिन फ़ोन पर उनकी कांपती आवाज़ भी दे रही थी, और फिर एक हफ़्ते बाद डाक में मिला उनका एक ख़त भी, और साथ ही सारा के एक ख़त की कॉपी, जो कभी सारा ने उनके नाम लिखा था—

बाद में भी सईद साहब के कराची से फ़ोन आते रहे कि 'सारा अकादमी' बनाई जा रही है, सारा की एक किताब शाया हो रही है, सारा के कमरे से जो काग़ज़ात मिले हैं, उन्हें तरतीब देकर अकादमी में रखा जा रहा है...

और इसलिए अब क़रीब एक महीना पहले मैंने सईद साहब को ख़त लिखा था कि अगर मुझे सारा के हाथ के लिखे हुए कुछ और काग़ज़ात मिल जाएं, तो मैं सारा की जो दास्तान लिख रही हूं, उसे लिखने में मुझे मदद मिलेगी...

और मेरे ख़त के जवाब में यह २१ सितम्बर का फ़ोन था कि सईद अहमद सारा के कुछ काग़ज़ात लेकर दिल्ली आ गए हैं...

फ़ोन के बाद क़रीब ग्यारह बजे दोपहर सईद अहमद मेरे पास आए और सलाम-दुआ के बाद मेरी आंखों की तरह सईद साहब की आंखें भी ज़मीन की तरफ़ इस तरह देखने लगीं, जैसे सारा के वजूद को तलाश कर रही हैं।

कुछ देर के बाद उन्होंने अपने बैग से दो घड़ियां निकालीं और कहा—एक सारा की तरफ़ से आपके लिए अमृताजी, और एक यह मेरी तरफ़ से इमरोज के लिए...

और उन्होंने कहा—१९८४ में, फ़रवरी-मार्च में हम दोनों ने सोचा था, दिल्ली आने का। तब सारा ने यही तोहफ़ा सोचा था—आपके लिए... उसकी ख़्वाहिश मेरे पास अमानत में पड़ी हुई थी...

मैंने घड़ी पकड़ ली, सईद साहब से कुछ नहीं कहा, लेकिन ख़ामोश आवाज़ में अपने ख़ामोश ख़ुदा से कहा—तुम मुझे यह कैसा वक़्त दिखा रहे हो, कैसी घड़ी, जिसमें से वक़्त मनफ़ी हो चुका है...

इस साल सारा अकादमी की तरफ़ से सारा की नज़्मों का जो मजमुआ शाया किया गया है— 'आंखें'—सईद साहब उसकी साठ कापियां लेकर आए थे, हिन्दुस्तान के अदीबों के लिए। लेकिन सरहद पर, कस्टम वालों ने एतराज़ किया था, और सिर्फ़ बारह कापियां लाने दी थीं... सईद साहब को इस बात की हसरत थी कि वह अब ज़्यादा अदीबों को यह तोहफ़ा नहीं दे पाएंगे। लेकिन साथ ही उन्हें एक तसकीन थी कि सारा के ख़तों और नज़्मों वाले काग़ज़ात पर कस्टम वालों ने कोई एतराज़ नहीं किया था...

वह काग़ज़ात सलामत थे, और दूसरे दिन क़रीब दस बजे, उन्होंने सभी काग़ज़ात मेरे सामने रख दिए...

कोई भी काग़ज़ पढ़ने से पहले मैं सारा के लिए सईद की मोहब्बत पढ़ना चाहती थी, इसलिए कई घंटे तक उनसे बातें करती रही...

और महसूस हुआ कि जिस तरह सारा के बग़ैर मेरी घड़ी से वक़्त, मनफ़ी हो चुका है, उसी तरह सईद की ज़िन्दगी से भी वक़्त मनफ़ी हो चुका है...

पूछा—सईद साहब! आप एक कारख़ानेदार, और सारा एक शायरा, फिर आपकी मुलाक़ात किस ज़मीन पर हुई थी?

सईद कहने लगे—जिस ज़मीन पर एक मरीज़ दूसरे मरीज़ से मिलता है... हर मर्ज़ की अलामतें अलग-अलग होती हैं, हर मर्ज़ की शिनाख़्त भी अलग-अलग, लेकिन

दर्द की शिनाख़्त एक होती है। मैं ज़िया मैमोरियल अस्पताल में किसी दोस्त की बीमारपुर्सी के लिए गया था। वहां विज़िटर्स गैलरी में इन्तज़ार करना होता है, वहीं खड़ा था कि देखा—एक लड़की अपने आसपास से बेनियाज़ वहां बैठी है और अपनी किसी फ़ाइल में इतनी डूबी हुई कि सर उठाकर ना किसी इन्सान की तरफ़ देखती है, ना वक़्त की तरफ़... बस, लिखे जा रही है—जाने क्या...

मैंने बी.ए. ऑनर्स किया हुआ है। कई साल कॉलेज के माहौल में रहा था, और उस जवानी के महके हुए माहौल में भी किसी हसीना के लिए मैंने कोई कशिश महसूस नहीं की थी, लेकिन वह अस्पताल का क्लोरोफ़ार्मी माहौल था, जहां मैंने एक लड़की को देखा, तो देखता ही रह गया...

क़रीब एक घंटा सोचता रहा कि यह कैसी लड़की है, जो नज़र भरकर देखती भी नहीं, बातें कैसे करेगी?

मैं उसके क़रीब से कितनी बार गुज़रा, मेरे पैरों की आहट उसके कानों तक नहीं पहुंच रही थी... और फिर शायद मेरे ख़्यालों की आहट उसके कानों तक पहुंची, और उसने एक बार सर उठाकर मेरी तरफ़ देखा, और मैंने जल्दी से पूछा—मोहतरमा ! आप क्या लिख रही हैं?

लड़की ने सरसरी-सा जवाब दिया—एक अख़बार में काम करती हूं... घर पर वक़्त नहीं मिला था कुछ लिखने का...

उसकी ज़ात से जाने मेरा कैसा लगाव हो गया, मैंने उसके नज़दीक बैठते हुए पूछा—क्या मैं आपका नाम पूछ सकता हूं?

उसने कहा—मेरा नाम रूबी है...

सईद की बात सुनकर मैंने कुछ हैरानी से कहा—रूबी!

सईद हंस से दिए। कहने लगे—हमारी सच्ची दोस्ती झूठ की बुनियाद पर हुई थी। उसने अपना सही नाम मुझसे छिपा लिया था... किसी अख़बार का नाम भी यूं ही ले दिया था; वह अख़बारनवीस नहीं थी...

फिर भी जब मैंने पूछा—यहां अस्पताल में कैसे आई हैं? तो इसका जवाब भी उसने ग़लत दिया—मेरे भाई साहब बीमार हैं, उन्हीं की मिज़ाजपुर्सी के लिए आई हूं।

यह बात मुझे क़रीब दो साल बाद पता चली कि उसके कोई भाई साहब

अस्पताल में नहीं—वह अपने लिए ही डाक्टर से मिलने आई थी...

मैंने बीच में टोककर पूछा—सईद! इसका मतलब है कि उस पहली मुलाक़ात के बाद फिर दो साल आपकी मुलाक़ात नहीं हुई?

सईद कहने लगे—हां, ठीक दो साल मैं उसे जगह-जगह तलाश करता रहा, लेकिन वह कहीं नहीं मिली। पहली मुलाक़ात १९८१ में हुई थी। फिर दो साल मैं सभी अख़बारों के दफ़्तरों के चक्कर काटता रहा और बार-बार अस्पताल के रास्ते से भी गुज़रता रहा...

और सईद अपनी पेशानी को हथेली से पोंछते हुए कहने लगे—अमृताजी! मैं अक्सर अस्पताल जाता रहा, इस तरह, जैसे किसी और की नहीं, अपनी ही बीमारपुर्सी के लिए जा रहा हूं... लगता था, १९८१ के उस अक्तूबर महीने में, जब उससे मिलकर अस्पताल से बाहर आया था, तो मेरा ही एक हिस्सा अस्पताल में रह गया था...

मैंने पूछा—पहली मुलाक़ात में कोई अदबी बात हुई थी?

सईद कहने लगे—मुझे यह इल्म नहीं था कि वह शायरा है, लेकिन उसे अख़बारनवीस समझकर, कोई अदब की बात करना ही मुनासिब लगा था। इसलिए मैं कृश्नचंदर, बेदी, मन्टो और क़ासमी के अफ़सानों की बात करता रहा।

उसी दौरान कहीं मेरे मुंह से निकल गया—मैंने शायद तुम्हारी सूरत में ही मन्टो को पढ़ा था—लेकिन इस बात पर वह इतनी ख़फ़ा हो गई थी कि मैंने जल्दी से कहा था—सिर्फ़ मन्टो को नहीं, मैंने तुम्हारी सूरत में कृश्न को भी पढ़ा, बेदी और क़ासमी को भी...

मेरे लिए यह बात महज़ लफ़्फ़ाजी नहीं थी, लेकिन उसने मेरी बात को शायद लफ़्फ़ाजी समझ लिया था... ख़ैर—मैंने उसे अपना सही नाम बताया, सही पता और सही टेलीफ़ोन नम्बर। और उसने वायदा किया कि वह मुझे फ़ोन करेगी... लेकिन उसका वायदा उसके नाम रूबी की तरह झूठा था...

?—फिर सारा उर्फ़ खबी कैसे मिली?

स.—दो साल के बाद उसी अस्पताल में, उसी जगह पर बैठी हुई और उसी तरह कुछ लिख रही थी...एक बार तो मुझे अपने ही ज़िहन पर शक हुआ कि यह १९८३ नहीं है, वही १९८१ है, और मैं अभी वहीं खड़ा हूं...

?— उसने देखा और पहचाना?

स.—नहीं, मैंने ही याद दिलाई। उसे कुछ-कुछ याद आया, जब मैंने मन्टो, कृश्न, बेदी और क़ासमी वाली बात दुहराई... लेकिन उस दिन ग़नीमत यह हुई कि मैंने उसे अस्पताल से बाहर जाकर चाय-कॉफ़ी पीने के लिए कहा, तो वह मान गई। हम नजदीक ही 'टाप-इन' रेस्तरां में चले गए। वहीं मेंने उसे बताया कि मैं किस तरह अख़बारो के दफ़्तर तलाश करता रहा...

वह खामोश बैठी रही, तो मैंने कहा-मैंने ग़लत कहा था कि मैंने तुम्हारी सूरत में मन्टो के अफ़साने पढ़े—तुम्हारी सूरत में कृश्न, बेदी और क़ासमी के अफ़साने पढ़े। हक़ीक़त यह है कि तुम ऐसा अफ़साना हो, जो मैंने किसी किताब में नहीं पढ़ा...

?... 'सारा एक अफ़साना' का राज़ उस दिन आपको मालूम हो गया?

स.—नहीं, यूं ही कहा था। बल्कि वह जब उठकर ग़ुसलख़ाना की तरफ़ जाने लगी तो मेज़ पर रखी हुई अपनी फ़ाइल की तरफ़ और मेरी तरफ़ उसने इस तरह देखा, जैसे जायज़ा ले रही हो कि मैं उसकी ग़ैरहाज़िरी में उसकी फ़ाइल खोलकर देखूंगा या नहीं...

ग़नीमत यह हुई कि उस दिन उसने वायदा किया कि वह मुझे फ़ोन करेगी। लेकिन फिर दो महीने गुज़र गए, उसका फ़ोन नहीं आया...

मैं जितनी देर कारख़ाने में रहता था, मेरे कान फ़ोन की तरफ़ लगे रहते थे। और जब उठकर किसी काम के लिए बाहर जाता था, तो अपने एक एतबारी मुलाज़िम को फ़ोन के नज़दीक रखता था... और दो महीने के बाद फ़ोन आया, हमारी मुलाक़ात तय हुई।

उस दिन मैंने एक ज़रूरी माल रेलवे से वसूल करना था, इसलिए अपनी कार छोड़ दी और स्कूटर लेकर चल दिया कि रास्ते में बहुत भीड़ होगी, और मैं स्कूटर पर जल्दी पहुंच सकूंगा। लेकिन मेरी कमबख़्ती कि ठीक पुल पर पहुंचकर मेरा स्कूटर पंक्चर हो गया। वहां मैं ना तो स्कूटर छोड़ सकता था, ना किसी चीज़ पर रखकर ले जा सकता था। हमारे वहां एक 'सुज़ूकी पिकअप' चलता है, वह भी नहीं मिला। मैंने किसी तरह पुल को पार किया और स्कूटर को एक पैट्रोल पम्प तक ले गया। लेकिन इतनी देर में पूरा एक घंटा गुजर गया। और जब मैं मुलाक़ात की जगह पर पहुंचा तो वह वहां नहीं थी...

बस, यही ग़नीमत हुई कि दूसरे दिन उसने फ़ोन किया, और मैंने तफ़सील से पूरा वाक़या बयान किया। और वह उस दिन दोपहर दो बजे अस्पताल में एक मुलाक़ात के लिए रज़ामन्द हो गई...

उस दिन भी हम अस्पताल के बाहर एक रेस्तरां में चले गए। लेकिन उसने कुछ खाया नहीं, सिर्फ़ सूप का एक प्याला लिया...

?—उस मुलाक़ात में भी वह सारा उर्फ़ रूबी थी?

स.—बिलकुल थी। लेकिन उसने मुझे अपनी एक नज़्म ज़रूर सुनाई—'रस्सियां'—वह नज़्म इतनी पुख़्ता थी कि मैंने समझा—यह कोई जुनूनी लड़की है, जो किसी बड़े शायर की नज़्म अपने नाम से सुना रही है... लेकिन यह बात मैंने ज़ाहिर नहीं होने दी। आइंदा मुलाक़ात के लिए पूछा तो कहने लगी—आइंदा मुलाक़ात का हक़ तुम्हें दे दिया...

?—आपने हक़ तो ले लिया, लेकिन उसे इस्तेमाल कैसे करना था। आप ना उसके नाम से वाकिफ़ थे, ना घर के ठिकाने से।

स.—यही तो मेरी मजबूरी थी। फ़ोन करने का हक़ उसे था। अगर वह फ़ोन करती, तो मैं मुलाक़ात तय करने वाले हक़ का इस्तेमाल कर सकता था, वरना नहीं।

ख़ैर, पन्द्रह रोज की ग़ैरहाज़िरी के बाद उसका फ़ोन आया। लेकिन उस वक़्त मैं कारखाने में नहीं था। मेरा छोटा भाई था, जिसने फ़ोन सुना। उसी ने जब मुझे बताया कि एक लड़की का फ़ोन था, और साथ ही हैरत से पूछा—'भाई साहब, यह कौन लड़की थी?—तो अमृताजी! सच्च मानिएगा, उस दिन मैंने ज़िन्दगी का पहला झूठ बोला—कहा— 'यह कोई टेलीफ़ोन आपरेटर है। मेरी एक काल नहीं मिल रही, इसीलिए फ़ोन आया होगा।'

और फिर इस बात से छोटा-सा हंगामा हो गया। शाम को फिर उसका फ़ोन आया तो उस वक़्त भी मेरे भाई ने फ़ोन उठाया और उसे कहने लगा—मोहतरमा! हमारी और काल्ज़ भी नहीं मिल रही हैं, कब मिलेंगी?

और उधर से सारा परेशान कि कौन-सी काल्ज़? खैर, तीसरे फ़ोन के वक़्त मैं वहां था, और सारी बात तफ़सील से बताई। जवाब में उसने मुझे अपने घर का पता बता दिया..

?—यह उसका पहला एतबार था आप पर...

स.—हां, लेकिन पूरा नहीं। ठीक पांच बजे, जैसा उसने कहा था, मैं उसके घर गया। वह एक तीन मंज़िला मकान था, जो दरअसल उसकी बहन का था, जिसकी एक मंज़िल में एक छोटा-सा हिस्सा था, जहां वह उन दिनों ठहरी हुई थी। लेकिन यह बात उसने मुझे नहीं बताई। कहा—भाइयों से कुछ नाराज़गी हो गई थी, इसलिए मैंने यह छोटा-सा कमरा किराये पर लिया है, अकेले रहने के लिए। लेकिन मकान-मालकिन बहुत अच्छी है, कई बार मुझे चाय-कॉफ़ी भी दे देती है...

उसने मुझे अभी तक इस हक़ीक़त से भी वाक़िफ़ नहीं किया था कि वह एक शायरा है। कमरे में किताबें तो तरतीब से रखी हुई थीं, लेकिन चारपाई पर बेशुमार कागज थे, बिलकुल बेतरतीबी से रखे हुए, और फ़र्श पर सिगरेटों के टुकड़े बिखरे हुए थे ...

चारपाई की तरफ़ देखकर उसने कहा—अख़बारी मामला है, बस और कुछ नहीं... लेकिन उसने मुझे दो-तीन नज़्में सुनाईं। मैंने फिर यही समझा कि वह शे'र-ओ-शायरी की दीवानी लड़की है, यूं ही किसी की नज़्में सुनाती रहती है...

लेकिन अमृताजी! फिर उसने एक नज़्म और सुनाई— 'घुंड क़बर दा किबें चुक्कां'—आपको तो मालूम है, वह उर्दू में भी नज़्म कहती थी, पंजाबी में भी... वह नज़्म पंजाबी में थी, अहसास की बड़ी शिद्दत से लिखी हुई। और साथ ही उसके मुंह से निकला—यह नज़्म मैंने अपनी मां की मौत पर लिखी है'—तब मुझे शुब्ह हुआ कि वह ख़ुद नज़्म कहती है। लेकिन मैंने कहा—'तुम जो कुछ हो, मुझे मंज़ूर! मैं तुमसे कभी कुछ नहीं पूछूंगा। जब तुम्हारे दिल में आये, मुझे कुछ बताना चाहो, तो सुनूंगा—पूछूंगा कुछ नहीं...'

उस दिन वह एक बार कमरे से उठकर गुसलख़ाने में गई, तो वहां उसके गिरने की आवाज़ आई। मैंने जाकर उसे उठाया, कमरे में लाकर चारपाई पर डाला, तो देखा कि गुसलख़ाने में उसे ख़ून की उलटी आई थी...

उस वक़्त उसने इतना भर बताया कि उसके अन्दर अलसर है... उसके बाद हमारी मुलाक़ात हर तीसरे रोज़ होती रही...

?—उसने अपनी ज़िन्दगी के किसी नामुराद वाक़या की बात नहीं की?

स.—नहीं, एक बार सिर्फ़ इतना कहा कि 'नवाए-वक़्त' का अदबी सफ़ा पढ़ा करें। इस दौरान उसने मुझे अपना सही नाम ज़रूर बता दिया था। फिर एक दिन 'नवाए-वक़्त' का एक शुमारा मुझे देकर कहने लगी—घर जाकर पढ़ लेना।

वह एक तनक़ीदी मज़मून था—क़मर जमील का लिखा हुआ, जिसमें सारा शगुफ़्ता की नज़्मों की भी तारीफ थी, आफ़ज़ाल अहमद सय्यद और नसरीन अंजुम भट्टी की नज़्मों की भी, लेकिन मुझे इस तनक़ीद पर शिकवा हुआ कि सारा की किसी नज़्म का हवाला नहीं दिया गया था, जबकि और शायरों की नज़्मों के हवाले थे।

दूसरे रोज़ जब सारा से मुलाक़ात हुई, तो मैंने यह बात कही। साथ ही कहा—अफ़ज़ाल अहमद की एक नज़्म का टुकड़ा मुझे बहुत अच्छा लगा—

एक शायर का दिल एक शिकारी कुत्ता होता है।

और आम आदमी का दिल एक आम कुत्ता...

उस वक़्त वह हंस दी और कहने लगी—मैंने ही उसे कुत्ता कहा था। उसने मेरे कहे हुए लफ़्ज पर नज़्म लिख दी। यह बात मुझे बहुत बाद में पता चली कि सारा ने जिसके साथ तीसरा निकाह किया था, वह यही शायर था—अफ़ज़ाल अहमद सय्यद...

?—आप कभी ज़ाती तौर पर अफ़ज़ाल साहब से मिले हैं?

स.—जी हां! अफ़ज़ाल से भी मुलाक़ात हुई और सारा के दूसरे शौहर जावेद से भी। वह दोनों आला पाये के शायर हैं। मुझे वे ज़हीन और अच्छे लगे। सारा के ख़ानदान वाले तो यह भी मानते हैं कि सारा ने सुकून के जो कुछ दिन गुज़र किये थे, वह दूसरे निकाह के वक़्त थे, जब जावेद अहमद सारा का शौहर था...

?—सारा ने ख़ुद मुझे लिखा था कि वह तलाक़ एक ग़लतफ़हमी में हुआ था, जिसके लिए उसके शौहर को वाक़ई अफ़सोस था...

स.—पर अब उसका तीसरा शैहर अफ़ज़ाल, सारा की किताब की रू-नुमाई के वक़्त आया था। ख़ामोश और उदास बैठा रहा...

?—सारा से आपकी मुलाक़ातें मुसलसल होती रहीं, लेकिन कौन-सी हसरत थी, जो आपके दिल में बार-बार आती रही...

स.—सिर्फ़ एक ही हसरत कि मैं उसकी हिफ़ाज़त कर सकूं। वह अपने मुंह से कभी कुछ नहीं बताती थी, लेकिन एक बार मैंने उसके हाथों पर कुछ निशान देखे तो पूछा—यह काहे के निशान हैं? कहने लगी—अस्पताल में डाक्टरों ने हाथों की नसों में जो इंजेक्शन लगाये थे, उसके निशान अभी बाक़ी हैं।

मैंने फिर पूछा—यह इंजेक्शंस क्यूं लगाये थे? तो वह बड़ी सरसरी आवाज़

में कहने लगी—मुझे होश में लाने के लिए। मैंने ख़ुदकुशी कर ली थी, और घर के लोग मुझे अस्पताल में ले गए थे...

अमृताजी, मैं सकते में आ गया उसकी बात सुनकर। पूछा—ख़दकुशी क्यूं करने लगी थीं?—तो उसी सरसरी आवाज़ में बोली—यूं ही, ज़मीन का मौसम बदलने के लिए... और फिर हंसकर सुनाने लगी—वहां अस्पताल में कोई मेरी वह किताब ले आया, जो हिन्दुस्तान में अमृता ने शाया की है। डॉक्टरों ने भी देखी और मुझे कहने लगे—देखो। तुम्हारी किताब शाया हुई है। तुम्हें ख़ुश होना चाहिए। तुम यह बार-बार खुदकुशी क्यूं करती हो?

उस दिन अमृताजी, मुझे मालूम हुआ कि वह ज़िन्दंगी में चार बार कोशिश कर चुकी थी—मरने की। लेकिन उस दिन मुझसे उसने वादा किया कि अब ज़िन्दा रहूंगी...

?—यह वादा उसने मुझसे भी किया था...

स.—मैंने उससे एक ही चीज़ मांगी थी कि मुझे हक़ दे दो कि मैं तुम्हारी हिफ़ाज़त कर सकूं... और जवाब में उसने कहा था—अच्छा—आज मैंने बंजर प्यास का प्याला तोड़ दिया...

वह बेइन्तहा ख़ुश रहने लगी। उसने मुझे यह भी कहा कि सईद! अब मैं तेरी दोस्ती का ज़िक्र तफ़सील से अमृता को लिखूंगी कि अब मेरी आंखों पर गुलाबी रंग रहने लगा है

?—लगता है, मुझे कितने ही ख़त नहीं मिल पाये...

स.—अब जितने भी काग़ज़ात मिल पाये हैं, वह मैं ले आया हूं। उनमें कितने ही ख़त हैं—आपके नाम। या तो उसने लिखे, लेकिन डाक में नहीं डाले थे, या उनकी कापी रखी हुई थी...

?—सईद! एक बहुत ही नाज़ुक सवाल पूछना चाहती हूं कि आप उसकी हिफ़ाज़त करना चाहते थे, लेकिन क्या आपके मुआशरे में बग़ैर किसी रस्म या रिश्ते के यह मुमकिन था?

स.—इस मसले पर हमने कई बार सोचा था। वह कहती थी—सईद! क्या मैं और तुम, अमृता और इमरोज़ की तरह नहीं जी सकते?

मैं उसके लिए कुछ भी कर सकता था, लेकिन उसे ही कुछ मंज़ूर नहीं था।

मैं शादीशुदा हूं, और उसका एतराज़ था कि जिस बात पर वह हमेशा अपने बाप की मुख़ालफ़त करती रही कि उसने शादीशुदा होकर और निकाह क्यूं किया था, वही बात मुझे कैसे करने देगी...

आपको एक बात बताऊं—एक बार उसने मेरे से कुछ पैसे लिए, अपनी किताब शाया करवाने के लिए, लेकिन जिसे देने थे, वह उस दिन नहीं मिला, तो उसने ढेर से रुपयों से ढेर से खिलौने ख़रीद लिये—मेरे बच्चों के लिए...

?—आप चार और पांच जून की बदनसीब रात को कहां थे?

स.—मुझे २८ मई को किसी ज़रूरी काम से कोयटा जाना था। सारा ने ज़िद की कि मैं साथ चलूंगी। मैं किसी बात पर उसे इनकार नहीं कर सकता था, इसलिए दो टिकट मंगवाये, और वह मेरे साथ गई। हम लोग वहां ३१ मई तक रहे। मुझे उससे आगे गुलिस्तान जाना था, इसलिए वह वहीं रुक गई, कोयटा में, वहां उसका बड़ा बेटा कॉलेज में पढ़ता है... वापसी पर तीन जून की तारीख़ पक्की थी, कराची में मिलने की। लेकिन वह तीन तारीख़ की जगह चार तारीख़ शाम को कराची पहुंची, और अभी हमारी मुलाक़ात नहीं हुई थी—जब चार तारीख़ की रात उसने ख़ुदकुशी कर लीं...

सुना है—रेलवे लाइन पर से मिले उसके बटुए में दो ख़त थे, एक उसकी बहन के नाम था और एक मेरे नाम, लेकिन वह ख़त मुझे अभी भी नहीं मिल सका...

?—और उसने जो ख़त अपनी ज़िन्दगी में आपको लिखे, मैं वह देख सकती हूं?

स.—वह सभी ख़त मैं आपके लिए लाया हूं। एक बात और कि कराची में मैंने एक और मकान ख़रीदा था, लेकिन अभी ख़ाली था। जब एक बार सारा वहां गई, और उसकी एक दीवार पर उसने लिख दिया— 'दिल दा भांबड़ तूं ऐं, ते तेरा बालण मैं हां।

सईद की आवाज़ पिघलकर इतनी पानी हो गई कि उनकी आंखें भर आईं...

मुझे लगा—सारा जाने कैसा ईंधन डाल गई है, अब सईद की रूह में एक आग बिना ईंधन के जलती रहेगी।

सलाख़ें

१९८५ के पांच अक्तूबर की दुपहर थी, सारा लफ़्ज़-लफ़्ज़ मेरे क़रीब थी, जब इमरोज़ दुपहर की डाक लाए, और उन्होंने सभी चिट्ठियां और डाक में जितने भी रिसाले थे, उन्हीं काग़ज़ों के क़रीब रख दिए, जो सारा की नज़्मों और ख़तों को तरतीब से रखने के लिए मैंने अपने सामने और इर्द-गिर्द बिछा रखे थे।

मैं अभी डाक से आई चिट्ठियों को पढ़ना नहीं चाहती थी, इसलिए उन्हें हाथ से एक तरफ़ कर रही थी... जब एक रिसाले पर मेरी नज़र पड़ी, और लगा कि इस नाम का रिसाला पहली बार देख रही हूं, नाम था—इन्डैक्स ऑन सैंसरशिप...

उसके पहले वर्क़ पर नवाल अल सादवी का नाम देखा, तो रिसाला हाथ में ले लिया। अन्दर नवाल की तस्वीर थी और साथ ही यह ज़िक्र कि उसकी किताब अभी-अभी काइरो में शाया हुई है 'औरतों की जेल'।

इस मिस्त्री अदीबा नवाल से मेरी मुलाक़ात १९७५ में हुई थी, और वह जितने दिन हिन्दुस्तान में रहीं, उस दौरान कितनी ही मुलाक़ातें हुईं। उन मुलाक़ातों के दौरान जो गुफ़्तगु होती रही, उसे मैंने लिखा भी था और शाया भी किया था।

इस वक़्त नवाल के मुझे वही अलफ़ाज याद आए, जो उन्होंने १९७५ में कहे थे—"हमारे मिस्र में तीन बहुत बड़े टैबू हैं... एक सेक्स, दूसरा मज़हब और

तीसरा सियासत। मैं इनकी रिजिडिटी को तोड़ने के लिए अक्सर उनकी बात करती हूं, इसीलिए रेडियो और टेलीविज़न पर मैं कुछ कह सकूं, इस पर पाबन्दी है, और इसीलिए मेरी किताबें मिस्र में शाया नहीं होतीं, लेबनान में होती हैं..."

मैं इतना जानती थी कि नवाल ने साईको-सोशल-स्टडीज़ पर कितनी ही किताबें लिखी हैं; और सेक्स एजुकेशन पर कोई सेमीनार चाहे वाशिंगटन में हो या ताशकन्द में—वहां नवाल को दावतनामा ज़रूर मिलता है...

अब —जो रिसाला हाथ में लिया, 'इंडैक्स ऑन सैंसरशिप', यह अगस्त १९८५ का शुमारा था, और लिखा था कि सितम्बर, १९८१ का दिन था, जब नवाल को हिरासत में ले लिया गया, और २८ नवम्बर तक जेल में रखा गया। और साथ ही उनकी जो किताब अभी-अभी काइरो में शाया हुई है, औरतों की जेल, उस किताब से क़रीब छः सफ़े इस रिसाला में शामिल थे...

मैं तड़पकर कितनी ही देर नवाल की उस तसवीर को देखती रही जिस पर नवाल की आंखों में एक ऐसा दर्द भरा हुआ दिखाई दे रहा था, जो उन्होंने इस ज़मीन पर, सिर्फ़ अपने पे नहीं, हज़ारों लोगों पे गुज़रते देखा...

मैं नवाल की क़लम से लिखी हुई तफ़्सील पढ़ रही थी—"मैं १९७२ से जगह-जगह घूम रही हूं—एक ऐसी ज़मीन की तलाश में जो मेरा वतन हो सके....

आईन शैमस यूनीवर्सिटी की मैडिसन्ज़ फैकल्टी में मैंने एक तक़रीर दी थी, १९७२ में, जिसमें हमारे मुआशरे में औरत की जो हालत है, उस पर कड़ी नुक्ताचीनी थी, और साथ ही मैडिसनज़ा, लिटरेचर और पॉलिटिक्स पर। इस पर स्टेट सीक्यूरिटी के चीफ़ ने मुझसे जवाब तलब किया। डॉक्टरों की यूनियन भी नाराज़ हो गई, पब्लिशिंग हाउसेज़ भी, और मेरा नाम ब्लैक लिस्टेड कर दिया गया। हुकूमत की मशीनरी अगर किसी अदीब से ख़फ़ा हो जाए, तो उस अदीब की आवाज़ उसके हलक़ से बाहर नहीं आ सकती..."

और इस तक़रीर के क़रीब दस साल बाद, एक दिन नवाल को उसी तक़रीर के इलज़ाम में जिस तरह अचानक हिरासत में ले लिया गया और जिस तरह जेल की सलाखें उनके गिर्द लिपट गईं —यही तफ़सील पढ़ते-पढ़ते मेरे सामने कभी नवाल का और कभी सारा का वजूद आने लगा...

सारा के एक ख़त से मैं सिर्फ़ इतना जानती हूं कि उसे बीस दिन हिरासत

में रखा गया था। सारा ने कभी उन दिनों की तफ़सील नहीं लिखी। और अब नवाल की क़लम से मैं तो तफ़सील पढ़ रही थी, लगा—ठीक यही तफ़सील थी, जो सारा ने काग़ज़ पर नहीं, अपने बदन पर लिखी थी...

नवाल जब लिखती हैं—"अब मेरा नाम खो गया था। अब मेरा नाम एक नम्बर बन गया था—१५३६"—तो मुझे गोर्की भी याद आता है, ठीक इन्हीं अलफ़ाज़ में "अब मेरा नाम खो गया था, अब मेरा नाम एक नम्बर बन गया था—६८९—९"

मैं नहीं जानती—ज़ब सारा का नाम एक नम्बर बन गया था, तो वह क्या नम्बर था, लेकिन मैं इन बेचारे नम्बरों की तक़दीर पर रो देती हूं, जो नम्बर शायरों और अदीबों पर लागू किए जाते हैं।

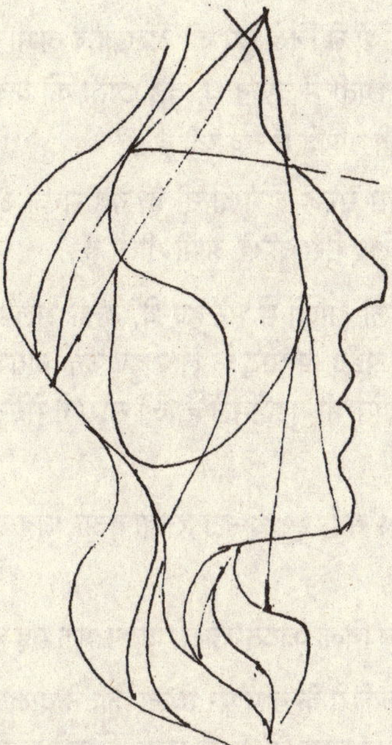

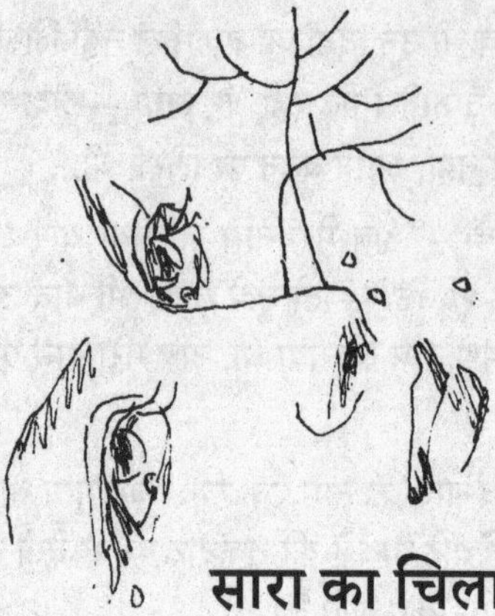

सारा का चिला

सारा ने मुझे लिखा था—"अपने हाथों से लिखे हुए जो अलफ़ाज़ अभी तक मुट्ठी-भर काग़जों की सूरत में मेरी छाती में दफ़्न थे, वह छाती की क़ब्र से निकालकर तुम्हारी और अपनी गीली आंखों में रख रही हूं..."

अब सारा की गीली आंखें जिस सूरज ने सुखा दी हैं, वह सूरज अभी मुझसे एक हाथ की दूरी पर है, इसलिए मेरी आंखें अभी गीली हैं...

सारा के जो अलफ़ाज़ मेरी गीली आंखों में भरे हुए थे, उन्हीं अलफ़ाज़ में आज इज़ाफ़ा हो गया है, जब मैं सईद अहमद के लाए हुए उन काग़ज़ात को देख रही हूं—जिनमें कुछ ऐसे ख़त भी मुझे मिले हैं, जो सारा ने मेरे नाम लिखे थे, और मुझ तक पहुंचे नहीं थे।

उन्हीं ख़तों में एक ख़त है—१७ मई, १९८१ का लिखा हुआ, जब सारा लियाक़त अस्पताल में थी...

कमख़्त लिखती है—इन्सानों का चिला काटते-काटते जतन भूल गई हूं...

देवी-देवताओं के और पीरों-फ़कीरो के नाम पर चिला काटने वालों की एक बहुत लम्बी तारीख़ है, लेकिन यह सारा थी, सिर्फ़ सारा, जिसने इन्सानों के नाम पर चिला काटा...

अभी मुझे स्पेन के मुसव्वर सालवाडोर डाली के अलफ़ाज़ याद आए हैं—"मुझे

सब कुछ याद है—उस वक़्त से लेकर, जब मैं अपनी मां की कोख में था। आप पूछेंगे—"वहां कैसे लगा? वहां क्या था?"—मैं जवाब दे सकता हूं—"वह बहिश्त थी।" आप पूछेंगे—कैसी बहिश्त?"—तो मैं बारीकबीनी से बता सकता हूं—"उस बहिश्त का रंग दोज़ख़ जैसा था... लाल संतरे के रंग जैसा, और जर्द भी... नीला भी... और आग की लपटों जैसा भी...और सबसे बड़ी बात यह कि वह जगह बहुत नर्म थी, फिसलवीं, गर्म और चिपचिपाती हुई भी..."

और डॉली कहता है—"यह सब मैं इसलिए लिख रहा हूं कि अपनी ज़िन्दगी के सभी राज़, जितने भी हो सकें, मैं उन्हें क़त्ल कर दूं, अपने हाथों से क़त्ल कर दूं।"

पूरी तरीख़ सामने है कि इन्सान अपनी ज़िन्दगी के राज़ समझने के लिए, और फिर कह पाने के लिए—इतनी तख़लीक़ करता है कि उन किताबों को तरतीब से रखें, तो वह पूरी ज़मीन को ढांप दें... और एक सारा थी... जो एक फ़िकरे में कह पाई—"राज़ तो इन्सान की थूक से भी छोटा होता है, ख़ामख़ाह इन्सान को लिए फिरता है..."

सारा का ख़त है—

लियाक़त अस्पताल   १७. ५.१९८१

अमृता प्रीतम!

आग जीने लगी है, तो मैं मरने लगी हूं। मौत तलवे चाटने लगे, तो लम्हों में बहते इन्सान कम होने लगते हैं। मेरे तीनों तरफ़ इस वक़्त तुम हो। शायद यह सच नहीं। इस वक़्त बहुत से चेहरे हैं। दीवारों पर बूढ़े होने वाले लोग जल रहे हैं। मैं क़दम-क़दम चोरी हो रही हूं।

इन्सान है कि दुःखों का निवाला खाए चला जाता है। इन्सानों का चिला काटते-काटते जतन भूल गई हूं। अपने इर्द-गिर्द मैं हूं। बस, मैं। कैसा सन्नाटा है!

चिराग़ की ज़ुबान हमारी रात बनती जा रही है। और इन्सान हाथों में बट जाए, तो आंख भी बट जाती है। जब भी चलने की कोशिश करती हूं, कफ़न चोर की भूख का अन्दाजा होने लगता है।

जाने यह कौन-सी दुनिया है। यहां आंखों के ज़हर से बढ़कर कोई ज़हर नहीं। पिछले दिनों एक मौत का इन्तक़ाल हुआ। मरने से पहले ही वह मौत पर रहती थी। सोचती हूं—पहले उसका नाम लिखूं या राज़ लिखूं!

ख़ैर—राज़ तो इन्सान की थूक से भी छोटा होता है। ख़ामख़ाह इन्सान को लिए फिरता है। सवाल एक करती हूं—ऐज़ा ज़्यादा बोलने लगते हैं। वह एक बांझ आंखों वाली। मेरे जन्म के तो बच्चे ग़ाफ़िल कर दिए। मुझे तो छांहों की नज़र लग गई है। अब मैं तुम्हें बाग़ो में नज़र नहीं आऊंगी कि ख़ुदा की आंख में बेशुमार सवाल थे। और मैंने तराज़ू को ख़ामोश कर रखा था कि रहूं तो मैं अपने अन्दर रहूं... क्यूं ख़ाक पर क़दम-सा सवाल रखूं!

दीवारें क़दम रखने लगी हैं। अब भूल-चूक ही हमारा घर होंगे।

अमृता! वह बालों से शुरू होती थी और ज़मीन पर ख़त्म होती थी।

हां—वह रूठे-रूठे हाथ मुझसे मिलाती थी। क्या बेज़बान थी। उसके आंसुओं में मैं बह जाती थी। क्या वह इतनी रवां थी, या मुझे क़हत पड़ा हुआ है। वह होंठों से गिरती, तो मैं आंख से उठा लेती। वह आंखें उठा के भाग निकली। मैं क़दमों का जुआ खेलती रही। और वह क़फ़न पे आंखें रचाए एक क़दम का ऐलान कर रही है। क्या ख़्याल है! उसके हाथों के साथ मेरा लमस क़बरी नहीं हुआ?

दिन रात पे छलांग लगाता है। रात दिन पे छलांग लगाती है। ज़लील शाम की सीटी बजा गई और हमें चौकीदारी में छोड़ गई।

यह अस्पताल है। यहां भूख हाय-हाय करती है। सामने की चादर पर एक औरत, चादर जितनी ख़ामोश पड़ी है। उसके माथे पर मेरी तिलक लगी है कि मैं अपने रंग छोड़ रही हूं।

उसके हाथ फीके पड़ रहे हैं, और आवाज़ दे रहे हैं। आवाज़ कौन दे रहा है? वह बालों से शुरू होने वाली औरत नहीं। औरत चादर से थक गई है। और हया के पिंजरे से कबूतर उड़ रहे हैं।

औरत की हर पोर में मर्द होता है। फिर वह कैसे इशारा हुई! यह इन्सानों की बकरा पीढ़ी है। यहां कोई नहीं कहेगा कि अल्लाह के नाम पर ख़त्म करता हूं।

रात की तसल्ली है, और सुबह की तजल्ली है।

ज़ायक़ा तो मुझे चखने लगा है। केंचुली ही नहीं बदल पा रही...

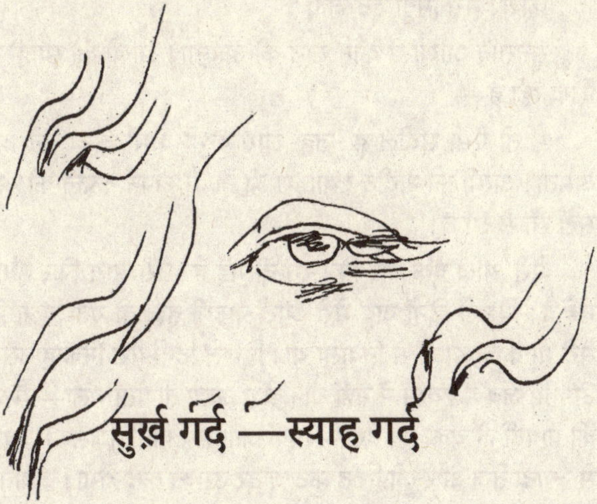

सुर्ख़ गर्द —स्याह गर्द

हमारी ज़मीन से दो तरह की गर्द उठती है। एक सुर्ख़ रंग की और एक स्याह रंग की।

सुर्ख़ रंग की गर्द वह होती है, जिसे शोहरत कहते हैं और स्यांह रंग की गर्द वह, जिसे इलज़ाम कहते हैं।

जिनके बदन पर यह गर्द लिपटती है, अगर स्याह रंग की हो तो लोग अपना बदन चुराकर चलते हैं और सुर्ख रंग की हो तो लोग उसे कीमख़ाब की तरह पहनकर चलते हैं...

लेकिन दुनिया में थोड़े से लोग होते हैं—जो उस गर्द को, चाहे वह स्याह हो या सुर्ख, अपनी आत्मा के पानी से, अपने बदन पर से धो सकते हैं...

और सारा दुनिया के उन थोड़े से लोगों में से थी...

यहां सारा के कुछ वह ख़त दे रही हूं, जो सारा ने मुझे लिखे, लेकिन मुझ तक पहुंचे नहीं थे। अब सईद अहमद साहब जो काग़ज़ात लाए हैं, उन्हीं में से यह ख़त हासिल कर सकी हूं—

अमृता!

जी चाहता है—मौत का घूंघट अपने हाथों से उठा दूं और आंखों की कचहरी से दूर निकल जाऊं।

काश! मेरी मिट्टी रूठ जाए।

सुनसान आंखों में कौन रहने को आएगा। आंखों की स्याही से बन्दों को लिख रही हूं—

मैं तो ऐसी सबील हूं, जहां लोग कभी-कभी चन्दा देने आ जाते हैं। अमृता! अम्मी की शदीद ख़्वाहिश थी कि मैं अपने कफ़न को अपने लहू के सुर्ख रंग से रंग दूं।

मेरी आंखें एक बार फिर रंग दी गई हैं। तेरी सारा फिर हया से रौंद दी गई है। पिछले दिनों जब मेरी आंखें ज़ख़्मी हुईं, तो पता चला कि यह तीर मेरी मां की दुआओं से निकला था। पिछले दिनों मेरा निकाह उस वक़्त हुआ अमृता, जब मैं हवास में नहीं थी। होश आया तो पता चला—मैं एक आदमी की प्रापर्टी हो चुकी हूं। देखा—एक जाहिल देहाती, जिसकी ज़बान कुल्हाड़ी से ज़्यादा तेज़ और कोई डेढ़ फुट चादर उसका क़द होगा। ज़बान उसकी हर वक़्त ज़हर थूकती रहती है। मैं हर वक़्त अपने दिल को दफ़न करती रहती हूं।

पन्द्रह रोज़ हुए हैं मुझे ईंट बदले। सिर्फ़ एक बात से खुशी थी कि चलो कम-अज़-कम दवा तो वक़्त पर मिल जाया करेगी। घर वाले भी मेरा इलाज करवा-करवा के थक चुके थे और चाहते थे कि यह रोग अब किसी और जमीन को लग जाए।

अमृता! शौहर साहब रोज़ ज़िनाह बिल-जब्र के बाद सो जाते हैं। सोने से पहले उनके हुक्म के मुताबिक मुझे उनकी टांगें रोज़ दबानी होती हैं और सर पे तेल की मालिश भी ज़रूरी होती है।

एक माह हो चला है मेरी शादी को। मैंने घर से एक क़दम बाहर नहीं निकाला। एक रोज़ मैंने पांव नहीं दबाए, तो कहने लगे—तुम बड़ी घटिया औरत हो, और तुम अच्छी औरत नहीं हो... इस तरह की बेशुमार बातें...

और लिखने बैठती हूं तो कहते हैं—लिखना इतना ज़रूरी नहीं है। पहले मेरी टांगें दबाओ। और हर वक़्त लिखने-पढ़ने की वजह से तुम मुझ पर रौब डालना चाहती हो कि तुम मुल्क की मायानाज़ शायरा हो और मैं एक जाहिल देहाती आदमी हूं। तुम्हारा लिखना इतना ज़रूरी नहीं है, जितना ज़रूरी मेरे पैर दबाना...

मैंने बहुत कोशिश की कि इस शख़्स को संवारूं, लेकिन खाइयां कभी सुधरी हैं?

इस ख़त का पहला हिस्सा शुरू दिसम्बर में लिखा हुआ लगता हैं और दूसरा हिस्सा क़रीब पंद्रह दिन बाद। सारा का यह निकाह १७ नवम्बर, १९८२ को हुआ था।

अमृता!

आंसू तो दिल की धड़कन में चुभ से रहे हैं, और आंखें हैं कि करबला का मैदान हुई जाती हैं...

आज अम्मी ने कहा—तुम जो मर्द को बुरा-भला कहती हो, इसलिए सबसे पीछे हो।,औरत कभी मर्द का मुक़ाबला नहीं कर सकती। तुझे मेरे सफ़ेद बालों का भी ख़्याल नहीं? अपना घर बसाओ!.

मैंने अम्मी से कहा—मां, मैं तेरे रहम में तो मर सकती हूं, तेरे दिल में धड़क नहीं सकती। मिट्टी तुम भी हो, मिट्टी मैं भी हूं। मैं इन्सान को जन्म देती हूं, इसलिए ग़ुलामी का पेशा मेरा मज़हब नहीं। मेरा नाम तो कोयल है, जो अपने मौसम के साथ-साथ रोती है, कूकती रहती है...

फिर अमृता, मैं आंसुओं की कोख तक रोती रही... मां ने इससे पहले कभी इतने सख़्त अलफ़ाज़ नहीं कहे थे अमृता!

घर क्या बसाऊं! अब तो मेरा घर क़लम है...
में रोज़ वीरानों में धंसती चली जा रही हूं!
मेरे लहू से तो मेहंदी की बू आती है,
जिस तरह फूलों से सूरज का रिश्ता नहीं टूट सकता...

बीमारी की वजह से किताब अभी तक नहीं छप पाई। बाक़ी काम तो मुकम्मल है, बस, सिर्फ़ प्रेस जाना बाक़ी है। तबीयत ठीक रही तो ज़रूर हिन्दुस्तान आऊंगी...

लोग मेरे नाख़ून से भी छोटे हैं अमृता! मैं किससे बातें किया करूं। मतलबपरस्ती, ख़ुदग़र्ज़ी के अलावा उनके पास कोई फूल नहीं...

मैंने तो लोगों को अपने लहू से सींचा है, लेकिन रोज़ लुट जाती हूं। यह मैं कहां हूं अमृता! आजकल तो अकेले बाहर नहीं निकल सकती। रास्ता भूल जाती हूं। बस, बिन शाख़ो के आग लग गई है।

काश! मेरे लहू में कोई आवाज़ न खिले!

छांओं का दर्द पेड़ों में रह गया है...

मैं मिटती जा रही हूं। काश, कोई मुझे लिख दे—मैं पागल होना नहीं चाहती।

कोई है, जो मेरे मौसम सहे! कोई है, जो मेरे दिल के अंधेरों पर ज़बान रख दे।

पानियों पर मेरे क़दम की मोहर सबत है, और रवानी मेरी रूह है।

मैं एड़ी से लेकर आंख तक पहुंची हूं—मगर बहुत प्यासी हूं।

तनहाई मुझे तारीक कर रही है—

वक़्त का सांप मिट्टी पे लहराया है, और ज़ख़्मों की कोई मौत नहीं होती...

२८-३-८३

अमृता!

मुझे सदियों से एक आंसू की तलाश है, लेकिन अगर बुत रोया, तो मैं कंकरों से भर जाऊंगी।

हर दर मुझे सूली की तरफ़ ले जाता है, हालांकि मेरे घर में इतना अंधेरा नहीं है....

असल में मैं अपना इंतज़ार कर रही हूं, और जब कशकौल अपनी स्याह क़ैद से आज़ाद होगा, इन्सान को काली मौत से नहीं ढांपा जाएगा। कहते हैं, दुनिया एक क़ैदख़ाना है—और तुम एक सलाख़। फिर बाक़ी अंधेरों का क्या होगा...इन अंधेरों को कौन से दिलों में धड़कना होगा?

मेरा क़दम जो चाप दोहराता रहता है, मैं उसे जानना चाहती हूं। मैं अपना इंतजार कर रही हूं। एक-एक लमस से ज़ंजीर की सदा आती है। मैं अपनी आवाज़ ढूंढना चाहती हूं, जो बेजान सिक्कों में कहीं खो गई है। और सारी ज़ंजीर खोल दोगे तो तुम्हारे पास एक कड़ी भी ना रह जाएगी।

ताल्लुक़ की ज़बान सिर्फ़ चेहरे पर सजी नहीं रह सकती। फटे कपड़े से तुम बदन की सरगोशियां तो सुन सकते हो, लेकिन मैंने अपनी रूह के हाथ में एक कशकौल रखा हुआ है, और सदियों से, तुमसे एक इन्सान मांग रही हूं।

छांव के अंधेरों में मैं अपनी पनाह नहीं ढूंढती, तुम मुझे पनाह की गाली मत दो। नहीं तो ठहरने वाली आवाज़ें मुझे क़ैद कर लेंगी।

असल में मैं अपना इन्तजार कर रही हूं, लेकिन अभी ज़मीन शुरू होने में काफ़ी वक़्त है...

तुम्हारी—सारा

अमृता!

ज़मीन रहने के लिए थोड़ी और दौड़ने के लिए बड़ी होती है। अभी अम्मी को रूह हुए चन्द रोज़ ही हुए थे, सारा ख़ानदान इकट्ठा था। मेरी बहनें, मेरे भाई मौत की तरह स्याह हो रहे थे। कानों में मय्यत भरी चटाई के तिनके कुछ यूं चुभे—तुम्हारी वजह से 'सारा', तुम्हारी वजह से हमारी अम्मी का इंतक़ाल हुआ...

अम्मी अभी चटाई पर मौजूद थीं कि नहलाने वाली ने कहा—"इसके बच्चे इसके कान में तीन बार अपना दूध बख़्शवाएं"—खैर, तमाम बहन-भाइयों ने बारी-बारी दूध बख़्शवाया।

जब अम्मी हयात थीं तो मैंने कमरे की एक दीवार पर एक लिखा था—"कांटे पर कोई मौसम नहीं आता।" अम्मी अक्सर लड़ा करतीं और कहतीं, "यह दीवार से मिटा दो, कांटे पे मौसम आता है।"

खैर, मैं भी ज़ाहिरन अम्मी के कान में दूध बख़्शवा रही थी, लेकिन मैंने अम्मी के कान में यह कहा, "अम्मी, तुम ठीक कहती थीं, कांटे पे मौसम आता है।" अम्मी चुप डोली में विदा हुई—सारा ख़ानदान मेरे गिर्द—"हम तुम्हें इन ईंटों से रिहा करते हैं। तुमने लिख-लिखकर पूरे ख़ानदान की मिट्टी पलीत कर रखी है। अखबारों की सुर्खियां हमारा लगान लगाती हैं। हमारे दुश्मन, हमारे शरीक़ अख़बारात लिये फिरते हैं। तुमने अम्मी के इश्क़ का वाक़या क्यूं लिखा?

वह तुम्हारे वालिद से पनघट पर मिला करती थीं—अब तो उसे वख़्श दो।"

मैं सोचने लगी, मेरी मां तो एक अज़ीम औरत थी कि उसने अपने ख़ानदान को ख़ैरबाद कहा और मेरे वालिद से छपकर शादी कर ली। उस दौर में तो यह बात और मुश्किल रही होगी...

ख़ैर अमृता! मुझे उस घर से निकाल दिया गया और कह दिया गया, "कोई अदीब, शायर, अख़बारी नुमायंदा हमारे घर ना आये। और हम तुम्हें आक़ करते हैं।"

मैं मुस्कराई और पूछा—"किस पटपटी से?"

"तुम रात गये घर वापस क्यूं आती हो?"

मैंने कहा, "भाई, इल्म घूंघट में रखा हुआ चेहरा तो नहीं। मुझे पढ़ने-लिखने के लिए मज़दूरी की ज़रूरत होती है। क्या करोगे? ज़्यादा से ज़्यादा रोटी से महरूम कर दोगे... भूखी माछन रोटियां लगाती है और देखती है, अभी कितने घरों का आटा रह गया है। भाई, मैं काग़ज़ों पे अपने लक्षण लिखती रहूंगी..."

फिर मैंने सवाल किया, "क्या मैं अम्मी के चालीसवें तक रह सकती हूं?"

"तुम इसी वक़्त यहां से चली जाओ।"

मैंने अपनी किताबें उठाई और सड़क पर चलने लगी। आवाज़ों का एक काफ़िला मेरे साथ चल रहा था—

1. इसका क्या है, यह तो कहीं भी सो सकती है...

2. अच्छा है, पागलों की तरह सड़कों पर फिरे...

3. ऐसा न करें, इसे पागलख़ाने दाख़िल करा दिया जाये।

4. बातें सुनकर मुझे वैसे ही ख़ून की उलटियां आने लगी थीं, यह अख़बारों की सुर्खियां थीं अमृता!

5. क्या ये लोग, उजले लोग यह बात भी भूल गये थे कि बाज़ औक़ात मैं बिलकुल होश में नहीं होती—बल्कि कई बार ख़ुद मुझे पागलख़ाने दाखिल करवा के आते रहे। ऐसा ना हो कि सैकड़ों और मर्दों का दुःख मेरे बदन में उतर आये...

शायर-ओ-मुन्शी हज़रात के घर जाती हूं तो एक सुर्ख़ी अख़बार में लगी होगी कि सारा ने फलां रात फलां शायर के साथ गुज़ारी...

लोग अकेली औरत से कितना डरते हैं?

मैं अपनी एक दोस्त के यहां चली गई। उसने घर की एक चाबी मुझे दे दी और कहा—"तुम यहां रहो।" मैं रहने लगी। चन्द रोज़ बाद मैंने अपनी दोस्त से कहा—"मुझे यह कालीन अच्छे नहीं लगते। तुम्हारी गाड़ी का हार्न जब भौंकता है तो मुझे बड़ी घुटन महसूस होती है। दोस्त, तुम तहरीके-नुसवां चलाती हो। तुम्हें बड़ी-बड़ी एड मिलती है, और तुम इन पैसों से शराब पी जाती हो। तुम्हारा गुनाह भी कोरा है। गुनाह का भी एक मज़हब होता है... तुम्हारी हंसी मसनूई है और मेरी यह ज़ेबाइश नहीं। यह लो चाबी, मैं जा रही हूं। इससे तो बेहतर है कि किसी फ़क़ीर के साथ रात गुज़ार लूं...।

मैं अपनी एक बहुत ही अच्छी दोस्त रज़िया की झोंपड़ी में रहने के लिए चली गई। उसने मेरा बहुत ख़्याल रखा। आधी-आधी रोटी हम दोनों खा लिया करते थे। ख़ैराती हस्पताल से दवा ले आया करते थे।

इसी घर का वाक़या है—अचानक गली में शोर उठा। देखा, बाहर बहुत-से लोग खड़े हैं।

"आपने जवान औरत को घर में रखा हुआ है जी?"

"वैसे ही यह कोई शरीफ़ औरत नहीं लगती। इसका लिबास झोंपड़ियों वाला नहीं है। इसे यहां से निकालें। जाने कहां से भागकर आई है।"

मैंने झोंपड़ी को बड़े गौर से देखा और कहा—"ऐ झोंपड़ी, तेरे पास भी तिनकों का मौसम नहीं है। और ऐ झोंपड़ी! तू मुझसे शायद इसलिए ख़फ़ा है कि जब मैं तेरे पास आई थी, मेरे हाथ में एक तिनका भी नहीं था—"

फिर एक नशिस्त में एक शायर ने कहा, "सारा साहिबा, ख़बर पढ़ी थी कि आपके घर वालों ने आपको आक़ कर दिया है। आप मेरे पास रहिए!"

फिर अमृता! मैं एक रोज़ बीमार हो गई। हस्पताल वालों ने मुझे दाख़िल कर लिया।

भाई मनजूर को पता चला तो फिर मुझे एक ज़मीन के टुकड़े पर वापिस कर लिया।

कराची

अमृता!

मेरी अमृता! तुम मुझे बहुत याद आती हो और इसका बहुत-बहुत शुक्रिया कि तुमने मेरी किताब छाप दी। मेरी तबीयत ज़रा संभल जाये, मैं इंशा अल्लाह अगले माह तक तुम्हारे पास हूंगी। अपनी अमृता के पास। क़मर जमील भाई भी आपको सलाम कह रहे हैं।

तुम परेशान ना होना, मैं अब बिलकुल ख़ैरियत से हूं। बड़े भाई सऊदी अरब से एक हज़ार रुपये सालाना भेजते हैं, दवा की परेशानी नहीं है। इमरोज़ को सलाम, बच्चों को प्यार।

२४.४.१९८३ तुम्हारी अपनी—सारा

अमृता!

यह भी सच है, मेरी बेबाकियों की वजह से भाई-बहन, शायर, अदीब, इज़्ज़तदार सोसाइटी मुझे बड़ी नफ़रत से देखती है। ऐसा क्यूं है अमृता?

कहीं लोग सच तो नहीं बोल रहे और मैं अपनी छोटी-छोटी चोरियों की बदौलत, अपनी रंगसाज़ी में मसरूफ़ हूं!

चन्द रोज़ पहले बहुत अच्छे-अच्छे लोगों ने मुझे मिलने से इनकार कर दिया—"सारा साहिबा, आप हमारे घर मत आया करें।"

सीढ़ियों से क्या उतरी, मैं तो अपने चेहरे से उतर गई। मैंने सारा से कहा, ज़मीर के नमक से आटा गुंधती है। ज़रूर तेरे लिबास में ऐसा रंग है, जो मुझे नज़र नहीं आता। अब जानो कि पढ़े-लिखे लोगों के घरों में अब मेरा कोई कोढ़ नहीं। ज़मीर और आंखों में कुछ फ़ासिला रह गया है, अमृता! जभी तो लोग मेरी गिरी हुई आंखें मुझे थमाते रहते हैं। ज़र्द लहू में ज़र्द पत्तों की चीख़े आती हैं, तो ख़िज़ां से आंखें मरने लगती हैं, अमृता!

सच्चाइयों के नंग मुझे मुर्दा क़रार देते हैं...

अपनी वहशतों में कहीं से भी रात गए आ रही हूं, तो भाई की आंखें ऐसे क्यूं हो जाती हैं, अमृता?

मेरा बदन हैरत-भरी गठरी बन जाता है।

मैं लीरो-लीर हो जाती हूं—

लिबास की सलामती क्या मुझसे ज़रूरी है?

भाई-बहन मुझे देखते हैं, तो उनकी आंखें दुकान से ज़्यादा नहीं खुलतीं—यह लम्स के कौन से पट हैं, अमृता?

मैं सिर्फ़ घूंघट-भरी या चादर-भरी औरत तो नहीं, और भी अफ़कार हैं मेरे पास। कई दरारें हैं मेरे लहू में। रात एक कंजरी की तरह मुझ पे उतरती है, और मेरे शफ़ाफ़ कलेजे से संगरेज़े गिरने लगते हैं। बुतों की तराश-ख़राश आख़िर मेरे ही जिम्मे क्यूं?

शऊरी घरों वाले अपनी आंखों के छींटों पर मेरे कंवल रखते हैं। कितने गंदले लोग हैं। मेरी झनकार एक क़ैदन की गोद में डालते रहते हैं...

थिंकर सोसाइटी तो अपने गुनाहों का नाम 'सारा' बताती है। घर वाले भी कुछ फ़ासले से नहीं रहते।

ख़ानदानी चादरें आख़िर इन्सान से छोटी होती हैं।

मैं लहू का कोई क्लेम मानने पर तैयार नहीं।

बहनें अपने घूंघटों में ज़ख्मी ज़बान रखे जाने क्या-क्या चुराती रहती हैं।

मैं इनके आंगनों का कचरा हूं, तो लगा क्यूं नहीं देतीं आग! लहू की लगाम से आख़िर हर वक़्त मेरे लिए क्यूं फन्दा बुना जाता है...?

यह कौन-सी कड़ियां हैं जो मेरी ज़ंजीरों में सजी हैं?

मैं इन छः बुतों से कम अज़ कम एक बुत हूं।

आख़िर मेरी भी कोई मिट्टी है!

तुम भी सोचती होगी—एक ही रंगसाज़ से अपने दुपट्टे रंगाती रहती है। क्या करूं, मेरी सदी का रंग ही ऐसा है।

थोड़ी देर पहले भाई ने पूछा, "कहां से आ रही हो?" मैंने कहा, "वहां से जहां से तुम सुनना भी गवारा नहीं करोगे।"

एक बहन घर छोड़कर चली गई। बहनोई ने कहा, "जहां सारा शगुफ़्ता होगी, वहां हम लोग नहीं रह सकते। यह गैर मर्दों से मुलाक़ात करती है।" और मैं सोचने लगी, काश कोई मर्द ग़ैर ही होता।

ख़ैर, अहले-मोहल्ला की भी कोई अच्छी दरियाफ़्त नहीं हूं मैं...

यह भी सच है, मैं ग़रीबों का ज़काह-भर आटा हूं। बाक़ी तो शरीफ़ों का कनस्तर है, जहां चीटियों की कतार भी भूखी रह जाती है...

अम्मी के इंतकाल के बाद से मेरे क़दम ज़िनाह-बिल-जब्र हो के रह गये हैं।

लहू के कुएं में सदा लगाती हूं, तो आवारा लौट आती है। लेकिन ना कभी मैंने अपनी आवाज़ को झाड़ा है, ना कभी अपने लिबास को फाड़ा है।

आख़िर जिन्दा गर्द ज़िन्दा इन्सानों पर ही तो रहती है... खैर, पत्तियां फूल से बिछड़कर मेरी गर्द का ऐलान करती हैं...

अमृता!

मैं हाथों में लगी आग बुझा रही हूं... तुम बहुत याद आती हो, बहुत जल्दी हिन्दुस्तान आऊंगी।

इमरोज़ को सलाम, बच्चों को प्यार!

७.७.८३ *तुम्हारी—सारा*

अमृता!

आंखें दो जुड़वां बहनें है। एक तेरे घर ब्याही गई, दूसरी मेरे घर। तुम्हारी ज़िन्दा आंखों को सलाम करती हूं। देख अमृता, मेरा तो यह हाल है—

मैंने समुन्दर का रंग चुराया था तो फ़र्श बनाया था
आंखों के रंग चुराये थे तो दीवारें बनाई थीं
भूख का रंग चुराया था तो चूल्हा बनाया था
चुगली का रंग चुराया था तो कपड़े सिलवाये थे

और जब आग का रंग चोरी किया तो मेरी रोटी कच्ची रह गई...
समुन्दर जब पत्थर की सतह पर आता है तो सफ़ेद हो जाता है
और हवा जब पेड़ो पर चढ़ नाचती है तो हरी हो जाती है
और आदमी जब रोता है—अपने आंसुओं में डूब जाता है
उस वक़्त तुम आदमी का कोई रंग चोरी नहीं कर सकते...

अमृता!

चन्द रोज़ पहले मुझे अहसास हुआ कि मैं तो दहलीज़ से भी ज़्यादा डरे क़दम रखने लगी हूं। चुनांचे कुछ टुच्चे नक्क़ाद और कुछ टुच्चे क़िस्म के शायरों के यहां पहुंची और उनके असल में उत्तरी। उन्हें तालीमयाफ़्ता गालियां दीं। पता चला, सब्र की पिटारी में सांप को भूखा रखना ज़हर को हामला करना है।

बहुत दिनों से सुनती आ रही थी—जी सारा तो मुझसे इश्क करती है... सारा तो आसान है... सारा तो मेरे साथ सो चुकी है... अरे भाई, सारा के साथ सोये भी हो तो कौन-सा तुमने तीर मारा है... हालांकि अमृता, मेरे इस क़िस्म के ताल्लुक़ात किसी के साथ नहीं हैं। मैं इतनी सच्ची ज़रूर हूं कि बता देती कि भाई, मेरी बिंदिया की आग किन चरणों में लगी है...

अमृता!

जब मैं पांचवीं क्लास में पढ़ती थी, मैंने डांस मुक़ाबले में हिस्सा लिया था। वहां एक पनघट बनाया गया था। एक रस्सी।

गीत के बोल थे—"प्यासे को पानी पिलाइओ रे गोरी तो राही मुसाफ़िर जाए..."

लड़की कहती थी, "हां, भर पियो छैला! काहे को रोग लगाए!"

मैं पन्द्रह स्कूलों के मुक़ाबले में अव्वल आई थी। फिर कभी इतनी ख़ुश नहीं हुई। आजकल जब मुझे महसूस होता है कि तबीयत ख़राब होने वाली है। कमरा बन्द करती हूं, म्यूज़िक लगाती हूं और खूब डांस करती हूं...। और फिर अक्सर सो जाती हूं।

पिछले दिनों डॉक्टर ने अम्मी से कहा कि अब कोई दवा असर नहीं कर रही, अब मार्फ़िया का इंजेक्शन लगा करेगा... मैंने इनकार कर दिया है। ख़ुद कोशिश कर रही हूं कि ठीक हो जाऊं। काफ़ी हद तक ठीक ही हूं।

तुम्हारी —सारा शगुफ़्ता

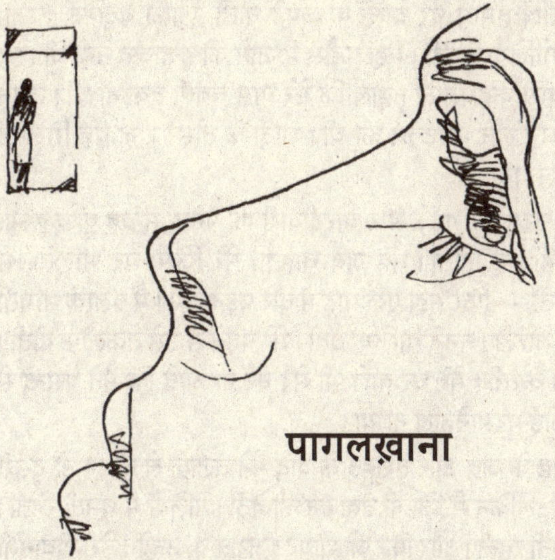

पागलख़ाना

१९८२ में जब सारा ने मुझे अपनी ज़िन्दगी की दास्तान लिखकर भेजी, तो पागलख़ाने के दिनों का ज़िक्र करते हुए यह भी लिखा—"बड़ी मुश्किल से मैंने काग़ज़ और क़लम हासिल किए और पागलों की गुफ़्तगू लिखती रही। जल्द शाया करवाऊंगी"—वही गुफ़्तगु अब मुझे उन काग़ज़ात में से मिली है, जो सईद अहमद साहब कराची से लाए हैं।

सारा का यह मज़मून एक दस्तावेज़ है, यहां दर्ज कर रही हूं —

पागलख़ाना

मुझे होश आया तो मैं कराची हस्पताल, यानी पागलख़ाना में थी। मेरे इर्द-गिर्द पागल औरतें घूम रही थीं। मैं कोने में दुबक गई और सलाख़ों को देखने लगी। दरवाज़े पर ताले की आंख लगी थी।

यह क़ैद एक नए अन्दाज़ से मेरे बिस्तर पे लेटी थी। मुझे अपने तीसरे शौहर के ज़ुल्म याद आए और एक नफ़रत, जो क़ैद से बड़ी थी...

मेरा शौहर बेजा मुझे इतना मारता कि जिस्म पर नील पड़ जाते... बेक़सूरी की सज़ा जुर्म से बड़ी होती है। वजह यह थी, वह मेरी शायरी से डरा हुआ था और एहसास-ए-कमतरी की वजह से मुझ पर ज़ुल्म करता। हालांकि मैं उसके

बूट पॉलिश करती। तमाम घर वालों के कपड़े धोती, फ़ाक़ा बर्दाश्त करती, सास-ननदों की गालियां सुनती। मुझे पड़ौस में जाने की इजाज़त नहीं थी। हर बात पे मुझे आवारा कहा जाता। हालांकि मेरे पास चवन्नी तक ना थी। उसने शादी कुत्ते की तरह लौट-लौटकर की थी। शादी के तीसरे रोज़ वह गिरगिट की तरह रंग बदल गया।

मैं चूड़ी की तरह टूट गई। और चारदीवारी की पनाह में वह कुछ हुआ, जो सड़कों पर भी नहीं होता। वह जब चाहता, मेरे ज़िस्म पर भौंकता, में खौफ़ज़दा हो जाती —फिर मुझे एक माह में दौरे पड़ने लगे। मैं तलाक़ मांगती तो वह मुझे और मारता। ननदें गालियां देतीं। मेरे पढ़ने से उसे तकलीफ़ होती। मैं दिन-भर रोया करती। मेरे घर वाले भी मेरे घर ना आते कि मैंने पसन्द से शादी की थी। कोई पुरसानेहाल ना था।

ख़ैर, छः माह के जब्र और तशहुद के बाद मैंने तलाक़ ले ली। मुझे दूसरी ज़िन्दगी मिल गई, लेकिन मैं ज़िहनी तवाज़न जो बैठी। गलियों में घूमती रहती। ग़लत लफ़्ज़ बोलती रहती। और फिर जो शायर हज़रात थे, उन्होंने मेरी दीवानगी से पूरा-पूरा फ़ायदा उठाया और मुझे और ज़लील किया। मैं बिल्कुल पागल हो गई।

मेरी अम्मी मुझे पागलख़ाने छोड़ आईं, इलाज के लिए। जब मुझे होश आया—एक औरत ज़ंजीरों में सहमी बैठी थी। दूसरी औरत ने ख़लाअ से आंखें बांध रखी थीं। तीसरी औरत की घड़ी से वक़्त गिर गया था। मैं इनको देखकर बहुत रोई। मैं शायरा हूं। मैंने उनकी बातें लिखना शुरू कीं।

एक औरत मुसलमान कहती रही—मेरा इज़ारबन्द मत खोलो। दूसरी औरत—मैं घर नहीं जाना चाहती। कहीं डॉक्टर मेरी छुट्टी ना कर दे। मैं यहीं रहना चाहती हूं।

एक औरत जो पागल नहीं थी, उसका भानजा उसे पागलखाने छोड़ गया था। वह कहती, मैं पागल नहीं हूं। वह मेरी जायदाद पर कब्ज़ा करने के लिए मुझे यहां छोड़ गया है। वह वाक़ई पागल नहीं थी।

एक औरत ने बताया—मेरा शौहर दल्ला है और मुझसे पेशा करवाता है। मैं शरीफ़ ख़ानदान की लड़की हूं। एक दोस्त पुलिस वाले ने मुझे पकड़ा। तस्वीरें अख़बारों में आईं। और जब पुलिस मुझे पकड़कर ले गई, हवालात में दस पुलिस वालों ने मेरे साथ ज़िनाह किया। और फिर मुझे मारा भी। इस पर मैं ज़िहनी तवाज़न खो बैठी हूं।

एक और पगली ने कहा — मेरा देवर और शौहर मेरे साथ सोते हैं और मुझे ब्लैकमेल करते हैं!

एक कुंवारी पगली ने कहा — मोहल्ले के एक गुण्डे ने मुझे अग़वा किया और रात-भर पांच मर्द मुझे लूटते रहे।

और पांच औरतें इस वजह से बीमार थीं कि उनके शौहर मुहब्बत तो करते थे, कमाते नहीं थे। वे बच्चों को पालने के लिए झाड़ू-बर्तन करती हैं।

एक बहुत पढ़ी-लिखी लड़की थी, वह और में ज़्यादातर साथ-साथ रहते। मैं पहरों उससे बातें किया करती। एक ख़ास वक़्त पर म्यूज़िक लगा दिया जाता। गाने के बोल थे, "आज मैं आज़ाद हूं दुनिया के चमन में।"

मैं उठी और नाचने लगी। फिर तमाम औरतें नाचने लगीं। रक़्स ख़त्म हुआ, तो मेरी दोस्त रोने लगी। मैंने पूछा—क्यूं रो रही हो?

उसने बताया —मुझे एक से मुहब्बत थी। मैंने घर छोड़ा, बच्चा छोड़ा और मेरे आशिक़ ने मेरी तस्वीरें उतारीं और मुझसे स्मगलिंग करवाने लगा, और मैं ब्लैकमेल हो गई। और फिर उसने एक भरपूर क़हक़हा लगाया और फिर रक़्स करने लगी।

एक बड़ी बी ने कहा —मेरा बेटा मेरे साथ ज़बरदस्ती सो गया... और फिर एक क़हक़हे का इज़ाफ़ा हुआ —

डॉक्टर आते और एक-एक मिनट गुफ़्तगू करते। एक मिनट का मतलब है—नोट्स—इलाज नहीं।

पागल का इलाज क्या ऐसे करते हैं?

कोई औरत शोर मचाती तो इलैक्ट्रिक शोक लगा देंते। हम जनरल वार्ड के पागलख़ाने में थे, इसलिए हमारी कोई चीज़ महफ़ूज़ नहीं थी। एक औरत दूसरी औरत का फल खा जाती। एक औरत मेरे सिगरेट पी गई, एक फ्रूट खा गई। एक ने कपड़े पहन लिए। आपस में औरतें इतना लड़तीं कि एक-दूसरे के कपड़े फाड़ डालती।

मैं चिल्लाती रहती, चाय दो। चाय पिला दो। सिगरेट मंगा दो। कोई ना सुनता। वक़्त पर रोटी आती, गन्दे बर्तनों में। कमरा इतना गंदा कि मैं अक्सर एक-दो निवाला ही ज़हर मार करती।

एक डॉक्टर तो मुझसे लड़ पड़ा। मुझे दौरा पड़ गया। ख़ैर, सिस्टर्स दिलासा देती रहीं। डॉक्टर नहीं आया। मैंने हस्पताल की दीवार पर लिखा 'नाज़ी कैंप' और डॉक्टर से कहा—"मैं कॉलम लिखूंगी तुम्हारे ख़िलाफ।"

वह हंसा, "कॉलम तो कितनी बार लिखे जा चुके हैं।"

जब इन्साफ़ के सदक़े मेरी छुट्टी हुई, तो मैं बहुत रोई। मेरी औरतें मुझसे बिछड़कर फिर पागलख़ाने में रह गई थीं।

सलाख़ों में ताला खोला गया। और मैं दरवाज़े के बाहर। सारी औरतें मुझे देखने लगीं, जैसे कह रही हों—

"सारा, अब तो तुम असली पागलख़ाने में जा रही हो।"

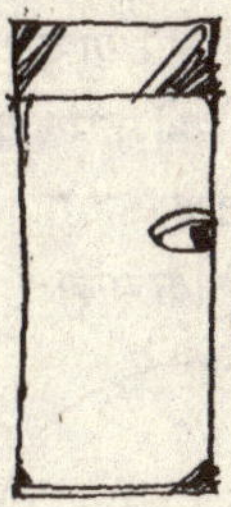

कराची हस्पताल से लिखा हुआ-सारा का एक ख़त—उर्दू के मशहूर अफ़साना-निगार रामलाल के नाम

रामलाल!

आज मैंने डॉक्टर से कहा—यह इमारत पत्थरों के पैमान से बनी है। वह हंसा। उसकी हंसी में हज़ारों आहें थीं, जो बेचारे डॉक्टर के बस में नहीं थीं।

सफ़ेद चादरों पर आधे ज़िन्दा, आधे मुर्दा लोग। इन्सान की ज़िन्दगी चादर से भी थोड़ी है। ज्योतिषी की भूख हाथ होता है रामलाल!

आज मैं खुदा से ज़्यादा उदास हूं कि वार्ड में दो औरतें मर गई हैं। जी चाहता है—मैं भी मिट्टी की ख़ामोशी चुरा लूं और आंखों के बैन मरने वालियों की हथेलियों पर रख दूं। लेकिन उनके जिस्म अन्धे हो चुके हैं। कल तक जो औरत अपने बालों से ज़्यादा बातें किया करती थीं, देखो कितनी चुप है...

चांदनी में कोई दाग़ नहीं होता। खुदा का कांटा किसी के भी हलक़ में फंस जाता है। तो ख़्याल गुज़रा—सबसे बड़ा शिकारी है—रब्ब।

प्यासी मुंडेर की रस्सी दराज़ थी और मुझे कुंआरे ख़ुदा की बद्दुआ लग गई थी।

मेरे लहू से उदास आवाज़ें आती हैं। जोगन मुर्दा पेड़ की लय पर नाच रही है। यह दरवाज़े हैं कि ताबूत! डर मेरी अंगिया क्यूं खोलता है। रात परिन्दों के परों में रह जाएगी। सूरज रोज़ इन्सानों की फ़सल काट रहा है। रामलाल! मुझे भी मौत क़रीब ही लग रही है। ख़ै, देख जाएगा। मैं आपका बहुत एहतराम करती हूं। और लफ़्ज़-लफ़्ज़ रखती हूं कि साहब! लफ़्ज़ों के सिवा हमारे पास है क्या। जवाब जल्द दीजिएगा।

बासलाम—सारा शगुफ़्ता

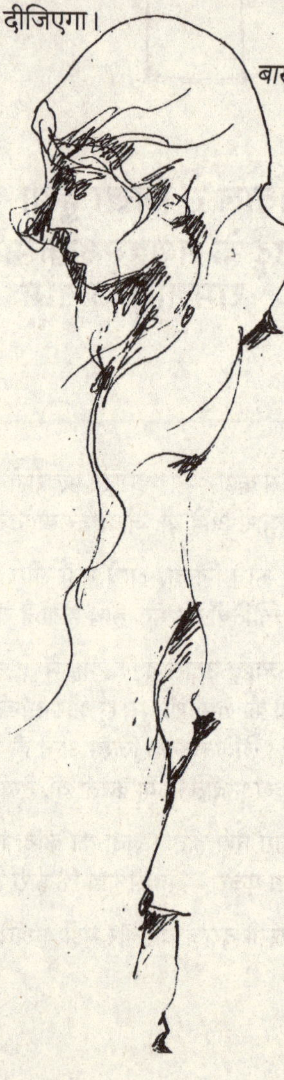

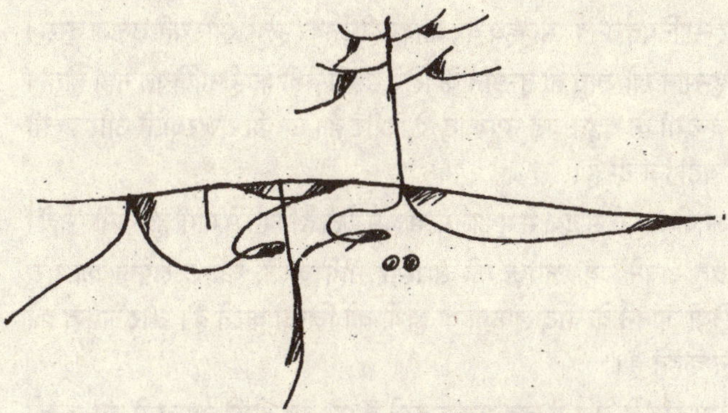

सलीम अहमद के इन्तक़ाल पर

नज़्म हो या नसर, क़लम की तख़लीक को हमारे ऋषियों ने उस हसीना का नाम दिया था, जिसका दीदार सिर्फ़ उसे नसीब होता है, जिनके पास रूह की आंख हो...

सारा के पास यह आंख थी, और सारा की यही आंख रो देती थी, जब चारों तरफ़ उसे लफ़्ज़-फ़रोश दिखाई देते थे...

कहते हैं—सलीम अहमद एक बहुत बड़े शायर थे, बहुत अच्छे नक़्क़ाद और बहुत आला इन्सान। और किसी ने सलीम अहमद के लिए जब ग़ैर शऊरी लफ़्ज़ इस्तेमाल किए तो सारा से रहा नहीं गया। कहने लगी— "जमील भाई! नफ़रत से बड़ा रिज़क आपने नहीं चखा, और इसी लज़्जत ने आपके अन्दर ख़ौफ़ के गहरे कुएं खोद रखें हैं..."

अब 'सारा अकादमी' से जब मुझे सारा के लिखे हुए कुछ मज़मून मिले हैं, तो उनमें एक मज़मून सलीम अहमद के इंतकाल पर लिखा हुआ भी मिला हैं। वह किस पहचान से लिखा हुआ है, सारा की उसी आंख की बात करने के लिए उस मज़मून का कुछ हिस्सा यहां दर्ज कर रही हूं।

इस मज़मून को सारा ने नाम दिया है— 'सलीम अहमद और सारा शगुफ़्ता की पागल डायरी'

इल्म का समुन्दर मिट्टी ने अपने मन में कहीं छिपा लिया है... यह कमी हमीं

से हमीं को महरूम रखेगी। ज़र्फ और ज़ब्त की ज़मीन हमसे बिछुड़ गई है।

इन्सानियत उनका मज़हब था, और यही उनका इल्म, और यही उनका दरस।

इन्सान खो जाए तो इन्सान के लिए इससे बड़ी कोई अज़ियत नहीं होती। वह ज़िन्दगी के बहुत बड़े नक़्क़ाद थे, और हैं। उनकी तजुरबाती और इल्मी आंखें बड़ी ज़िन्दा हैं।

उनकी तहरीरें सदियों से मुकालमा मालूम होती हैं किसी से मांगी हुई ज़मीन नहीं।

वह अपने यहां लफ़्ज़ को संगसार नहीं करते, बल्कि लफ़्ज़ का पूरा अवलिया जानने के बाद लफ़्ज़ों के हाथों को ज़िन्दा करते हैं। और लफ़्ज़ को इन्सान कहते हैं।

'अधूरी' के दौर से जब यह गुज़रते हैं, तो तख़लीक़ी अमल में वह ज़ज़्बों की परवाज़ में कहीं भी अधूरे नहीं उतरते। बल्कि अपने यहां वह तख़लीक़ को मुकम्मल सोच देते हैं।

जमालिआती लहने में वह कहीं भी थकते हुए नज़र नहीं आते। रव्वा जमालिआत को उन्होंने मुद्दत के लफ़्ज़ से ही शुरू किया हो।

कभी-कभी तो कहते नज़र आते हैं कि चिता के धुएं से मैंने इन्सान बनाया।

जज़्बों को वह पैबन्दी नहीं करते, बल्कि ज़ज़्बों की क़ैद सहकर तख़लीक़ करते हैं।

तहरीरों की ज़बानदराज़ी सच्चे वज़दान रखती है। तसव्वुर और हक़ीक़त की मुश्कें नहीं कसते, बल्कि रवानी को रूह कहते हैं।

अबलाग के फ़लसफ़े को उन्होंने इतनी उड़ानें बख़्शी हैं कि नया लिखने वाला भी चट्टान को लफ़्ज़ करता आगे बढ़ जाता है। आबशार की तरह।

सलीम अहमद ने तमाम उम्र अदब की बेलौस ख़िदमत की है। उसके अलावा नई नस्ल को जो शऊर दिया है, अपनी तहरीरों से, अपनी तरज़े ज़िन्दगी से, उसे नई नस्ल कभी भी नज़रअन्दाज़ नहीं कर सकती।

उनका दरस और इन्सानी रवैया इन्सान तक पहुंचा है। उनके चले जाने से सारा शहर रोया है, जैसे हर सुनसान आदमी ने खुद को अपने आंसुओं में ढूंढ लिया है।

सलीम अहमद ने मुझे उस वक़्त से बेटी जाना, जब मैं लफ़्ज़-लफ़्ज़ भी ना थी...

मैं जब किसी हस्पताल में दाख़िल होती, वह मेरी मिज़ाजपुर्सी को ज़रूर आते।

मैं जब कभी सलीम अहमद के पास जाती, दो चिराग़ ख़ामोशी से उन्हें दे देती। वह मुस्कराकर रख लेते और कहते—कैसी हो सारा बेटी!

शफ़क़्क़त से सर पर हाथ फेरा करते और ख़ामोश चिराग़ो को देखा करते।

जिस रोज़ सलीम अहमद का इंतकाल हुआ, उस रोज़ मैं हसबे दस्तूर दो चिराग़ ख़रीदने के लिए गई। चिराग़ो का ढेर लगा हुआ था। लेकिन सारे चिराग़ कहीं ना कहीं से टूटे हुए थे। मैंने चिराग़ वाले से कहा-क्या कोई चिराग़ सलामत नहीं?

उसने कहा—आज सारे चिराग़ टूटे हुए हैं। मैंने कहा—तो फिर आज मुझे टूटे हुए चिराग़ ही दे दो।

मेरे हाथ में टूटे हुए चिराग़ थे। और मैं सोच रही थी, आज सलीम अहमद को टूटे हुए चिराग ही दे दूंगी। मसकने अज़ीज़ पहुंची, तो शामियाना लगा हुआ था और बेतहाशा लोग...

मैं समझी, कोई तक़रीर है शायद। लेकिन अभी गेट तक ही पहुंची थी कि फ़िरासत रिज़वी ने पहले टूटे हुए चिराग़ अपने हाथ में थाम लिए और फिर कहा—सलीम अहमद तो...

और मेरे अन्दर वह सारे चिराग जल-बुझकर शोर मचाने लगे... मुझे अज़ियत से यह अहसास हुआ कि अब मुझे बेटी कहने वाला कोई नहीं...

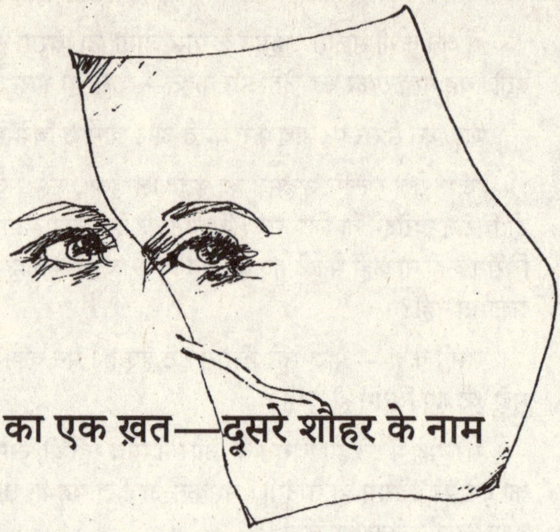

सारा का एक ख़त—दूसरे शौहर के नाम

१२ जुलाई, १९८२ का लिखा हुआ सारा का एक ख़त मुझे मिला है, जो दूसरे शौहर के नाम लिखा हुआ है, तलाक़ के कई बरस बाद।

ख़त से लगता है कि वह इन्सान भी सारा को खोकर बहुत उदास था। इतना कि जीना नहीं चाहता था। और लगता है कि उसने सारा को एक या कई ख़त लिखे थे, लेकिन सारा के काग़ज़ात से सारा के नाम किसी का लिखा हुआ कोई ख़त मुझे नहीं मिला।

इस एक ख़त की जो रफ़ कॉपी मुझे मिली है, वह इस दास्तान में ज़रूर शामिल करना चाहती हूं—कि यह एक तारीख़ी हवाला है—कि जिस शौहर के नाम उसने नज़्म लिखी थी, 'तू बारात हार गया'—उसी की उदासी को देखकर ख़त लिखा— 'वायदा करें कि आप बदन नहीं हारेंगे।'

ख़ुदाया! सारा के अन्दर का इन्सान कितना बड़ा था, जो तलाक़ जैसे हादसे पर पैर रखकर आगे बढ़ता हुआ कह सकता था—"दरिया का वायदा तुम करो! प्यास का वायदा मैं करती हूं।"

जावेद! एक दिन आग का सैलाब आया और सारे चिराग़ अपने संग बहा ले गया। आप कहां हैं, मैं कहां हूं, मुझे भी पता नहीं चलता। एक पत्थर की सिल दिल की जगह धड़क रही है...

एक दिन काली आंधियां मेरी आंखें उड़ा ले गईं। अब मेरा अन्धा बदन जाने किन-किन ठोकरों में है। झोपड़ी की कोख भी तिनका-तिनका हुई। हवा इतनी बांझ थी कि मेरी गोर पर हाथ तापने आई। लेकिन आओ! हां, आओ! मैं नहीं चाहती, तुम्हें ठंड लगे और मेरा ख़ुदा सर्द हो जाए...

क्या करूं! घड़ियों के सीने मुझे पुकारते हैं। लेकिन घड़ी तक पहुंचते-पहुंचते वक़्त तब्दील हो जाता है। मैं अपने तारीक़ लहू में जी रही हूं। और इस तारीक़ी में जब कोई क़ाफ़िला गुज़रता है तो उसकी घंटियों की आवाज़ में चिनगारियां उठती हैं और मेरी तारीकियों को जलाने की कोशिश करती हैं।

मैं इतनी ख़ामोश हो चुकी हूं कि अपनी चादर से रोज़ मरी हुई आवाज़ें चुनती रहती हूं। मुझे वह सूली याद है, जब मेरी आंखें जल्लाद को सौंप दी गई थीं और मेरा सीना वक़्त की सलाख़ों में पिरो दिया गया था...

हालांकि मैंने सूरज को बड़ी मुश्किल से जना था। आंखों की सड़ांध से बेज़ायक़ा हो गई।

आप इतने परेशान ना हों। अभी तो सांस की धुनकनी मेरे अन्दर मौजूद है। अभी तो चांद-सूरज मेरे मन में डूबते-उभरते हैं। आप अपने अन्दर एक कुआं खोद लें, मैं रस्सी बन जाती हूं। प्यास बुझाने वाली रस्सी।

वायदा करें। वह वायदा कभी पूरा नहीं करेंगे, जो ख़ुदा और इन्सान के दरमियान हो। आपको ज़िन्दा रहना है। ख़ामोशी से भी ज़्यादा और मुझसे भी ज़्यादा।

सारी चीज़ें खो गई हैं। मेरे चेहरे, मेरे मकर, मेरे झूठ, मेरे इन्साफ़। सारी चीज़ें ख़ाली हैं, और खो गई हैं।

दरिया का वायदा तुम करो। प्यास का वायदा मैं करती हूं।

आप हरगिज़-हरगिज़ खुदकुशी नहीं करेंगे।

मैं नहीं चाहती कि आपके आंगन में जो तीन फूल रहते हैं, वे मेरी तरह गर्द के साथ उड़ जायें। में नहीं चाहती जावेद कि जो मेरी औरत और दो बच्चे, जो आपके पास मेरी अमानत हैं, उन्हें आप दुःख दें।

अगर आपने उन्हें किसी क़िस्म की तकलीफ़ दी, तो जान लीजिए कि आपने मेरे पिस्तानों में ज़हर भरा। इसलिए कि में बीवी तो कभी भी किसी की ना थी मां थी, और मां हूं।

अगर तुमने मिट्टी का बंटवारा किया, तो मैं समझूंगी कि मेरी कोख दाग़ी थी। मैं जानती हूं कि तुम्हारे मन्दिर और तुम्हारी मस्जिद में आग लगी हुई है, इसलिए तुम कहीं भी दुआ नहीं मांगते। लेकिन जानो—मेरी आंखें सदा की मकरूह थीं। इसलिए फ़ासले दोहराती रहीं और अपनी ही कमी में रहने लगीं। ख़ुदकुशी का ख़्याल छोड़िए। अभी तो हमारे दुःख ज़िन्दा हैं। चलो, जिस दिन दुःख मर गए, उस दिन मैं ख़ुद कहूंगी—चलो, जावेद! हमें मिट्टी पर चलते-चलते देर हो गई। अब चलो, मिट्टी में चलकर सोते हैं और हमेशा-हमेशा के लिए आंखों को नींद में क़ैद कर लेते हैं।

वायदा करें कि आप बदन नहीं हारेंगे।

छांव का दूसरा नाम सन्नाटा है। अभी ज़मीनों को छांव की ज़रूरत है। आप बिलकुल परेशान ना हों। इन्शा अल्लाह उदासी का कोई ना कोई हल ज़रूर हासिल कर लेंगे।

ख़त लिखते रहा कीजिए। मैं जवाब ज़रूर देती रहूंगी। ख़ामोशी की दीवाली कौन जाने! जावेद! मैं ख़ुद बहुत बीमार रहती हूं, परेशान रहती हूं। अब तो किसी वक़्त भी दिमाग़ ग़ैरहाज़िर हो जाता है। घर वाले गलियों से पकड़-पकड़कर घर लाते हैं, और जब दौरा पड़ता है, जाने क्या-क्या बोलती रहती हूं। इक्कीस इलैक्ट्रिक शॉक्स लग चुके हैं। छः-सात बार पागलख़ाने रहकर आ चुकी हूं। लेकिन ख़ुदा से दुआ मांगती हूं—ऐ मेरे रब! पागल होने से तो मौत बेहतर है।

मेरी हालत बहुत ख़राब है। घर से अकेली नहीं निकल सकती। रास्ता भूल जाती हूं। तुम्हें मेरे दुःखों की कसम, उदास मत रहा करो। मुझे दुःख होता है। "ख़ानाबदोश लगाते हैं जिस जगह ख़ेमां, ऐ काश, उस ज़मीं पे होता हमारा घर।"

सारा का एक ख़त—ज़िया-उल-हक़ के नाम

कैप्टन जहांगीर सलीम चौधरी से सारा की मुलाक़ात एक हस्पताल में हुई, और सारा से उनका दर्द बर्दाश्त नहीं हुआ। उन्हें शफ़ा दे सकना ना सारा के बस में था, ना डॉक्टरों के बस में। इस बेगाना दर्द से सारा इस तरह तड़प उठीं कि उसने कैप्टन जहांगीर सलीम चौधरी को अपना भाई तसलीम किया, और उनके लिए पाकिस्तान के साहिबे सदर से मदद मांगी...

सुना है—साहिबे सदर के नाम सारा का यह ख़त 'जंग' अख़बार में शाया हुआ था—

साहिबे सदर जनरल मुहम्मद ज़िया-उल-हक साहब!

अस्लामालेकुम!

मेरा भाई कैप्टन जहांगीर सलीम चौधरी इन दिनों जिनाह हस्पताल में ज़िंदगी और मौत की कशमकश में मुब्तला है। साहिबे सदर! वह दो साल से बड़े-बड़े डॉक्टरों के ज़ेरे इलाज है। लेकिन अब तमाम डॉक्टरों ने कहा है कि उसका इलाज सिर्फ़ अमरीका में ही मुमकिन है।

साहिबे सदर! आपने दो साल पहले वायदा किया था कि मैं कैप्टन जहांगीर सलीम का इलाज करवाऊंगा। अब मैं हाकिमे वक़्त से अपना हक़ मांगती हूं और

मुहतरम सदर से अपील करती हूं कि उसे मौत के मुंह से बचाने के लिए फ़ौरी तौर पर अमरीका भेजा जाए। उसका तमाम बदन बेजान हो चुका है, सिर्फ़ चेहरा ज़िन्दा है।

साहिबे मोहतरम ! मैं आपसे इस्लाम के नाम पर अपील करती हूं कि मेरे भाई को मौत के मुंह से बचाया जाए। उम्मीद है सदरे मोहतरम फ़ौरी तौर पर अपनी बेटी की बात सुनेंगे।

एक बेटी—सारा शगुफ़्ता

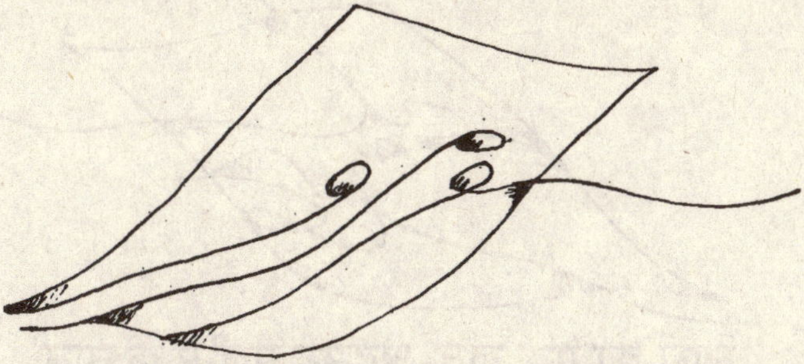

सारा का एक ख़त-डॉक्टर सोमरो के नाम

बेगाना से बेगाना इन्सान के दर्द को भी सारा अपनी रग़ों में उतार लेती थी। हस्पताल में मरीज़ों की चीखें उसे इस क़दर बेचैन कर देतीं कि जब वह ख़ुद तड़प रही होती, घर के लोग उसे हस्पताल ले जाते, तो वह डॉक्टरों की चोरी से हस्पताल से भाग जाती...

इसी तरह एक वाक़या जनवरी १९८४ में भी हुआ, और उस बार किसी एक डॉक्टर के मेहरबान सलूक़ का अहसास उसे इस शिद्दत से हुआ कि हस्पताल से भागने के वक़्त उसने डॉक्टर के नाम एक ख़त लिखा और तकिये के नीचे रख दिया...

डॉक्टर सोमरो के नाम सारा का २५ जनवरी, १९८४ को लिखा हुआ ख़त है—

डॉक्टर सोमरो!

आदाब!

कातिब की ग़लतियां पहले ही नज़रअंदाज़ कीजिए। आपने इन्तहाई इन्सानी सतह पर मेरे साथ सलूक किया है, इसे कभी भी फ़रामोश ना कर पाऊंगी।

असल में—जनरल वार्ड में इंसानी कराहती हुई आवाज़े मेरी बर्दाश्त से बाहर हैं। और यह मेरी कमज़ोरी है। मैं शोर-हंगामे में नहीं रह सकती। यह मेरा नफ़सियाती मसला है। इसे मेरी मजबूरी जानिए। एक्स-रे हो गए हैं, और मैंने देख भी लिए हैं। अलसर है। इलाज के लिए आती रहूंगी। हस्पताल में रहना क्या ज़रूरी है? शोर की वजह से तमाम रात एक क़बर में गुज़रती। उम्मीद है, बुरा नहीं मानेंगे। में घर जा रही हूं।

इन्तहाई मुहब्बतों के साथ-सारा

सारा का एक ख़त-अहमद सलीम के नाम

यह अहमद सलीम जैसे नेक इन्सान की दोस्ती का तकाज़ा था कि सारा कई बार प्यार से उसे 'मेरा पक्का दुश्मन' कह सकती थी। यहां अहमद सलीम के नाम सारा का एक ख़त दर्ज कर रही हूं—

अहमद सलीम!

मज़ाक़ शुरू होता है, तो सारी बात ख़त्म हो जाती है। ज़मीन मेरी थकन से भी छोटी लग रही है। जिनको मैंने सींचा था, वह हमेशा मुझे ग़लीज़ मिट्टी समझकर अपनी-अपनी क्यारियों में डालते हैं।

मेरे लिखने के लिए कायनात का कोरा काग़ज़ छोटा है, अधूरा है, उनकी आंखों में कोरे काग़ज़ गिरने लगते हैं। वैसे तो मैं बहुत मालदार मशहूर हूं, और यही मेरे सब्र की लगाम है। लगाम सफ़र से ज़्यादा है, सो बेइरादा है।

मैंने अपने ख़िज़र से सिर्फ़ इतना कहा था—मेरी आवाज़ अपने हाथ में रखो। टीक है, बहुत ख़ुबसूरत है यह संगमरमर का फूल, हवाएं जंगल से यह फल उड़ा लाई हैं और बुत वहीं छोड़ आई हैं—संगमरमर के फूलों में मुर्दा आंखें ज़िन्दा हाथ...

मैं हंसना चाहती हूं, और शायद मुस्कराना भी चाहती हूं, लेकिन फिर शायद मेरे होंठ जूठे हो जायें।

काफ़ी ग़ौर से देखते हैं मुझे, यह मेरी मां के रहम से गिरे हुए। मैं तो उस वक़्त डर गई थी, जब मेरा बाप मेरी मां के साथ क़हक़हा लगाने में मसरूफ़ था।

सारे क़दम रुख़सत हो गये हैं। अब सारी आंखें भिनभिना रही हैं। अपनी आवाज़ अपने बदन से तोड़ती हूं और फिर सुनती हूं।

अब तो आंखों को पसीने आ रहे हैं। मुझे पत्थर मारने वालों पर लाज़िम नहीं कि एक आंख से देखते हों।

कोई भी किसी वक़्त भी, मेरे अन्दर ख़ौफ़ के कुएं खोद सकता है। और मेरे ज़ज़्बों का गुलदस्ता किसी भी चेहरे पर सज जाता है। आंखों की सजावट उनके ज़मीर क़ायम करती है, और फिर यह बारी-बारी मेरे पास आते हैं और मैं बहल-सी जाती हूं।

वाक़ई सलीम, बहल-सी जाती हूं। उनको देखकर तो मुझे अपनी पत्तियां याद आ जाती हैं। ऐसे लोग कहां हैं जो मेरे साथ जंगल से आये थे। उनसे तो चेहरा छुड़ाना पड़ता है।

मैं बार-बार अपने लबों को भूल जाती हूं, जैसे यह कभी भी थके न हों। ये होंठ मेरे गदागर हैं और बदन के फ़ालतू तराज़ू हैं।

दिल आंखों की ज़ंजीर से बंधा भौंकता है और मैं चोर पकड़ लेती हूं। मेरे घर कभी चोर नहीं आया। आंखें बांटने के बावजूद कितनी तारीक हूं!

इख़लाक़ी तौर पर मेरे होंठ हमेशा से जूठे हैं। दिल में तो समुन्दर भरे थे, किनारे कहां रखती!

हाथों में लकीरें गुंध गई हैं...

सलीम! सन्नाटे की ज़ुबान दागती हूं तो कुछ हैं, जो यह शोर मचाने लगते हैं। और छांव से सूरज उड़ जाता है।

यह मेरा आख़िरी क़याम है और लोग राज़दारी में मसरूफ़ हैं। मैं मुकम्मल तौर पर हंस चुकी हूं और ज़ुबान के इल्म से बिछुड़ चुकी हूं।

चिराग़ आग की ज़बान-दराज़ी से जन्म लेता है और अशरफ-उल-मखलूक़ से ज़्यादा मुकालमा रहता है।

कांटे के एक लिबास से कितने फूल मरते हैं।

मैले हर्फ़ आंख खोदते हैं।

वह चाय की प्याली आज तक हलक़ में नहीं उंडेल सकी, जो मुर्दा दूध से बनाई गई थी।

प्यास के कांटे पीस कर मेरी आंखें बनाई गई थीं और नहरें मुर्दा कर दी गई थीं।

मेरा ज़िस्म एक पेड़ की तरह तराश दिया गया और मुझे सफ़र का साहिल कहा गया।

साहिल पर घर कोई नहीं बनाता। यह सिर्फ़ समुन्दर का मज़ाक़ होता है।

सुबह-शाम मेरे बदन से परिन्दे उड़ते और रात-भर मेरी उड़ारी में सोते...

आलमों ने अपनी फाल निकाली और मेरा नाम सराय रखा।

रात के साए मुझसे गहरे होते, और मेरी छांव छीन ली जाती।

सो मौसमों के झूठ से तंग आकर मुसाफ़िरों ने मेरा नाम 'ट्राई रूम' रख दिया और मेरे मुकीन अपने यकीन से मर गए।

ज़मीन मेरे कई इन्सान चाट चुकी है। लेकिन मुझे रोज़ भूख लगती है और हर इन्सान रोज़ भूखा होता है।

मेरी शाख़ों से गिरे पत्ते ज़र्द थे और ज़मीन का मजहब थे।

दुनिया हर एक फ़र्द के बाद तीसरी होती है। और दूसरा फ़र्द क़ैद हो जाता है।

सलीम! ग़ैब के कुएं में रस्सी भौंकती है। और मेरे अंगार से आग बंधी है। पानियों में बल डालने के बाद रस्सी ज़मीन पर रहन रख दी जाती है। और फिर प्यास मुझे चखती है। और फिर मैं प्यास चखने की आदी हो जाती हूं।

मुझे देखने से पहले यह सारे लोग शफ़ाफ़ थे। फिर मैंने इनका ख़मीर गुंधा और नमक से कहा—चख।

आग की तलाश में मेरे कई चिराग़ मुझसे बिछुड़ गए, जिसकी याद मुझे स्याह करती है और ख़ामोशी मेरा ढिंढोरा पीटती है।

सारे प्यासे सूद देने पर तैयार हैं। लेकिन पानियों का सूद सिर्फ़ मिट्टी होता है।

मेरी मुकीनगाह से कमीनगी भाग गई थी। सो अकेली रह गई।

मैंने आग के लिए बुरादा इकट्ठा किया था। लोगों ने मेरा ख़मीर समझ लिया।

हर गन्दे नाले का एक बहाव ज़रूरी होता है, अगर हमने घर से कूड़ा इकट्ठा किया हो।

सलीम! लगता है—ख़ुदा तनहा ही होता है।

मेरे घर की सलाख़ो से कितने कुत्तों की ज़ंजीरे बनती हैं—शुमार करो।

खिलौने का मुक़द्दर ज़्यादा-से-ज़्यादा टूटना है...

और ख़ुदा का मुक़द्दर ज़्यादा-से-ज़्यादा गजब है...

यह सन्नाटा एक नई क़ैद की पैरवी करेगा....

तुम्हारी तो पक्की दुश्मन—सारा शगुफ़्ता

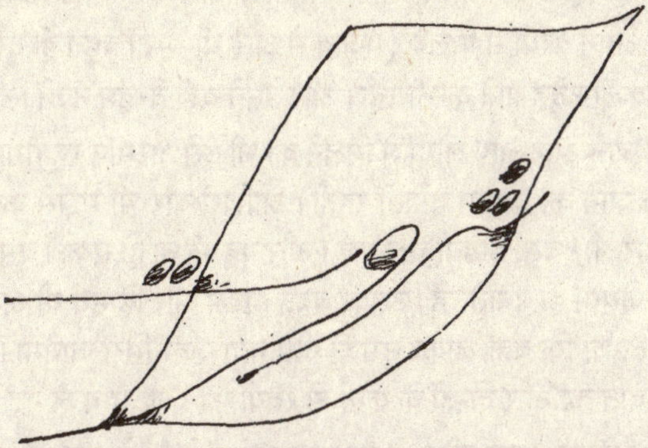

सारा का एक ख़त-सर्वत सुलताना के नाम

सर्वत सुलताना पाकिस्तान की एक ज़हीन और बड़ी एहसानमन्द लड़की है, जो कराची टेलीविज़न पर काम करती थी। सारा उसकी क़रीबी दोस्त थी। सारा की मौत पर उसने तड़पकर मुझे एक ख़त लिखा था, ११ जून, १९८४ को—

"अमृताजी! कई बार सोचा, आप को कुछ लिखूं, मगर... अब हिम्मत कर बैठी हूं तो क्या लिखूं! कहां से लिखूं! सारा चली गई, चार जून की रात वह अपने घर के क़रीब रेलवे लाइन पर ट्रेन के नीचे आकर ख़त्म हो गई। पांच तारीख़ की शाम चार बजे दफ़ना दिया। और ज़रा सोचिए कि मुझे, जो उसकी हर बात की ख़बर रहती थी, इतने बड़े हादसे से लाइल्म रही, और मुझे सात तारीख़ के अख़बार के ज़रिये इल्म हुआ।

मेरी बड़ी कोशिश थी कि सारा मुस्तक़िल मेरे साथ रहे, मगर अमली तौर पर ऐसा, उसकी तरफ़ से, मुमकिन नहीं था। ताहम वहां अक्सर आ जाती थी। और हमने काफ़ी अर्सा इकट्ठे गुज़ारा।

इमरोज़ ने ख़त में लिखा था—दोस्त खुदाओं जैसे होते हैं। कोई मुझे यह बताए कि दोस्त ख़ुदाओं जैसी कुदरत क्यूं नहीं रखते!

वह पंजाब जाने से पहले मुझसे मिली थी। जिस दिन शाम को वह वापिस आई, उसी रात को वह इस हादसे का शिकार हो गई। मुझसे कितनी बेईमानी

कर गई... कह गई थी कि वापिस आकर बहुत-सी बातें करूंगी... पिछली बार भी जब वह अपने बच्चों से मिलकर पंजाब से आई थी—तों बहुत ही दुखी थी और बड़ी तकलीफ़देह बातें करती रही। औरं उसने बड़ी बेरहम नज़्में लिखीं...

इंडिया जाने और आप लोगों से मिलने का भी उसे अरमान रह गया। वह अक्सर वहां जाने का प्रोग्राम बनाती रहती। आख़िरी बार भी मुझसे कहा था कि तैयारी कर लो! बस, इंडिया चलना है। और यह भी ना हो सका। बस, एक अर्से से हम प्रोग्राम ही बनाते रहे। उसको बहुत ढाड़स और हिम्मत थी आपसे। और यूं लगता था कि वहां जाकर उसको जैसे नया जन्म मिल जायेगा। जाने किस-किस बात का और दोस्तों के कौन-से रवैयों का दुःख साथ ले गई है।

मेरे दिल में एक आग-सी लगी है। तमाम लोगों के रवैये और मनाफ़क़तें देखकर। यहां की प्रेस की बेहिसी देखकर।

अरे अमृताजी! इन नादानों को कोई कैसे समझाये कि कैसी हस्ती चली गई है। क्या पाकिस्तान में लिखने वालों में कोई उसके मुक़ाबिल खड़ा होने की हिम्मत रखता है? मगर क्या करें!... किस-किस बात का रोना...

मैं समझती हूं कि दोस्त की ज़िन्दगी में या मौत के बाद कुछ लम्हात आते हैं, जहां ग़ैर मुत्तलिक़ होने और ख़ामोशी अख़्तियार कर लेने से बढ़कर झूठापन कुछ नहीं। सारा का तो ना जाने किस-किस पर जिस्मो-जां और दिल का क़र्ज़ है...

मैं नहीं जानती, ज़िन्दगी में कभी मेरी सर्वत से मुलाक़ात होगी या नहीं, लेकिन यह ख़त मिला तो मैंने सर्वत को अपने दिल के क़रीब महसूस किया, और भरी आंखों से उसे एक ख़त भी लिखा। उसकी उस नज़र को, जिसने सारा को पहचाना था...

अब सईद की मदद से मुझे सारा का एक ख़त मिला है, सर्वत के नाम लिखा हुआ, जिस पर कोई तारीख़ नहीं है। और इस ख़त में सारा ने बच्चों की तरह जिस प्यार से पहले 'कुट्टी' लफ़्ज़ लिखा है, उसी से ज़ाहिर होता है कि सर्वत उसकी बहुत क़रीबी दोस्त थी। सारा का वह ख़त यहां दर्ज कर रही हूं–

सर्वत!

कुट्टी!

बहुत दिनों से मुलाक़ात नहीं हुई। फिर सोचती हूं, आजकल तुम बहुत मसरूफ़ हो। कुछ दिन और सही... मैं तुम्हें उदास देखती हूं तो दुःखों से एक

और आंख आन मिलती है और कहती है—

सारा! तेरी सर्वत बहुत उदास है।

क्या करूं दोस्त! दुःखों का बंटवारा नहीं होता, वरना तो हमारी ज़मीनें एलॉट हो चुकी होतीं। तुम पाकिस्तान में पहली लड़की हो, जिसे मैं दोस्त कह सकती हूं।

और मेरी खुशक़िस्मती है कि तुम मेरी दोस्त हो!

ख़ुदा तुम्हें सुख दे! और तू अपनी क़लम से 'आंखें' लिखे!

मैं अक्सर तुम्हारे बारे में सोचती रहती हूं और तुम्हारे लिए परेशान रहती हूं। लेकिन क्या करूं!

उदासी का एक समुन्दर मेरी किश्ती में आन बैठा है। चाहती हूं तुम्हें सितार सुनाऊं, लेकिन सितार का हाथ कट चुका है, और वक़्त आवाज़ कतर चुका है।

ज़िन्दगी में कभी मुझे इस तरह किसी ने नहीं चाहा, जिस तरह तुम मुझे चाहती हो।

सारा का एक ख़त—किश्वर नाहीद के नाम

किश्वर नाहीद पाकिस्तान की एक मानी हुई शायरा हैं, जिनके नाम लिखा हुआ मुझे सारा का ऐसा ख़त मिला है, जो मेरी नज़र में एक तारीख़ी ख़त है। लिखा है—

किश्वर नाहीद!

अगर मस्जिद में दुआ मांगती हूं, तो मन्दिर रूठ जाते हैं। घर की यह सौदागरी हमें क्यूं बसर कर ले।

ज़िस्म की लाठी पर किसी जंगल का नाम नहीं लिखा हुआ। जानती हूं, औरत के लहू से झंडियां बनाई जाती हैं और उसे उसके वतन बताये जात हैं...

यह क़फ़न नापने वाले अपने जिस्म जितना ग़ज़ रखते हैं, लेकिन हम सर पर कफ़न बांध कर पैदा हुए हैं—कोई अंगूठी पहनकर नहीं, जिसे वे चोरी कर लेंगे...

वह हमारी हंसी में आयत क्यूं ढूंढ़ते हैं? जबकि हर आयत में शैतान का ज़िक्र ज़रूरी है...

सारा का एक ख़त—राजेन्द्र सिंह बेदी के नाम

सार का एक और तारीख़ी ख़त मुझे मिला है, जो किसी दिन किसी ऐसी ज़िहनी क़ैफ़ियत में लिखा हुआ लगता है, जब सारा ख़ुदा के वस्ल से ख़ुदा का एक बेटा पैदा करना चाह रही थी...

यह ख़त उर्दू के मशहूर अफ़साना निगार राजेन्द्र सिंह बेदी के नाम है, जिसमें 'लम्बी लड़की' बेदी के एक अफ़साने का नाम इस्तेमाल किया हुआ है। ख़त पर कोई तारीख नहीं है।

बेदी!

मैं एक जाहिल कुंवारी हूं! सामने दहलीज़ पर मेरे बच्चे का क़दम लिखा है, और उसके क़दम की लकीरों पर मैंने उसके बाप का नाम नहीं लिखा। सोचा पहले तुम्हें ख़त लिख दूं। फिर मिट्टी को पढ़ूं। तुम्हारी ज़िन्दा तहरीरें और वक़्त के कशकौल में जो तुम्हारे आज के दिन मैं एक 'लम्बी लड़की' हूं, लेकिन मैं फेरे लगाते हुए दोहरी नहीं हुई कि मेरे पेट में किसी की ख़्वाहिश पल रही थी। मेरी दादी तो सदियों से देख रही है कि मैं उम्मीद से हूं। लेकिन मेरे यहां कोई जन्म नहीं हो पाता। मेरी मां ने एक बूढ़ा ख़ुदा जन्म दे रखा है, जो रोज़ मुझसे हमबिस्तरी की कोशिश में रहता है। लेकिन मैं कुंवारी ही रह जाती हूं...

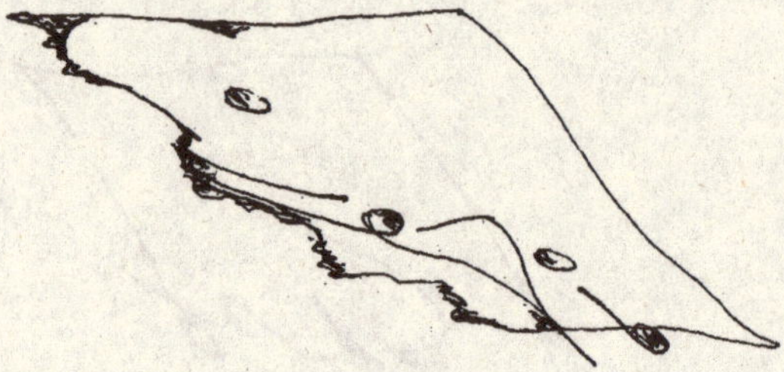

ख़ून की मेहंदी

कन्नड़ के एक माने हुए अदीब श्री शिवराम कारन्त से जब किसी ने कहा कि अगर आप इजाज़त दें, तो मैं आपका ज़िन्दगीनामा लिखना चाहता हूं, तो उस वक़्त कारन्त हंस दिए। कहने लगे, "भाई! तुम्हें मेरा क़त्ल करने की क्या ज़रूरत है, जब कि मैं ख़ुद अपना क़त्ल कर सकता हूं..."

दुनिया के किसी हथियार को कोई क़त्ल मुआफ़ नहीं किया जा सकता, लेकिन क़लम वह हथियार है, जिसे इख़लाक़ की अदालत में क़लमकार को अपना क़त्ल मुआफ़ होता है...

हम जो भी अदीब अपनी ज़िन्दगी की दास्तान लिखते हैं, ख़ुद अपने क़ातिल होते हैं, लेकिन इख़लाक़ की अदालत में हम बाइज़्ज़त बरी होते हैं। यही वजह थी कि जब सारा ने मुझे बहुत उदास ख़त लिखे तो मैंने सारा से कहा, "तुम अपनी क़लम से अपनी पूरी दास्तान लिखो।"

सारा ने अपनी दास्तान लिखी और सारा को क़त्ल करने की जिस धमकी का ज़िक्र सारा ने अपनी दास्तान में तफ़सील से लिखा है, वही वाक़या मुख़्तसर लेकिन टीक उन्हीं लफ़्ज़ों में सारा ने सुपरिटेंडेंट पुलिस को भी लिखा, इन लफ़्जों के साथ 'अब ख़ुदा के बाद कानून का दरवाज़ा खटखटा रही हूं...!

सुपरिटेंडेंट पुलिस को यह ख़त लिखने से पहले सारा ने थाना शाह फ़ैसल

कालोनी नं. २ में अपनी रिपोर्ट दर्ज करवाई थी। वह रिपोर्ट और यह सुपरिटेंडेंट पुलिस को लिखा हुआ ख़त ज़रूर उनकी फ़ाइलों में होंगे। मैं उनका ज़िक्र महज़ इसलिए कर रही हूं कि क़त्ल और क़त्ल का फ़र्क आपके सामने रख सकूं...

दुनिया में बहुत थोड़े से अदीब हैं, जो अपने हाथों पर अपने ख़ून की मेहंदी लगा सकते हैं और मैं मानती हूं कि सारा उन थोड़े से गिने-चुने लोगों में से थी...

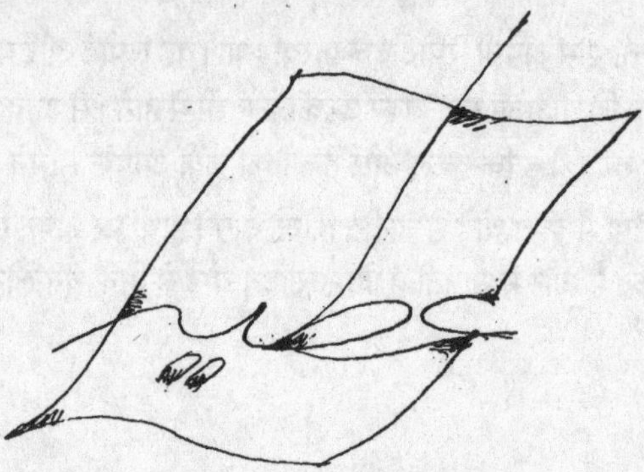

सारा का आख़िरी ख़त-अतीया के नाम

सारा ने मुझे एक ख़त लिखा था, "आज सर्वत को सलीम का ख़त मिला कि अमृता का हुक्म है कि सारा अतीया के घर पर रहे। अब मैं अतीया के घर पर रह रही हूं।" इस ख़त में जिस अतीया की बात है, मैं उसे जाती तौर पर नहीं जानती। अतीया की तारीफ़ मैंने अहमद सलीम से सुनी थी, और यह भी कि अगर कोई दोस्त सारा को प्यार और इज़्ज़त से अपने पास रख सकती है तो वह सिर्फ़ अतीया है। यह १९८३ की बात है, जुलाई के महीने की, जब अहमद सलीम हिन्दुस्तान आए हुए थे और मेरी तरह परेशान थे कि सारा ने अम्मी की मौत के बाद घर छोड़ दिया है—लेकिन उसके पास रहने की कोई ठीक जगह नहीं है...

उन दिनों फ्रांस में हुए हादसे से मेरे दाहिने बाज़ू की हड्डी टूटी हुई थी और मैं अपने हाथ से ख़त नहीं लिख सकती थीं। अहमद सलीम ने अतीया की बहुत तारीफ़ की, तो मैंने उन्हें कह कि वह मेरी तरफ़ से सारा को लिख दे कि जब तक वह हिन्दुस्तान नहीं आती, तब तक वह अतीया के यहां रहे। सारा का ख़त मुझे उसी के जवाब में मिला था।

और जब दो साल के बाद सितम्बर, १९८५ में सईद अहमद सारा के काग़ज़ात लेकर कराची से आए तो उन्हीं से मुझे अतीया दाऊद का तआरुफ़ मिला कि वह बहुत ही ज़हीन लड़की है, सिन्धी ज़ुबान में नज़्म कहती है और कई बार सिन्धी में लिखे हुए कलाम का उर्दू में तरजुमा करती है। अकेली है। मां के पास रहती है और सारा बहुत दिन उसके पास रही थी...

सईद अहमद से ही मुझे सारा का वह ख़त मिला है, जो ११ अप्रैल, १९८४ का लिखा हुआ है—अतीया के नाम। और पता चला कि सारा ख़ुद यह ख़त अतीया को देने गई थी, लेकिन उस वक़्त अतीया घर पर नहीं थी और सारा ने अपना यह ख़त अतीया की एक किताब में रख दिया था...

इस ख़त से लगता है कि सारा ने उस वक़्त तक ख़ुदकुशी करने का फ़ैसला कर लिया था। हो सकता है—यह ख़त अतीया को मिल जाता तो वह किसी ना किसी तरह सारा का इरादा बदल सकने में कामयाब हो जाती। लेकिन यह ख़त अतीया की किताब में पड़ा रहा। और बीस दिनों के बाद जब सारा ख़ुदकुशी कर चुकी, अतीया बहुत रो चुकी—तो एक दिन उसे अपनी किताब में पड़ा हुआ ख़त मिला—लिखा था

यह ख़त तुम्हें और तुम्हारे इनर सैल्फ़ को सलाम करने के लिए लिखा है—

अतीया! ११,४.१९८४

ज़िन्दगी को अपने टुकड़े काट-काटकर देती रही और मौत का एक संसार।

प्यारी दोस्त! तुम्हें क्या दूँ?

देखो! मेरे असबाब में ना रूह रही है, ना कोई बदन। मैं आज बहुत अज़ीयत में हूं। वह अज़ीयत जो कुंवारियों पे लाज़िम है, मुझ पर नहीं। वह अज़ीयत कि सांप चाल बदन पर रह जाए, वक़्त पर रह जाए, और मैं ठहर जाऊं। तुम्हारे दिल में एक ठिठरी हुई और ग़र्द आलूद सांस के साथ हमारे अंगारों से मुझ पर मेरे कपड़ों की राख पड़ी हो.....

तुम्हारी और अपनी-अपनी चिता के गीत लिखें और आग को गाने दें। अपनी पूरी ख़ामोशी के साथ।

मैं क्या हो गई हूं अतीया कि आंसुओं से पहले मैं ख़ाक तक पहुंच जाती हूं। आओ, अपने-अपने अंगारों के बुझने तक तो जियें। लेकिन लगता है—ज़िन्दगी हमारे खिलौने कभी भी ना तोड़ सकेगी। लेकिन यह खिलौने हमें ज़रूर तोड़ चुके हैं। यह टूटे खिलौने अतीया, आधे मेरे बच्चों को, आधे सईद को दे देना कि आने वाले कल में मैं भी बुक शैल्फ़ में तुम्हें सजी मिलूंगी। और तुम भी मुझे बुक शैल्फ़ में सजी मिलोगी।

—सारा

एक थी सारा-एक था सईद

एक मुद्दत हुई जब मैंने स्टेनबेक का एक नॉवल पढ़ा था— 'ऑफ़ माईस एण्ड मैन'—उसका किरदार एक निहायत मासूम इन्सान है। उसे दुनिया की कुछ ख़बर नहीं। उसकी तमन्ना सिर्फ़ इतनी है कि वह बहुत ख़ुबसूरत और रेशम-सी चीज़ों को हाथ से छूकर देखे। घर-बाज़ार और गांव-शहर में कोई इन्सान नहीं, जो उसकी मासूमियत को समझ पाए। सिर्फ़ एक दोस्त है, जो उसे समझ पाता है और हर क़दम पर उसकी हिफ़ाजत करता है। लेकिन एक वक़्त आता है, जब उस दोस्त के लिए उसकी हिफ़ाजत कर सकना उसके बस में नहीं रहता... वह जानता है कि अभी जो लोग उसके पीछे लगे हुए हैं एक वहशत उनकी आंखों में समाई हुई है... और अभी वह उनके हाथ आ जाएगा, और एक बहुत बुरी मौत उसका हशर होगी... उस वक़्त वह दोस्त लोगों की आंख बचाकर उसे एक पहाड़ी पर ले जाता है... जानता है, लोग पीछा कर रहे हैं, वक़्त बहुत कम है, लेकिन वह इतमीनान से उसके कन्धे पर हाथ रखता है और कहता है—देखो! पहाड़ी के नीचे यह वही जगह है, बहुत हरियाली, और नदी के किनारे, जहां तुम अपना एक छोटा-सा मिट्टी का घर बनाना चाहते हो, और चाहते हो कि वहां छोटे-छोटे चूज़े खेल रहे हों...

दोस्त की बातें इतनी प्यारी हैं, आवाज़ इतनी मीठी कि उसकी आंखों में ज़िन्दगी का सपना तैरने लगता है... उसे कुछ ख़बर नहीं कि हाथों में तेज चाकू

लिए उसका पीछा कर रहे लोग अब बिलकुल क़रीब आने को हैं... और जब उसकी आंखें एक सपने से भर जाती हैं, तो उसका दोस्त आहिस्ता से उसे गोली मार देता है... इससे पहले कि वह एक वहशियाना भीड़ के हाथ आ जाए...

आज—जब मैं सारा के सईद के नाम लिखे हुए ख़त पढ़ रही हूं, तो मुझे लगता है, मैंने स्टेनबेक के जिस किरदार को एक मुद्दत हुई पढ़ा था, उसे आज पहली बार देख रही हूं...

सारा को हस्पताल में भी रहना पड़ा और पागलख़ानों में भी... और जमहूरी निज़ाम को पसन्द करने के इलज़ाम में लाहौर के लालक़िले की दीवारों के अन्दर भी। और जब होठों पर गालियां और हाथों में चाकू लिए एक भीड़ उसके पीछे चलने लगी, तो ख़ुदा उसका एक ही दोस्त था, जो सारा की मासूमियत को पहचानता था, और उसने लोगों की नज़रों से बचाकर, सईद की सूरत में सारा की आंखों में एक बहुत ख़ूबसूरत सपना भर दिया... और जब उसकी आंखों में ज़िन्दगी का सपना तैरने लगा, तो उसे ज़मीन से उठाकर आसमान की गोद में रख दिया...

सारा के सईद के नाम लिखे हुईं कुछ ख़त हैं—

सईद!

जैसे आपने मेरा साथ दिया है, कभी फ़रामोश नहीं कर सकती। आपकी आला ज़र्फ़ी ने मुझे मुतारफ़ कर दिया है। कभी दिल में यह ख़्याल मत लाइएगा कि मेरी वजह से आपको कोई दुःख पहुंचे। अगर मेरी किसी भी बेवक़ूफी से पहुंचा भी हो तो जानिएगा—मेरी नीयत का दख़ल नहीं रहा होगा।

मेरे क़दम तो अंधेरों की नज़र हो जाते।

मेरे घर जो फूल हंस पड़े हैं, आप ही की वजह से...

उम्मीद है, ज़िन्दगी जो मेरी थोड़ी-बहुत रह गई है, उसे सांस लेने में साथ दोगे।

मेरे दिल में जो आपके लिए अक़ीदतों के फूल खिले हैं, तो महक उठी हूं। जाने क्यूं!

याद रहे—ख़ुशामद के मैं सख़्त ख़िलाफ़ हूं। ज़िन्दगी में बाज़ महरूमियों की वजह से यह भी रही। मैंने तो किसी कंकर को भी तकलीफ़ नहीं दी, यानी ज़ज़्बों को।

आपने तो मुझमें इन्सानी क़दरों को पैदा किया है, और इन्सानी सतह पर मुझसे मुलाक़ात की है।

२६.११.८३ *बक़लम ख़ुद—सारा शगुफ़्ता*

सईद!

"बात वक़्त के नंगे जिस्म पर आती क्यूं है?"... आपके इन लफ़्ज़ों को मैंने पूरी थकान से पढ़ा। बात जिस्म जितनी होती तो क़लम की स्याही को अपनी तहरीर की बिनाई से कभी भी हामला ना करती।

रद्दी के बदन को तो आलिमों ने भी अपने घर ना रखा। मगर आपने ऐसा किया, आपके यहां इन्सान की बड़ी पहचान है। और मेरे लिए यह बहुत बड़ी बात है। मैं आपके पास फ़क़त एक बात के लिए नंगे बदन भी आई, यह सच है, लेकिन चलते-चलते जाने किस रोज़ मैं बदन की लाठी टेकना छोड़कर आपके साथ रूह की लाटी से चलने लगी। और यह सच है।

रही बात फिर वक़्त के नंगे बदन की... मेरी घड़ी के मुताबिक वक़्त की सलीब पर मेख़ों का शोर है।

मौत राहगुज़र से ज़्यादा अहमियत नहीं रखती। यूं... जाने, इन्सानों ने ख़ुदा की इबादत की है, और मैंने इन्सानों की इबादत की है और मेरी कोई भी रियाज़त सिर्फ़ गुम्बदों तक ना गूंजी थी, हमने तो अपने फ़रिश्तों को भी नेक रखा कि बदी का फ़रिश्ता बड़ा चुग़लख़ोर होता है।

मैं अपनी तसख़ीर में क्यूं आई नंगे बदन...

तो कहूंगी... इन्साफ़ के एक पलड़े में हमेशा पत्थर तुलते हैं, सो फ़र्ज़ की सूली आज भी मुझे डसती है।

और इस फ़र्ज़ से मेरा इक़रार ऐसा है कि ना तो मैं सो सकती हूं और ना ही सोती हूं। एक आप—फ़र्ज़ बक़ाया ज़ात में रह गया है। और इन फ़र्ज़ के फूलों के लिए कहूंगी—ऐ फूलो—! मैंने सूलियों पर भी सौ बार सोचा है तुम्हें!

ख़ैर, कड़ियों-कड़ियों ज़ंजीर का यह बदन ख़त्म हो जाएगा। यूं तो इन्सान की तारीफ़ करना इन्सान की तौहीन है, लेकिन क्या करूं, आपको इन्सानी सतह पर बहुत बुलन्द पाया है। आपके सामने अपने-आपको बहुत-बहुत महसूस करती हूं, जब भी मुझे कोई मेरा छोटा रवैया हिफ़्ज़ करता है।

मैंने मर्द से हमेशा नफ़रत की है। उसकी वज़ह मेरा बाप है। यह बात सारा बर्रेसग़ीर जानता है। अब तक तारीख़ी तौर पर यह बात ही नोट है, लेकिन आज मैं यह बात लिखती हूं सईद! मेरे दिल में तुम्हारे लिए बेपनाह मुहब्बत जाग गई है। लगता है, जैसे तुमने मुझे मेरी रूह से सजा दिया हो।

ऐसा वज़दान तुमने मेरे अन्दर पैदा किया है कि हर चीज़ इनकारी होने लगी है। ऐसा क्यूं? सोचती हूं, और अपनी ही किसी कमी की वजह से बहुत डर जाती हूं।

बोलो! चिराग़ों। से आग का शोर छीनोगे तो नहीं? लेकिन क्या करूं 'बलदे अक्खर' से भी अच्छे लगते हो!

३.१२.८३ *—सारा शगुफ़्ता*

सईद!

तुम्हारे क़दमों की सच्चाइयां मेरी मिट्टी जीत चुकी हैं। वजूद का कोई एहतमाम नहीं करता। सईद! सारा का ऐसा ही वजूद है। मेरी ख़ामोशी को तुम अपनी मिट्टी से गिरा नहीं सकते कि किनारों की हथेली पर बहता समुन्दर हूं... मैं तुम्हारे लिए हूं। रेत की प्यास समुन्दर नहीं बुझाता, इन्सानी क़दम बुझाते हैं मैं रेत थी और तुम समुन्दर पर चलते हुए मेरे तुख़म में अपने क़दम रख गए। मैंने जाना... यह क़दम ही मेरा सफ़र है। सोच—क़दम कभी नहीं हुई, जब से मेरे दिल को तुमने सईद! ज़ुबां दी है।

२०.१.८४ *—सारा*

सईद!

मेरा आधा वजूद क्या तुम्हें हमेशा पुकारता रहेगा? क्या मुझे अपने आधे वजूद से तमाम रात जागना होगा? यह कैसी कसक है सईद! मुझे और मेरी रात को अलग-अलग क़ैद कर जाते हो। यह कौन-सा तराज़ू है, जिसके एक पलड़े में मेरा आधा वजूद और दूसरे पलड़े में मेरी आधी रात तड़पती है...

मैं तुम्हारे इंतज़ार की चिता पर सती होना अपनी ग़नीमत जानूंगी सईद।

तुमने मुझे चिता के धुएं से इन्सान बना दिया...

२०.१.८४ *तुम्हारी— सारा*

सईद!

तुम चले जाते हो, तो इस ख़ौफ़ से ही सोचें अपनी आंखें क़ैद में झुका लेती

हैं। और सोचों का भी इन्तज़ार करना पड़े तो इन्तज़ार के बातन में कैसा तलातम होता होगा?

कोई सिपहसालार अपना मैदान और घोड़ा फरोख़्त नहीं करता, लेकिन इंतज़ार और दूरी अपनी-अपनी इकाइयां ख़ूब जानते हैं। सोचों को लफ़्ज़-लफ़्ज़ कर दूं तो मेरी किताब खो जाएगी सईद! यक़ीनन हमारा सफ़र इससे आगे का सफ़र है। बार-बार मुझसे मेरी तरदीद मत चाहो!

पागल! हमें अन्धे लफ़्ज़ों को अब बोलने का हक़ नहीं देना चाहिए। हमारे आंसू क्या हमसे बेथकान गुफ़्तगू नहीं करते?... इससे बड़ा नाता कौन-सा होता है सईद! खंडहर ज़मीन का लहजा होता है। फिर भी कहते हो—चुप रहती हूं?

सच्चाइयों से पूछो—मैं कब चुप रही।

मैंने अपने सईद को कब-कब और कैसे-कैसे तंग नहीं किया।

इस जज़्बे पर किसी भी लफ़्ज़ की सचाई ना चाहूंगी।

तुम चले जाते हो सईद तो घड़ी की सलीब से मेरी लाश कितनी बार गिरती है, उन्हें अभी अन्दाज़ा नहीं।

तनहाई का लफ़्ज़ भी बस इतने मफ़हूम में इतना-सा ही है।

बार-बार मुझसे मेरी तरदीद मत चाहो।

तुम्हारी घड़ी की टिक-टिक मुझे इतना बेदार रखती है, कि ठंड अपने कशकौल में सोती ही नहीं। बात बताऊं... एक थी सारा, एक था सईद। वह दोनों इतना चाहते थे और इतना कि लफ़्ज़ कम कहीं नहीं रह जाता था।

टैगोर का एक गीत याद आ रहा है— 'तू ही मेरा समुन्दर है। तू ही मेरा नाखुदा, और मैं एक कश्ती हूं, तुम्हें किनारे लगाने को क्यूं कहूं! डूब भी जाऊं तो तुझमें ही डूबूंगी, क्योंकि तू ही मेरा समुन्दर है, तू ही मेरा नाख़ुदा।'

यह गीत जाने क्यूं दिन-दिन, और फिर दिन-दिन भर दोहराती रही।

१५.२.८४ *तुम्हारी —सारा*

सईद!

आंसू अरज़ां ना थे। यह मैं थी।

मेरी अम्मी की क़ब्र में एक यह भी हसरत रही होगी कि वह कभी अपनी बेटी के आंसू, अरज़ा आंसू, देख सकती।

रात मेरे साथ-साथ बहुत रही है। आंसू का तुख़्म अपनी देर रखता है। घर में सब सो रहे हैं और मैं फिर आंसुओं में रवानी की जाग लगाए, सुबह का और तुम्हारा इन्तज़ार कर रही हूं।

आज बहुत रुलाया है तुमने। पनघट की यह रिमझिम तो तुमने बख़्शी हैं। एक सच्चा पनघट। रात, तुम और आंसू, रात को कितना सजाए हुए हैं!

एक लाइन है मेरी— 'हमारे आंसुओं से आंखें बनाई गईं।'

और आज तुम कहते हो सईद! क्या कहते हो! सारा की आंखों में उस वक़्त भी आंसू ना थे, जब सारा का बच्चा मरा था। सारा तो उस वक़्त भी नहीं रोई, जब उसके बच्चों को ख़ारदार झाड़ियों में फेंका गया। सारा तो उस वक़्त भी नहीं रोई, जब लाहौर के क़िले में डिक्टेटर ने उस की बेहुरमती की। यह एक बड़ी दास्तान हैं। आने वाला वक़्त इससे बड़ी दास्तान क्या लिखेगा, जहां बेज़ुबान सलाख़ों और बेज़ुबान बेड़ियों को मेरा क़दम जाना गया...

सारा तो उस वक़्त भी नहीं रोई, जब उसका चेहरा रोटी से बड़ा ना रह गया था। हालांकि जब इन्सान को पैदा किया गया, तो उसे भूख से अफ़ज़ल पैदा किया गया।

मेरी आंखें फिर अरज़ां हैं। और आंसुओं की लाशें मेरे ही सीने पर पड़ रही हैं।

रात के तीन बजे हैं और घड़ी कह रही है कि सबसे ज़्यादा फ़िज़ूलख़र्च आंख होती है। अरजां क्यूं हो जाती हूं? मुझे बताओ!

मैं तो सादे वर्क़ से ज़्यादा चुप रह सकती थी।

फरवरी, ८४ *तुम्हारी —सारा*

सईद!

आओ, बातें करते हैं!

तुम्हारी सच्चाइयों के आगे मैं बहुत ही—बहुत ही मैली हूं सईद! इसीलिए उजले-उजले लफ़्ज़ों को सच्चाइयों के चेहरे पर कुनन्दा करती हूं। सच तो तुम कहते हो। सच तो तुम सहते हो। जो माज़ी झूठ से शुरू हो, उसकी तान सच ही होती है।

तो चलो ! देखो ! सुनो सईद ! मैली सच्चाइयां एक दिन सच की सच्चाइयां बन गईं और मेरे गंदले लहू में एक कमल खिला। कमल ने मेरे गंदले ज़र्फ़ को अपने ज़र्फ़ से ढांप लिया। ज़िन्दगी की पहली छांव देखकर मैंने पानियों से भंवर निकाल फेंके और शफ़ाफ़ हो गई।

झूठ के गुरुद्वारों को अपनी पूरी सच्चाइयों से चमकाने लगी मैं अपनी दलदल से निकली या नहीं निकली यह जानो तुम ! और यह सब कुछ इसलिए जानो कि एक भिखारिन सारा शगुफ़्ता को तुमने उसकी चिता से उसे बेदार किया और अपने वसीह सीने में जीने की तमीज़ सिखाई, फिर उसे बोलना सिखाया। तुमने उसे सच बोलना सिखाया या झूठ—यह मैं और तुम जानो !

मैं फिर भी अकसर झाड़ियों में गिर जाती। तुम फिर मुझे झाड़ियों से उठाते और तुम्हारे लहू के क़तरे मेरे बदन पर गिर जाते। मैं तमाम ज़िन्दगी तुम्हारे इन क़तरों की हया में रहूंगी।

चलो फिर बातें करते हैं।

तुम्हारे सामने मैं अपनी हैसियत को तिनके से ज़्यादा नहीं पाती कि मेरा ख़मीर तेरी आग से उठा, और सारा ने देखा—क्या देखा कि उसकी सुनसान आंखों को कोई देखता है।

उसके सुनसान क़दम अब किसी की दरियाफ़्त हैं। वह तन्हाई की काल कोठरी में हक़ीक़त से ज़्यादा बेदार हो गई है। वह एक क़दम नहीं रही, वह दो क़दम है।

मैंने बिलों में रहना छोड़ दिया है और सूखे टुकड़े घरों से चोरी करने बन्द कर दिये हैं कि ग़ारों की तनहाइयों को तुमने मेरे दहन से नोच फेंका।

मैं अंधेरों में धड़कने लगी थी। तुम्हारी लौ इतनी ज़्यादा थी कि तुमने मुझे मेरे मज़हब बताये।

तुमने मेरे बदन से मेखें निकाली और तिलिस्माती हिस्सार तोड़े।

मुझे खबीस रूहों के मकान से रिहाई दिलाई।

मुझे मेरे असल से आगाह किया।

चलो लौट के बातें करते हैं।

जब मेरी ज़ुबान कटी तो मेरी ख़ामोशी को तुमने आवाज़ बख़्शी। हालांकि उस वक़्त तो तुम्हें मालूम था कि मैं बोली भी तो पराई आवाज़ों में बोलूंगी और

फिर उसके बाद बेशुमार पराये हालात पर पराई आवाज़ों में बोलती रही। तुम फिर भी पराये न हुए।

तुमने मुझे आवाज़ दी तो उस वक़्त मैं अपने झूठों के बेशुमार पत्थरों तले दबी हुई थी और तुम्हारी आवाज़ पाकर एक-एक पत्थर फेंकने लगी। मेरी पत्थर की ज़ुबान भी ठीक हो गई। तुम्हारी आवाज़ ज़ुबान पर रखने से।

तुमने मुझे इतनी शक्ति दी कि मैं अपनी बिसात से ज़्यादा ज़िन्दा हो गई।

सुनो! तुम्हारी आत्मा इतनी सुन्दर है कि एक लहू थूकती औरत के ज़ख़्म में तुमने सिन्दूर भरा, ज़िन्दगी का सिन्दूर।

मेरी गोर को भी अपनी गोद में रखा, और हद्दे निगाह तक मेरी नोकीली चट्टानों से लुढ़कते हुए पत्थरों को भी तुमने मौसम दिये।

मेरी पथरीली रूह को भी पाश-पाश कर गये। मैंने क्या किया। ज़हर खा लिया और तुम्हें अज़ीयतों की इन्तहा पर रखा—

'जीने वाला दिन अपनी इस मौत पर शर्मिन्दा है'—

आज की बात है, तुमने कहा, अगर हमने इन्तहाई क़दम उठाया, तो सब कुछ भस्म हो जायेगा।

परछाइयों के मुक़द्दर में कभी दीवार होती है और कभी दहलीज़ भी नहीं...

सईद! जिस तरह छांव में सूरज को क़ैद नहीं किया जा सकता, उसी तरह में अभी तक—अभी तक—एक ना एक, कोई न कोई परवाज़ रखती हूं। तुमने मेरे दुःखों की भी इबादत की है। ज़रा सोचो! सुनो! मैं तुम्हारा घर, फिर एक घर भी नहीं, दो घर बरबाद कर सकती हूं!

समझ में इतनी शक्ति नहीं। मैं अभी इतनी ज़्यादा नहीं मरी। मुझे तुमसे ज़्यादा तुम्हारी बीवी, मेरी औरत, तुम्हारे और मेरे बच्चे और बहन ज़्यादा अज़ीज़ हैं। मैं उनकी ख़ुशियां उनके आशियानों से नहीं छीन सकती, गोया कि मेरी सच्चाई, फ़ुटपाथी सच्चाई है। और बेघरों का सबसे बड़ा सच—घर होता है।

घरों की हिफ़ाजत मेरा फ़र्जे-अव्वलीन है और तुम्हारा भी।

"इन्सान को अपने दुःःखों का एहतराम करना चाहिए। जो इन्सान अपने दुःखों का एहतराम नहीं करता, तो कुर्बानगाहें उसका एहतराम करना भूल जाती हैं।"

कल की बात, "मैं जो कुछ कमाऊंगा उसमें से आधा तुम्हारा होगा"—सईद! मुझे दौलत—प्रॉपर्टी—से शदीद नफ़रत है। मैं क्या करूंगी इतने सारे सिक्कों का पैसों का। मुझे इतनी रक़मों की ज़रूरत नहीं है कि मेरी औक़ात इतनी क़ीमती नहीं है। मैं एक मामूली भिखारिन हूं। चार रोज़ बाद आधी रोटी की ज़रूरत होती है और एक गिलास प्यास की ज़रूरत होती है।

तबीयत की ख़राबी की वजह से कुछ मसायल में देर हो गई मैं पूरी कोशिश में हूं कि मैं ख़ुद बुनियादी मसायल हल करूं।

और कोई वजह नहीं है कि मैं बहुत जल्द यह मसायल हल ना कर लूं।

तुम दुआ करना कि यह हिम्मतें तुम्हारी ही बख़्शी हुई हैं।

वैसे तुम्हारे इस अज़ीम जज़्बे को मैं दिली तौर पर ख़िराजे-तहसीन पेश करती हूं कि तुम्हारा यह रवैया मामूली रवैया नहीं। मैं तुम्हारे इस जज़्बे की बहुत क़द्र करती हूं।

तूं की जानें पिंजरे विच टुट्टे पर दी हय्याती

तूं की जानें जिद्दण इन्कारां नाल टुरना पै जांदा है

तूं की जानें!

२.४.८४ *तुम्हारी— सारा*

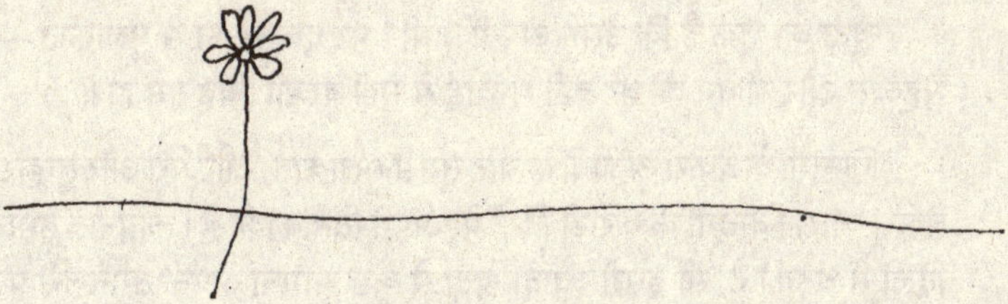

ख़ुदकुशी से पांच दिन पहले

चार जून- की नामुराद रात से चार दिन पहले ३१ मई तक सारा और सईद कोयटा में इकट्ठे थे। वहीं तीस मई के दिन सारा ने सईद के नाम एक ख़त लिखा और सईद के तकिये पर रख दिया।

ख़त में कहीं इशारा नहीं है कि सारा को मौत की कशिश अपनी तरफ़ ले जा रही है। लेकिन पांच दिन बाद जो वाक़या हुआ, उसकी रोशनी में इस ख़त को देखें तो लगता है, जैसे सारा ने जान लिया था कि मौत बड़ी शिद्दत से उसे अपनी तरफ़ बुला रही है। और अगर आज उसने सईद के पास होते हुए भी सईद को ख़त नहीं लिखा तो ज़िन्दगी का एक क़र्ज़ उस पर रह जायेगा...

यह ख़त सईद की मुहब्बत का शुक्रिया अदा करता हुआ, ख़ामोशी से अलविदा कहता हुआ भी लगता है...

सईद!

तुमने ज़िन्दगी में जो ख़ुशी, इज़्ज़त, मुहब्बत मुझे दी है, वह ज़िन्दगी में आज तक किसी ने नहीं दी थी।

दुनिया की सारी ज़मीन पर एक तुम हो, तुम हो सईद! जिसने सारा को जाना। सारा को और किसी ने कभी नहीं जाना।

तुममें वह शक्ति है कि मेरी चिता की आग को तुमने फूल बना दिया और

ऐसा मैंने पहली बार देखा। आग को फूल बनाने वाला पहली बार देखा।

ख़ुदा का शुक्र है कि उसने अपनी ज़मीन पर एक इंसान से मुलाक़ात—मुहब्बत और जीवन की हर बड़ी सच्चाई से मुझे बख़्शा। यह तुम हो।

ज़िन्दगी के बेकरां अज़ाबों के बाद तुमसे मुलाक़ात, और मेरा और तुम्हारा बेकरां प्यार, ज़िन्दगी के करोड़ों दिनों पे, अपने दिन काफ़ी हैं। कायनात हमारे दिलों में धड़की है, सो इससे ज़्यादा ख़ुदा से कुछ मांगना अपनी तंगनज़री पर मातम करने के बराबर है।

समझना! आंखें बुंझ गईं तो मैं फिर भी तुम्हारा इन्तज़ार कर रही हूंगी। मैं सो गई तो मेरा दिल हमेशा तुम्हारे लिए जागता रहेगा। यह जाग मैंने तुमसे सीखी, और तुमने बड़े फ़ैज़ से मुझे सिख़ाई। मैं अपने जन्म के तमाम चिराग़ो से कह दूंगी कि जलते रहना! कि तुम देखते नहीं कि सारा सईद को देख रही है। और आग हमेशा से इन्सान का एहतराम करती है।

तुम मुझे किसी खूंटी पर भी बांध देते तो मेरे लिए मुआदलत होती। मैं तुम्हारे अन्दर कितनी मौजूद हूं, और रहूंगी।

ज़िन्दगी की तलाश को आज ख़त्म करती हूं कि मैंने जान लिया है—ज़िन्दगी तुम्हारे अलावा कुछ भी नहीं। कुछ भी तो नहीं।

इतने सफ़र और इतनी कठिनाइयों के बाद कायनात का राज, कायनात की जुबान, कायनात का दिल, कायनात का मक़सद तुम हो सईद!

और इन्सान को ज़िन्दगी में क्या चाहिए? ख़ुदा का शुक्र है कि वह तुम्हारी सूरत में आकर मिला।

इन्तहाई आतक़ों के साथ—तेरी सारा, तेरी अपनी सारा

३०.५.८४ *लफ़्ज़ लिखना बंद करती हूं—तेरी अपनी सारा*

ख़ुदकुशी के बाद

और सारा के तीन ख़त ऐसे हैं, जो एक ही तारीख़ में, इकतीस मई की तारीख में सईद के नाम लिखे हुए हैं....

ये तीनों ख़त सईद को सारा की मौत के बाद मिले। और तीनों खतों में सारा की रूह का आलम ऐसा है, जैसे वह अपनी मौत के बाद ये ख़त लिख रही हो।

ख़तों में लिखी हुई तारीख़ मौत से चार दिन पहले की है, लेकिन इस तरह—जैसे यह तारीख़ एक झूठी गवाही देती हो।

तीनों में से सिर्फ़ यही दो ख़त हैं, जिन पर सारा ने पहली बार सारा शगुफ़्ता की जगह 'सारा सईद' लिखा। जैसे जिस धरती पर रहते उसे सईद का नाम अपने नाम के साथ वाबस्ता कर लेना मुमकिन नहीं था, उसी धरती को छोड़ देने के बाद उसके सामने कोई मुश्किल नहीं थी...

सईद!

उड़ जाने वाली आंखें, कहीं न कहीं तो बस रही होती हैं। तुम्हारे दिल में तुम्हारी आंखों में, मैं तो रह रही हूं। कहीं गई थोड़ा ही हूं पागल!

मेरी मिट्टी तुम्हारे क़दमों को सलाम करती है। बोलो! क्या तक रहे हो। मेरी ख़ामोश आवाज़ तुमसे दूर नहीं। मैं तुमसे बोल रही हूं।

मैं अब भी जाग रही हूं। इन ज़र्रों से पूछो।

तुम जब भी आते हो, मैं तुम्हरे एहतराम में जाग रही होती हूं। जरा-सी चुप ही तो हो गई हूं। तुम बातें करो सईद!

मैं सुन रही हूं। प्यार! प्यार! प्यार!

३१.५.८४ *अपने सईद की सारा*

सईद!

आवाज़ कभी नहीं डूबती। यहां तक कि आवाज़ खामोश भी हो जाए तो नहीं डूबती। मैं सांसों के बग़ैर भी तो तुम्हारी ही हूं।

अब तुम्हारी आवाज़ मेरी ही आवाज़ होगी... मेरी आवाज़ को तुम्हीं ने लिखना है। लफ़्ज़ों को ज़ुबान तुम्हीं ने देनी है। स्याही ने यह सोच लिया है कि मेरा हाथ थमने वाला है...

लिखो! लिखो ना! मेरे लफ़्ज़ों को सोने नहीं दोगे... सो रहे हो? जागो ना! नहीं तो मैं भी सो जाऊंगी...

३१.५.८४ *तुम्हारी अपनी सच्च—तुम्हारी सारा सईद*

सईद के लिए। बेपनाह मुहब्बतों और लड़ाइयों के साथ मेरे सईद!

सारे वर्क़ की ख़ामोशी को अब तुमने लिखना है सईद! मेरी ख़ामोशी को अब तुमने पढ़ना है।

लफ़्ज़ों की कायनात छोड़ रही हूं। और तुम्हारी मिट्टी में छुप रही हूं।

मेरी रूह की हिफ़ाज़त करना। मैं और तुम—अपनी ख़मोशी में भी—एक-दूसरे का मौसम हैं।

देखो! तुम मेरे पास हो और मैं तुम्हारे पास हूं। मैं कभी भी तुमसे दूर तो नहीं। रहती दुनिया तक इसी ज़मीन पर तुम्हारे लिए जागती रहूंगी।

मेरी आंखों पर एतबार करो। और देखोगे नहीं? मैं तुम्हें देख रही हूं और तुम्हारे सीने पर सर रखकर सो रही हूं। नहीं तो सारा कभी सोई है सईद?

वह अब भी तुम्हारी आंखों में जाग रही है...

३१.५.८४ *खरबों प्यार! तेरी, सिर्फ़ तेरी ही सारा सईद*

सारा ने आखिरी सांस लेते हुए—

जिसका नाम अपने नाम में शामिल कर लिया, मैं यह किताब उसी के नाम करती हूं—

सईद अहमद के नाम! *—अमृता प्रीतम*

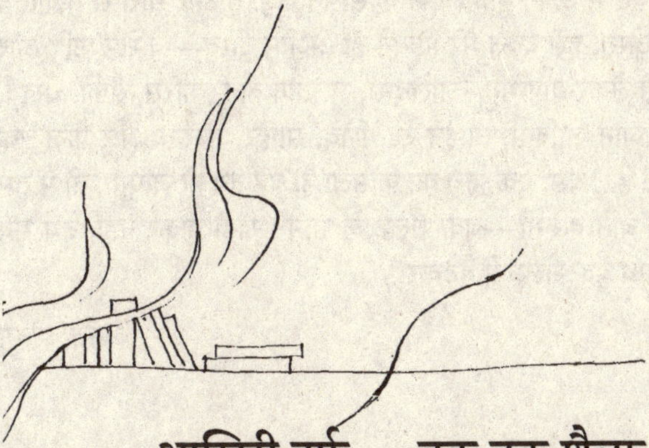

आख़िरी हर्फ़— बुक बुक शैल्फ़

सारो का अतीया के नाम लिखा हुआ आख़िरी ख़त पढ़ने के बाद सिर्फ़ बुक शैल्फ़ बचता है और कुछ नहीं...

सारा अब बुक शैल्फ़ में सजी है, ठीक उसी तरह, जिस तरह उसने पेशीनगोई की थी...

वह 'बलदे अक्खर' की सूरत में शाया हुई थी, १९८२ में, और फिर 'आंखें' की सूरत में शाया हुई, १९८५ में, जिसकी रूनुमाई कराची की आर्ट कौंसिल में १८ मई को हुई...

सुना है—उस दिन हाजरा मसरूर ने सदारत की थी, राशिद नूर और अहमद हमेश ने सारा पर मज़मून पढ़े थे, और उस किताब के लिए लिखे हुए मेरे कुछ अलफ़ाज थे—जो वहां सर्वत सुलताना ने पढ़े थे, साथ ही सारा की आवाज़ में टेप की हुई उसकी नज़्में सुनवाई गई थीं और उसकी एक खास नज़्म 'सुगन्धीनामा' इफ़्तख़ार जालिब साहब ने अपनी आवाज़ में पढ़ी थी, और साथ ही कहा था—'ऐसी नज़्म लिखने की जुरअत सिर्फ़ सारा के पास थी।'

और अब सईद अहमद की 'सारा अकादमी' जैसे-जैसे इस बुक शैल्फ़ को बड़ा करती जायेगी, आज जो लोग इफ़्तख़ार जालिब साहब के साथ मुतफ़िक़ नहीं हैं, वह मुतफ़िक़ होते जायेंगे, और जब भी अपने-अपने बुक शैल्फ़ में सारा से मुलाक़ात करेंगे—उन्हें ख़ुदा की एक ऐसी तख़लीक़ का दीदार होगा, जिसे इन्सान नहीं, इन्सानियत कहते हैं...

इस वक़्त मैं अपने बुक शैल्फ़ के सामने खड़ी हूं और सारा से मुख़ातिब हूं—देखो दोस्त, इस वक़्त मेरे कितने ही अज़ीम दोस्त—वशिष्ठ ऋषि और वेद व्यास से लेकर बाणभट्ट, कालिदास, सुलतान बाहू, वारिस, सैफ़ो, चेखव, ग़ालिब, काज़ान ज़ाकिस, आईन रैंड, शिव, साहिर, फ़िराक़ और फ़ैज़ तक तेरे पास बैठे हैं... बस, एक हाथ का फ़ासला है, यह तय हो जाएगा, तो मैं तुम सबसे बहुत बातें करूंगी—बुक शैल्फ़ के सामने खड़ी होकर नहीं, तुम सब दोस्तों के साथ बुक शैल्फ़ में बैठकर...

—अमृता प्रीतम